Gabriele Raspel

Ein Zimmer für zwei

Gabriele Raspel

Ein Zimmer für zwei

Roman

rosenheimer

www.rosenheimer.com

Titelfoto: © Jenny Sturm – Fotolia.com (oben) und
© Kzenon – Fotolia.com (unten)
Lektorat: Christine Weber, Dresden
Satz: SATZstudio Josef Pieper, Bedburg-Hau
Druck und Bindung: GGP Media GmbH, Pößneck
Printed in Germany

ISBN 978-3-475-54518-4

1

Es war ein glasklarer Freitagmorgen, als Katharina durch Kirchdorf radelte, nachdem sie rasch frische Semmeln gekauft hatte. Ihr Arbeitstag begann erst um zehn, dem Himmel sei Dank. Dieser späte Arbeitsbeginn kam ihr sehr entgegen. Sie hob den Kopf und genoss die Sonnenstrahlen, die jetzt, Ende April, das mulmige Grau der vergangenen Woche abgelöst hatten. Da Kirchdorf überschaubar war, die meisten Geschäfte nah beieinander lagen und sie obendrein keinen Großeinkauf zu tätigen hatte, hatte sie das Auto zu Hause gelassen. Das mittlerweile recht betagte Vehikel von zweiundzwanzig Jahren hatte auch eine Ruhepause verdient. Lediglich zur Arbeit und in Notfällen zwang sie es noch auf die Straße – was es gnädig über sich ergehen ließ und nur gelegentlich mit Motorstillstand bestrafte.

An der Glasfabrik, die so klein war, dass sie die Bezeichnung »Fabrik« kaum verdiente, verlangsamte Katharina ihre Fahrt. Noch war alles ruhig. In der Regel setzte erst gegen zwölf ein lebhaftes Treiben in den mit zahlreichen Lichtgirlanden illuminierten Verkaufsräumen ein – nicht zuletzt dank der vielen Touristen, die in Bussen auf der »Glasstraße« unterwegs waren, um verschiedene Glasbläsereien zu besichtigen.

Die Fabrik war nach einem Großbrand in sehr viel kleinerem Ausmaß neben der alten, einst stattlichen aufgebaut worden. Die Außenmauern der ehemals riesigen Produktionshalle, in der nun große Glaspavillons standen, konnten jedoch gerettet werden. Hier wurden Produkte aus der Region verkauft, was der Halle einerseits ein modernes Ambiente verlieh, andererseits aber an die alte Fabrik erinnerte, in der einmal mehr als sechshundert Arbeiter beschäftigt gewesen waren. Heute erfreute nur mehr eine Handvoll Glasmacher die Besucher mit ihrer Kunst, dem Schauglasblasen.

Katharina schloss das Rad an. Sie wollte noch ein wenig Obst und Gemüse einkaufen, denn heute war Wochenmarkt, und die überfüllten Stände der Bauern zwischen den regensicheren, futuristischen Glaspavillons verlockten allzu sehr.

Da sie ein wenig in Eile war, verzichtete sie darauf, bei Hanna vorbeizuschauen, wie sie es sonst manchmal hielt, um bei ihrer besten Freundin das Frühstück einzunehmen. Hanna Wolf war die Chefin des hübschen Bistros, das sie gemeinsam mit ihrem Mann führte.

Katharina schaute kurz durch das mit Glasprismen und grünen Zweigen geschmückte Fenster. Das Café, an dessen Wänden Bilder aus alten Zeiten der Fabrik hingen, war noch leer, und Hanna ging gerade prüfenden Blickes zwischen den Tischen umher. Der Freundin war nie auch nur die Spur von Hektik anzumerken, zumeist umspielte ein leichtes Lächeln ihre Lippen. Immer schien sie ein wenig in den Wolken zu schweben, was jedoch täuschte. Ihren Blicken entging nichts, daher war das Café auch so beliebt.

Schnell überquerte Katharina die belebte Hauptstraße und bog dann in die ruhige Seitenstraße ein, in der sie wohnte, den Malerwinkel Nr. 3. Wie immer ging ihr das Herz auf, wenn sie vor ihrem Zuhause einen Moment innehielt und sich ganz dem Anblick hingab.

»Malerwinkel« war die passende Bezeichnung für dieses hübsche Plätzchen, denn hierher pilgerten in der Tat die Hobby- und Sonntagsmaler aller Couleur – was dem Antiquitätengeschäft von Daniel, einem ihrer Mieter, nur allzu gut bekam. In Wahrheit handelte es sich eher um einen Trödelladen, doch Daniel bevorzugte es, den Trödel als »Antiquitäten« zu bezeichnen. Sein Geschäft befand sich in Katharinas Haus – genauer gesagt, dem ihrer Eltern. Es würde gewiss längst nicht so gut laufen, gäbe es nicht die Maler und deren Bewunderer, die die Bänke auf der Südseite des Sees besetzten – auf der Nordseite gab es zum Schutz der seltenen Vögel keine Bänke. Täglich genossen unzählige Besucher die fantastische Aussicht auf den fast kreisrunden Moorsee, der umschmeichelt war von sumpfigen Wiesen und Almen und gekrönt von den grauen Zacken des Karwendels. Auf dem See tummelten sich im Winter nicht nur die Schlittschuhläufer und Eisstockschützen, sondern er bot im Sommer mit seinem dichten, Natur belassenen Uferbewuchs zahlreichen seltenen Vögeln und Insekten Schutz.

Kirchdorf, der hübsche Glasmacherort, der mittlerweile fast so viele Einwohner wie eine Kleinstadt zählte, war ihre Heimat. Hier zog es sie nicht fort wie ihre Eltern, die sich auf eine einjährige Abenteuerreise durch Europa gemacht hatten, die in Island begonnen hatte. Kurze Urlaube reichten Katharina völlig aus, es mussten auch keine Fernreisen sein – außer vielleicht einmal ein Wüstentrip, denn ab und zu genoss sie die Einsamkeit. Hier gab es alles, was sie brauchte: kleine Lebensmittelgeschäfte, die sich trotz der obligatorischen Supermärkte gehalten hatten, oder mehrere Kunsthandwerkerläden in den Pavillons der alten Glasfabrikhalle. Zur Freude der jungen Frau verfügte der Ort ebenfalls über einen gut sortierten Buchladen, den Katharina oft aufsuchte und der auch ein kleines Sortiment von Schul- und Büromaterial vorrätig hatte. Gerlinde Moser, die Inhaberin, war eine patente Geschäftsfrau, deren Geheimnis unter anderem darin bestand, dass sie gleichzeitig eine wunderbare Psychologin war. Ständig hielt sie heißen Kaffee und Tee auf Stövchen oder an heißen Tagen eisgekühlte Getränke bereit, was den Besucher ihres Ladens schon aus moralischen Gründen animierte, nach dem unweigerlichen Schwatz mit ihr ein Buch, eine Zeitschrift oder Ähnliches zu kaufen.

Der Anblick des schönen, schlichten Hauses mit dem Stufengiebel, dessen solide Mauern im Winter die Wärme hielten, im Sommer Schutz boten vor allzu großer Hitze und in dem Katharina ein großzügiges Appartement unter dem Dach bewohnte, erwärmte ihr Herz.

Das wuchtige Steinhaus bot vom Dachfenster aus einen bezaubernden Rundblick auf einen Zipfel der von Linden gesäumten Hauptstraße, aber auch auf die stattlichen Berge und Höhen des Karwendels mit seinem Mischwald aus Waldkiefern, Rotbuchen, Ebereschen, Hängebirken und Schwarzerlen. Es beherbergte im Parterre den Antiquitätenladen von Daniel Stadler und dessen Wohnung, im ersten Stock ihre Eltern, die sich vor einem Monat auf Abenteuerreise durch Europa gemacht hatten. Ihnen gegenüber wohnten Alex und Sylvia Jäger, und im Dachgeschoss in zwei einzelnen Wohnungen Katharina sowie Oliver Waldmüller – der Nachbar, der ihr Herz zum Flattern brachte. Seine Werkstatt, deren von Efeu umrahmte Fensterreihe zu dem wildromantischen, mit holzigen Lavendelbüschen und glutroten Kletterrosen bewachsenen Innenhof wies, lag geschützt im hinteren Teil des Hauses.

Katharina war im Gegensatz zu ihren Eltern keine Abenteurerin, nur die Neugierde auf Menschen einte die drei. Das dichte braune Haar fiel der hochgewachsenen jungen Frau bis über die Schultern. Ihre schmale Statur – die Eltern hingegen waren beide etwas kräftiger – unterstrich Katharinas sensibles Wesen.

Lange hatten die Eltern auf ihr Europa-Abenteuer hin gespart. Jeden Cent hatten sie auf ein Sparbuch gelegt und jeden Nebenjob angenommen, der sich geboten hatte, wodurch ihre Freizeit sehr begrenzt gewesen war und auch die Bausubstanz des Hauses mehr und mehr gelitten hatte, da sie keinen Cent in seinen Erhalt stecken konnten. Eine Rundum-Renovierung war dringend nötig, aber die beiden hatten in den letzten Jahren nur ihre Reise auf den TukTuks im Sinn gehabt, dreirädrigen Rikschas, und sich nicht am maroden Charme des alten Gebäudes gestört. Die Mutter, Kathrin, hatte wie ihr Mann Peter hart für dieses Ziel gearbeitet und tagsüber in einem Notariat das Büro geleitet. Der Vater war im Reisebüro des Ortes angestellt gewesen, abends half er den Nebenerwerbs-Bauern bei ihren Abrechnungen. Nun waren die beiden in den Ruhestand gegangen und hatten sich auf die Reise begeben.

Aber vorher hatte Katharina ihnen ein Geschenk überbracht. Sie entsann sich noch genau an die Miene, als Kathrin es geöffnet hatte. Ihre Mutter hatte die Hände über dem Kopf zusammengeschlagen und laut aufgeschrien.

»Da hast du uns aber wirklich eine Freude gemacht!« Peter war in lautes Lachen ausgebrochen.

»Mama kann vor Schreck ihrer Freude noch nicht so richtig Ausdruck verleihen.«

»Doch Schatz, ich freu mich wirklich«, hatte auch Kathrin dann angesichts des neuesten Smartphones fröhlich versichert. ›So ein Teil kommt mir niemals ins Haus‹, hatte sie immer gesagt und sich strikt geweigert, dafür auch nur einen Cent auszugeben. »Ich schätze, wir werden auf unserer Reise genügend Zeit haben, dieses Monsterinstrument zu studieren.«

»Und außerdem hast du ja mich«, spöttelte Peter, und alle waren in sein Lachen eingefallen, denn er war noch weniger technikbegeistert als seine Frau. »Aber dank dir schön, Schatz. Ich finde, es ist eine super Idee.«

»Damit könnt ihr alles machen, selbst telefonieren«, versprach Katharina.

»Ich bin guten Mutes, dass ich dazu bis zum Ende der Reise in der Lage sein werde«, Kathrin schmunzelte. »Ich werd mir alle Mühe geben.«

»Dann ist ja alles gut. Ich erwarte, dass ihr euch zumindest einmal die Woche bei mir meldet«, befahl Katharina streng.

»Hoffentlich gibt es auch noch Festnetz-Telefone in Island«, fügte Kathrin hinzu.

»Island ist ein moderner Staat, Mama.«

Dort hatte die Abenteuerreise begonnen. Das alles war jetzt vier Wochen her, und die Eltern hatten sich nach Skandinavien begeben.

Katharina betrat das Haus und ging die Treppe hinauf in ihre Wohnung. Nachdem sie gefrühstückt, sich eine Jacke über die Bluse gezogen und ihre Tasche geholt hatte, schwang sie sich wieder aufs Fahrrad. Heute Morgen gab es für sie nur die Redaktionskonferenz, nächste Woche würde sie ihre Recherche in einem Vier-Sterne-Hotel ihrer Wahl beginnen, und nachdem diese abgeschlossen war, begann ihr Urlaub. Wobei man diese Recherche ja auch schon als Urlaub bezeichnen konnte. Katharina musste keine Termine mehr einhalten, keine Tour irgendwohin war geplant, sie musste lediglich ins Büro, und dann war sie frei. So hatte sie sich kurz entschlossen für das Fahrrad entschieden.

Ein feines Lächeln umspielte ihre vollen Lippen, als sie das Ende des Dorfes erreicht hatte und auf den oberen Horizontalsteig einbog. Wie gut sie es getroffen hatte! Wer mochte da auch schlecht gelaunt sein? – Sie konnte sich zu einem Traumjob in einer Traumgegend gratulieren, der ihr eine interessante Arbeit bescherte, die sie nicht weit von daheim in dem hübschen oberbayerischen Alpenzipfel ausüben konnte. Lediglich acht Kilometer von Kirchdorf entfernt lag Waldeck, die Kreisstadt, in der sich die Redaktion der Zeitschrift *Idyllisch leben* befand – *der* Zeitschrift für den ländlichen Raum, für die Katharina als freie Journalistin arbeitete.

Zum ersten Mal in diesem Jahr hatte sie sich für einen kurzen Rock entschieden, was ihr bei den Kollegen belustigte, aber durchaus anerkennende Kommentare bescheren würde, denn Röcke und Kleider trug sie so gut wie nie, lediglich im Sommer bei heißem Wetter. Sie war durch und durch ein Hosentyp, aber bei diesem herrlichen Frühlingstag musste man einfach Bein zeigen.

Sie genoss den kühlen Fahrtwind und strich sich die feinen dunklen Haarspitzen aus dem Gesicht, die sie immer wieder an der Stirn kitzelten. Mit dem Fahrrad benutzte sie natürlich nicht die lebhafte Landstraße, sondern den Höhenweg, der nicht einmal länger und zudem viel reizvoller war. Außerdem wies er keine nennenswerten Steigungen auf, sodass sie nicht verschwitzt zur Arbeit käme. Sie war eine Genussfahrerin, liebte jedoch auch die sportlichen Herausforderungen, wenn sie mit dem Mountainbike ihrer Schwester, die es von den Eltern geschenkt bekommen hatte, es der Jüngeren jedoch irgendwann überlassen hatte, die Berge erklomm. Manchmal überlegte sie, ob sie nicht den Motorrad-Führerschein machen sollte, denn Ausfahrten mit diesem Gefährt würden sie schon reizen.

Sie wandte den Blick nach links. Wie Perlen lagen sie hintereinander aufgereiht im weiten Tal: die heimeligen Dörfer ihrer Heimat. Und wie lieblich es wieder einmal im feinen Dunst strahlte! Die Frühlingssonne kämpfte tapfer, die zarten Morgennebel zu verscheuchen, die über Nacht die Landschaft umhüllt hatten.

Tief drunten plätscherte ein Fluss breit und behäbig zum Meer hin. Weit vor den Toren der Stadt wurde er umsäumt von breiten Flussauen. Doch anstatt seinem direkten Weg zu folgen, machte er urplötzlich eine eigenwillige Schleife und schloss eine riesige Halbinsel ein, die von einem undurchlässigen Bannwald bedeckt war: mit felsigen, weiß schimmernden Zacken, die über vierhundert Meter in die Höhe ragten. Danach nahm der Fluss seine ursprüngliche Richtung gen Norden und zur Stadt wieder auf. Warum er diese Kehre machte, wusste niemand zu sagen, doch von oben bot das dichte Grün, durchbrochen von den silbrigen Tupfen der Granitspitzen, einen bezaubernden Ausblick. Selbst heute konnte man dieses Paradies, die »Waldecker Schlinge«, wie sie genannt wurde, nur mit einem Boot erreichen.

Diesseits der Stadt schlossen oberhalb der Wiesen breite Äcker und Weiden an die zahlreichen Dörfer an. Hinter ihnen erhob sich schließlich das Karwendel, nicht etwa trutzig und hart und abweisend, sondern in diesem Winkel gemächlich von sanften Hügeln zu hartem Fels übergehend, sodass die Häuser nicht von dessen Wucht erdrückt wurden.

Es war ein Ort, wo das Atmen leichtfiel, wo man unbeschwert die Sonne genießen konnte und wo es noch stille Winkel zuhauf gab. Zum Glück war hier das Dörfersterben noch nicht eingetreten – woran die quirlige Kreisstadt natürlich nicht unschuldig war, sinnierte Katharina. Nein, sie gelüstete es nicht wie die Eltern nach Reiseabenteuern. Höchstens vielleicht nach einer Motorradfahrt durch Marokko. Den sternenreichen Wüstenhimmel betrachten – das würde sie schon reizen. Momentan aber hatte sie überhaupt noch keine Ahnung, wie sie die vor ihr liegenden drei freien Wochen verbringen würde, was sie jedoch nicht im Geringsten störte, sie lebte ganz gern einmal in den Tag hinein. Sie hatte diesen frühen Jahresurlaub antreten müssen, weil die Kollegen – allesamt Mütter und Väter – in den Sommerferien freinehmen wollten. Ihr war es recht, sie liebte den Frühling sowieso mehr und würde die Stille und sommerliche Hitzewellen in der ungewohnt einsamen Redaktion genießen.

Eigentlich hatte sie nur einen Wunsch. Sie wollte endlich mit dem Schreiben ihres Romans beginnen – ein Unterfangen, das ihr schon lange auf dem Herzen lag. Ansonsten hegte sie keine Pläne.

Ein wunderbares Gefühl! Sie atmete tief ein und aus und fühlte sich leicht und unbeschwert. Ohnehin hatte sie noch nie einen großen, allumfassenden Lebensplan verfolgt. Natürlich wollte sie heiraten und Kinder bekommen, wie ihre Schwester und all ihre Freundinnen. Doch nichts hatte Eile. Sie war neunundzwanzig, und es bestand kein Grund zur Torschlusspanik, beruhigte sie sich immer, wenn die Sehnsucht nach einem Mann und einer Familie sie zu überwältigen drohte.

Sie erreichte die Ausläufer der Stadt. Neben dem Anger der evangelischen Kirche befand sich in einer schmalen Häuserzeile die Redaktion der *Idyllisch leben*. Sie stellte das Rad an der vorgesehenen Stelle ab, schloss es ab und betrat die Räume, deren moderne Einrichtung einen reizvollen Kontrast zu den dämmrigen Zimmern mit den schweren Eichenbalken bot. Dank der weißen Wandfarbe wirkten die Zimmer jedoch nicht düster oder bedrückend.

Das Verhältnis der Kolleginnen und Kollegen untereinander war angenehm entspannt. Die Arbeit erdrückte sie nicht, im Gegenteil, es galt immer wieder, interessante Themen zu finden, das Schwerste aller Unterfangen. Auch heute würde man sich den Kopf zerbrechen müssen, aber das war ein Teil der Arbeit, den Katharina besonders liebte, denn sie steckte voller origineller Ideen.

Sie strich sich den Rock glatt, fuhr sich ein letztes Mal durch die Haare und betrat den Konferenzraum.

Zwei Stunden später war es geschafft. Strahlend verabschiedete sie sich von den Kollegen. Draußen ließ sie das Rad stehen und schlenderte zur Eisdiele. Der Urlaub konnte beginnen, und zwar mit einer Recherche in einem feinen Hotel – gab es etwas Schöneres? Sie sollte hinter die Kulissen eines gediegenen Landhotels blicken, den Betreibern möglicherweise das Geheimnis ihres Erfolges entlocken, Menschliches, aber auch Skurriles zutage fördern. Etwas in der Art, keinen Nullachtfünfzehn-Hotel-Report.

Normalerweise bestand ihre Arbeit vor allem im Aufspüren alter, fast ausgestorbener Handwerks-Techniken und Werkstätten. Nebenbei war sie Mädchen für alles, so wie jetzt, da sie die Arbeit einer Kollegin übernahm, die sich kurzfristig einer Operation hatte unterziehen müssen. Zwar würde Katharina sich sofort in die Arbeit stürzen müssen, aber das stellte keine Schwierigkeit für sie dar. Das Landhotel würde eine schöne Bereicherung sein. Ihr Chef hatte ihr ausdrücklich nahegelegt, dass sie drei Nächte dort verbringen sollte, um einen genauen Einblick zu erhalten. Wie, so hatte er auf ihr verdutztes Gesicht lächelnd reagiert, wollte sie sonst über Hotelbetten berichten, wenn sie nicht einmal darin gelegen hatte? Wie den Hotelbetrieb loben, der ihr mitten in der Nacht eine außergewöhnlich köstliche Speise auftischte, nach der es ihr, dem verwöhnten Gast, gelüstete? Na also. Sie hatte strahlend versprochen, bis Ende nächster Woche den Artikel abzuliefern. Ein Leichtes für sie.

2

Während sie zur Eisdiele schlenderte, dachte sie daran, dass sie zum ersten Mal im Leben ganze drei Tage und Nächte auf sich gestellt sein würde – und das in ihrem Alter. Gut, ganz so schlimm würde das schon nicht werden, schließlich konnten ihre Freunde oder die anderen im Haus ihr notfalls gute Ratschläge mit auf den Weg geben. Obwohl sie so unterschiedliche Leben führten, verstanden die Mieter sich sehr gut. Wieder einmal wanderten Katharinas Gedanken zu den Jägers, einem etwas seltsamen Paar.

Alex Jäger – Sylvias Mann, dessen rundes Gesicht ein eisgrauer, sorgfältig getrimmter Vollbart zierte, gab sich ein wenig offener als seine eher einsilbige Partnerin und erzählte dann und wann gern einmal von sich. Wohlbeleibt und noch eine Spur kleiner als seine zierliche Ehefrau, hatte er Katharina und den Eltern anvertraut, dass er die Wohnung allein wegen der Lage gemietet habe – gegen den Wunsch seiner Frau, die sich eine etwas luxuriösere Behausung gewünscht hätte, denn »das Geld dazu wäre vorhanden«, hatte er augenzwinkernd erzählt. Und das habe ihm die zwanzig Jahre jüngere Sylvia auch immer noch nicht verziehen, hatte er ein wenig melancholisch hinzugefügt. Das Gespräch war noch gar nicht so lange her und zustande gekommen, als Daniel in Ermangelung an Kunden für Alex und Katharina, die ab und zu zum Plaudern vorbeischneiten, in seinem Laden eine Runde Orangenlikör ausgegeben hatte.

Genau wie Katharina liebte auch Alex das Geschäft, und erstand des Öfteren eine Kleinigkeit für die Wohnung. Dass er diese ohne Sylvias Wissen gemietet hatte, konnte sie ihm also nicht verzeihen, was vielleicht auch noch auf einige andere Sachen zutraf, spekulierte Katharina – ging man von den zahlreichen Streitereien aus, die oft durch den Hausflur schallten. Alex, den sie seit ein paar Tagen nicht mehr gesehen hatte, war ein leidenschaftlicher und erfolgreicher Landschaftsmaler, der überall auf der Welt schon für Ausstellungen gebucht worden war. Hier, so hatte er Katharina begeistert erzählt, musste er nur aus der Tür gehen und schwelgte sofort in Farben und Stimmungen. Selbst wenn das Wetter es nicht zuließ, brauchte er sich nur auf den überdachten Balkon zu setzen, der dank des seitlich angebrachten Holzpaneels eher einem Erker glich, und genoss die grandiose Aussicht auf den Waldsee und das Gebirge. Die Eltern hatten den beiden die Wohnung erst vor einem knappen Jahr vermietet – weil die Mutter sich in die Malereien von Alex verliebt hatte, wie sie immer wieder betont und auch bewiesen hatte, indem sie später zahlreiche Bilder von ihm erstand.

Katharina betrat die Eisdiele und blieb freudig überrascht stehen, als sie Daniel erblickte, der sich gerade von einem anderen Mann verabschiedete, mit dem er an einem der Tische zusammengesessen hatte.

»Du, ich hab nicht viel Zeit, nur eine kurze Frage«, begann er nach einer saloppen Begrüßung.

Sie sah, dass er in Eile war, und blieb stehen, sonst hätte sie ihn zu einem Eis eingeladen. »Schieß los, ich bin ganz Ohr.«

»Ich habe vor, nach Venedig in den Urlaub zu fahren. Es gab noch keine Gelegenheit, mit deinen Eltern zu sprechen, und da möchte ich dich nun fragen. Ich werde zwei Wochen weg sein und würde gern einen Freund von mir bitten, mich solange im Laden zu vertreten. Dafür müsste er allerdings auch in meiner Wohnung leben. Ich hoffe, du hast nichts dagegen? Du kennst ja meine Situation, und ich kann ehrlich gesagt nicht auf die Einnahmen verzichten. Daher meine Bitte, meinem Freund solange Unterkunft zu gewähren. Er ist ein netter Kerl. Ganz ruhig, macht kein Remmidemmi, wenn du das fürchten solltest – was du nicht tust«, fügte er grinsend hinzu, »so, wie ich dich kenne. Also, hab ich dein Einverständnis?«

»Keine Sorge, das ist hiermit erteilt«, erwiderte sie lachend.

Er umarmte sie spontan, und die beiden verabschiedeten sich wenig später.

Katharina schaute sich um, das Café war proppenvoll. Sie entschied sich für ein Eis zum Mitnehmen und verließ dann das Café, denn heute hatte sie ja noch etwas Schönes vor. Gestern hatte sie sich entschieden, den Vorschlag ihrer Bekannten, Grete Weißdorn, anzunehmen, die angeboten hatte, sie mit nach München zu nehmen. Grete war wirklich nett.

Sie würden jede für sich ihre Einkäufe tätigen – sofern Katharina überhaupt etwas kaufen würde, denn sie hatte vor, in der Zukunft etwas zu sparen –, aber zumindest gemeinsam einen Kaffee trinken gehen.

Sie genoss ihr Eis, dann schwang sie sich aufs Fahrrad und fuhr heim. Die Nachbarin war pünktlich, und sie erreichten München ohne Probleme.

Katharina sah auf die Uhr. Noch fast eine Stunde, bis sie sich vor dem Kaufhaus wiedertreffen würden. Unschlüssig, wie sie die Zeit verbringen sollte, durchstreifte sie das Münchner Kaufhaus, das sie so sehr liebte. Entgegen aller guten Vorsätze hatte sie doch viel zu viel Geld für Kleidung unters Volk gebracht, schließlich wartete ein schickes Landhotel auf sie.

Plötzlich hielt sie inne.

Sie erkannte Antoine Aigner sofort.

Insgeheim imponierte ihr die Art und Weise, in der er mit gelangweilter Miene das gleiche Radio eines italienischen Designers, für das sie sich soeben von einem beträchtlichen Teil ihres Gehalts getrennt hatte, in eine hauseigene Tüte mit hübschem Logo verschwinden ließ. Obwohl ihr bewusst war, dass sie den Vorfall unverzüglich melden sollte, folgte sie dem Mann, neugierig, ob er es schaffen würde, unbesehen sein Beutestück in

Sicherheit zu bringen. Doch schon löste er eine unsichtbare Alarmanlage aus und der gellende Ton der Sirene erfüllte die Halle.

Was dann geschah, entzog sich völlig ihrer Kontrolle, war schlichte Eingebung. Später vermutete sie, dass sie es nur tat, weil ein Mensch auf der Flucht ihr Mitleid erregt hatte – und dieser Mann war definitiv auf der Flucht, wie jeder mit einem normalen Maß an Menschenkenntnis sofort sehen konnte. Unauffällig ließ sie ihre Tüte mit dem bezahlten Radio in der Umkleidekabine verschwinden, die sie gerade passierte, und eilte dann zu Antoine Aigner und dem Hausdetektiv, der aus dem Nichts aufgetaucht zu sein schien und Antoine in den Schwitzkasten genommen hatte.

»Lassen Sie doch bitte meinen Mann los! Es kann sich hier nur um ein Missverständnis handeln.« Ihre Stimme klang laut und resolut, was zur Folge hatte, dass ihr die Aufmerksamkeit sämtlicher Gaffer im Rund sicher war. Sie legte eine Hand betont vertraulich auf Antoines Arm. »Liebling«, der Schmelz in ihrer Stimme verwunderte sie einen Moment selbst, »bleib ganz still. Ich werde das Missverständnis sofort aufklären.«

Antoine reagierte so, wie es die Kaltblütigkeit bei der Durchführung seines Coups hatte vermuten lassen. Sein anfänglich schockiertes Verhalten dem Hausdetektiv gegenüber verwandelte sich nur für den Bruchteil einer Sekunde in unverhohlenes Erstaunen. Dann fing er sich wieder, mit einer Geistesgegenwart, die Katharina trotz allem Anerkennung abrang. Sie zückte ihr

Portemonnaie und bewies anhand *ihrer* Quittung, dass *sein* Radio bereits bezahlt sei.

Der Detektiv bat sie in einen Kabuff, wo er die beiden und Katharinas Einkaufstüten durchsuchte und die Waren mit ihren Quittungen verglich. Da er keine unbezahlten Gegenstände fand, entschuldigte er sich und ließ Antoine und Katharina laufen. Als er ihnen nachschaute, schwankte seine Miene zwischen Verlegenheit angesichts seines vermeintlichen Irrtums und dem Gespür seines gesunden Instinkts, dass das, was sich ihm gerade geboten hatte, in Wirklichkeit genau das darstellte, was es in Wahrheit gewesen war – eine Farce. Und als die zwei das Haus verlassen hatten, erkannte man die Entschlossenheit, dass ihm so etwas nie wieder passieren würde – zumindest nicht mit diesem Pärchen.

Mit festem Griff nahm Katharina Antoine am Arm – sicherheitshalber – und zog den noch immer Verdutzten erbarmungslos mit sich fort; im Eilschritt und in völligem Schweigen legten sie den Weg zum nahe gelegenen Eiscafé zurück. Sie strebte zur hintersten Ecke des überfüllten Raumes und ließ sich ein wenig atemlos auf den zierlichen roten Plastikstuhl fallen. »Kommen Sie!«, ermunterte sie den Dieb, der stocksteif vor ihr stehen blieb. »Das Eis hier ist berühmt. Und da Sie unter Geldknappheit zu leiden scheinen, sind Sie eingeladen«, zwitscherte sie.

Antoine betrachtete sie immer noch sprachlos von oben bis unten.

»Setzen Sie sich endlich«, gab sie sich forscher, als ihr zumute war. Erst jetzt wurde ihr klar, was sie getan hatte: Sie hatte einen dreisten Dieb quasi auf offener Bühne gekapert, was nur an ihrem Horoskop liegen konnte, das ihr für diesen Tag eine wunderliche Fügung des Schicksals vorausgesagt hatte. Mit anmutiger Geste wies sie auf den freien Platz an dem runden Tisch.

Ihr überrumpeltes Opfer – die Eleganz in persona – platzierte sich an dem winzigen Tisch, schlug die langen Beine mit einer eleganten Bewegung übereinander und legte die verschränkten Hände in den Schoß.

Einen Moment maßen sich stumm ihre Blicke. Die Spannung zwischen ihnen war fast körperlich spürbar. Plötzlich breitete sich ein Grinsen über Antoines nahezu faltenlosem Gesicht aus, was in völligem Widerspruch zu seiner verwerflichen Tat stand. Beinahe zur gleichen Zeit brachen sie in schallendes Gelächter aus, bis ihnen die Tränen über die Wangen liefen.

»So etwas ist mir in der Tat noch nie passiert.«

»Na, und mir erst recht nicht«, prustete Katharina.

»Und jetzt erzählen Sie mir auf der Stelle, womit ich Ihre unvermutete Hilfe verdient habe«, forderte er und zückte ein Taschentuch, um sich die Tränen abzutupfen.

Katharina sog den angenehm unaufdringlichen Duft seines Parfums ein. Ihre Beine fühlten sich selbst jetzt im Sitzen noch immer weich wie Pudding an, und das heftige Zittern, das sie am ganzen

Körper ergriffen hatte, war eindeutig die verspätete Reaktion auf ihr soeben überstandenes Abenteuer. Sie schwenkte den Zeigefinger. »Noch haben Sie sich gar nichts verdient.«

Während er das Taschentuch zurück ins Jackett steckte, verflüchtigte sich die Heiterkeit aus seinen Augen, und an ihre Stelle trat ein wachsamer Zug. Er drehte sich um und gab der jungen Kellnerin ein Zeichen, woraufhin diese beflissen an ihren Tisch kam. »Was möchten Sie?«, fragte er Katharina, »Eis oder Kaffee?«

»Einen Kaffee bitte«, sagte sie, an die Kellnerin gewandt.

»Und mir bringen Sie bitte einen Kognak.« Er neigte sich kurz nach unten und überreichte Katharina dann die Plastiktüte mit dem Radio. »Ihr Eigentum. Mit herzlichem Dank zurück.«

Sie nickte und nahm die Tüte wortlos in Empfang.

»Nun erlösen Sie mich bitte von meiner Neugier«, bat er.

Sie stellte die Tüte neben ihren Stuhl und fuhr sich durch die Haare, die schon lange keinen Schnitt von professioneller Hand genossen hatten. Was sollte sie ihm sagen? Sie wusste ja selbst nicht so recht, was sie zu ihrem Tun veranlasst hatte. Oder vielleicht doch? Dass er ihr leidgetan hatte? Nein, das musste sie ihm nicht auch noch auf die Nase binden.

»Sie sind Antoine Aigner, der berühmte Schönheitsguru«, begann sie.

»Vom Scheitel bis zur Sohle.«

»Und Sie stehen in meiner Schuld.« Sie wunderte sich einen Moment selbst, wie kühl ihr die Worte über die Lippen kamen. Als würde sie mit dem Einfangen einer Berühmtheit ihr täglich Brot verdienen – was gewiss nicht der Fall war.

Der wachsame Ausdruck in Antoines Augen vertiefte sich. »Gewissermaßen.«

»Ich habe Ihren Ruf und somit Ihr Leben gerettet.«

»Ein wenig übertrieben ... aber so ungefähr könnte man es nennen.«

»Gut.« Auf einen Schlag fiel die Gelassenheit von ihr ab, ihr fehlten die Worte und vor allem auch nur die Spur einer Idee, wie sie weiter vorgehen sollte. Nervös nestelte sie an der Eiskarte auf dem Tisch und ließ den Blick durch den überfüllten Raum schweifen, ohne dass sie wirklich etwas registrierte. »Warum um alles in der Welt macht jemand wie Sie so etwas?«

»Ist das der Grund, weswegen Sie mir zu Hilfe gekommen sind? Pure weibliche Neugierde?«, fragte er mit leisem Spott in der Stimme.

Sie lächelte. »Nein, natürlich nicht. Außerdem sind nicht nur wir Frauen neugierig. Neugierde ist ein Wesenszug, der nicht nur den Menschen – Männern wie Frauen – eigen ist, sondern auch in der Fauna anzutreffen ist ... und möglicherweise sogar in der Flora«, setzte sie überlegend hinzu. Sie hielt inne, dankbar, dass die Kellnerin erschien und das Gewünschte brachte. Es wurde Zeit, sich zu konzentrieren und kein dummes Zeug von sich zu geben.

Sie nahm einen kleinen Schluck von dem heißen, belebenden Getränk und stellte dann vorsichtig die Tasse zurück auf den Unterteller. Mit einer entschlossenen Bewegung hob sie den Kopf. »Schauen Sie mich an!«

Ein winziges Lächeln milderte seinen misstrauischen Gesichtsausdruck. »Das tue ich seit geraumer Zeit.«

»Und was sehen Sie?«

»Eine junge, mutige Frau, die irgendetwas im Schilde führt. Eine außergewöhnliche Frau, eine Frau, die mich an eine Katze erinnert, die soeben den Sahnetopf ausgeschleckt hat, wenn ich es genau überlege.«

»Sie sehen eine Frau, die demnächst in einem Nobelhotel nächtigen wird und dafür eine Rundumbehandlung für angebracht hält.«

Gefasst faltete sie die Hände auf der marmornen Tischplatte und hielt die Augen fest auf den Mann vor sich gerichtet.

Er begegnete ruhig ihrem Blick, erwiderte jedoch nichts.

Katharina räusperte sich, damit ihre Stimme die alte Festigkeit zurückerlangte. »Ich brauche keine Operation, aber der Begriff ›Rundumbehandlung‹ umfasst ja auch das Äußere, ohne irgendwelche Eingriffe. Kurzum, ich würde mich freuen, wenn Sie mir ein paar Make-up-Tipps geben und mir einen guten Friseur empfehlen könnten. Und vielleicht auch eine Massage … oder so. Wenn Sie zustimmen würden, wären wir quitt. Auf ewig, versprochen. Ich bin keine, die … die jemanden anschwärzen würde. Nie! Und wenn Sie jetzt sagen, ich solle mich verdünnisieren, dann tu ich das. Aber wie gesagt … es wäre sehr nett, wenn Sie mir den Gefallen tun könnten.« Einen Moment spielte sie mit dem Gedanken, das Ganze ebenfalls für eine Reportage zu nutzen – sie könnte über die Geschehnisse hinter den Kulissen einer Schönheitsklinik berichten. Aber sie befürchtete, dass der Mann vor ihren Augen in Ohnmacht fallen würde, wenn sie ihn jetzt geradeheraus mit der Tatsache konfrontierte, dass ihn eine Journalistin auf frischer Diebestat ertappt hatte. Sie würde auch hier – wie schon einige Male zuvor – ihren geheimen Schwur einhalten: Niemals wollte sie jemanden anschwärzen, dem sie Geheimhaltung versprochen hatte. Ihr Wort galt noch etwas, und darauf war sie stolz.

Antoine schwieg, und ein paar Sekunden lang hatte Katharina das schreckliche Gefühl, er könnte ohne Kommentar aufstehen und die Eisdiele verlassen. Mit Bestürzung wurde ihr klar, was ihre Worte bedeuteten. War das, was sie hier machte, nicht mindestens ebenso verwerflich wie die Tat des Mannes, deren Zeugin sie geworden war? »Sie müssen nicht –«

Er hob die Hand. »Ich bin Ihnen tatsächlich zu Dank verpflichtet. Und ich bin sicher, dass ich Ihnen helfen kann. Geben Sie mir zwei Monate Zeit, und Sie sind eine Schönheit.«

»Das wäre klasse«, rief Katharina strahlend, um sich dann geschockt zu vergewissern: »Für eine simple Verschönerung meinerseits brauchen Sie *zwei Monate*?«

Endlich kam Leben in das Gesicht ihres Gegenübers. »Nein, um Himmels willen! Sie sind sehr hübsch, doch ich könnte Sie in meiner Klinik einer Diät unterziehen, Ihre Haare würden geschnitten und getönt und noch einige kleinere Eingriffe vorgenommen – ein Klacks zwar, aber dafür benötigen wir ungefähr zwei Monate, Ihre Hilfe vorausgesetzt.«

Sie legte den Kopf in den Nacken und brach in schallendes Gelächter aus, sodass sie die Blicke der anderen auf sich zogen. Katharina konnte sich recht gut einschätzen. Sie war nie eine Schönheit gewesen, fand sie selbst. Und sie verspürte keinerlei Gelüste, eine Schönheit zu werden. »Danke, nein. Ich finde, dass ich schlank genug bin. Mir würde es reichen, wenn sie in ein, zwei Tagen das Schönste von mir zum Strahlen bringen könnten, damit ich mich in dem Hotel wie eine Königin fühlen würde. Alles andere brauche ich nicht. Selbst wenn ich bei Ihnen abnehmen würde, so hätte ich es drei Wochen später wieder auf den Rippen. Ich esse einfach gern. Und ich finde mich so, wie ich bin, in Ordnung.« Sie räusperte sich erneut. »Zwei Monate wären definitiv zu viel für einen kleinen Gefallen. Außerdem möchte ich nicht, dass Sie denken, ich wollte Sie unter Druck setzen. Das hier soll keine …«, *Erpressung* hatte sie sagen wollen, doch das Wort kam ihr einfach nicht über die Lippen. »Also, wie gesagt, ein oder zwei Tage würden völlig reichen, wenn Sie meinen, dass die Zeit *Ihnen* ausreichen würde«, fügte sie augenzwinkernd hinzu.

»Keine Widerrede. Ich lade Sie zu einem Drei-Tage-Wohlfühlprogramm ein. Ich vertraue Ihnen«, sagte er mit warmherzigem Lächeln und legte seine Rechte auf ihre gefalteten Hände. »Und eigentlich haben Sie völlig recht. Ihre Figur ist wunderbar, und alles an Ihnen ist hübsch. Ich bin nur so oft umgeben von Frauen, die unglücklich über ihr Aussehen und vor allem ihr Gewicht sind, dass eine Frau mit normalen Kurven, die sich mag, beinahe ungewohnt für mich ist. Und nun zur Beantwortung Ihrer Eingangsfrage, *warum* ich es tat.«

Er zögerte, schaute sich kurz um, und Katharina wartete geduldig, dass er fortfuhr.

»Können Sie sich etwas Langweiligeres im Leben vorstellen als Reichtum?«, fragte er schließlich, den Blick unschuldig wie ein kleiner Junge auf sie gerichtet.

Sie grinste. »Ich könnte Ihnen auf der Stelle hundert Dinge aufzählen, die mir langweiliger erscheinen. Außerdem haben Sie doch Ihre Arbeit, die Ihnen die langweiligen Stunden versüßt.«

»Sicherlich.« Er wurde ernst. »Früher, als ich vor allem die Gesichter von Unfallopfern wiederherstellte, erfüllte meine Tätigkeit mich wirklich mit Stolz. Ich bin wirklich gut in meinem Job. Aber seit die Schönen und die Reichen mich entdeckt haben, ist alles anders. Die lassen mir für den wichtigen Teil meiner Arbeit einfach keine Zeit mehr.«

»Aber das haben Sie doch in der Hand«, warf sie leise ein.

Er zuckte die Schultern. »Natürlich haben Sie recht. Aber dieser kleine Ausrutscher von vorhin – und ich betone, es *war* ein Ausrutscher – schenkte mir ein wenig Nervenkitzel, den ich nötig hatte wie die Luft zum Atmen, sonst wäre ich auf der Stelle vor Langeweile gestorben.«

»Was das Ganze aber nicht unbedingt entschuldigt«, maßregelte sie ihn streng. »Und da ich annehme, dass dieser kleine Ausrutscher, wie Sie es nennen, der einzige bleibt ...« – wovon sie seltsamerweise überzeugt war – »will ich darüber hinwegsehen und hoffen, dass er Ihnen leidtut.«

»Womit wir das Thema ja nun vergessen können.« Seine Stimme klang sachlich, keine Spur von Reue. »Wann wollen wir beginnen?«

»Auf der Stelle«, schoss es aus Katharina heraus. »Das verlängerte Wochenende wäre prima, denn Dienstag müsste ich wirklich dringend in dieses Hotel.«

»Sie sind nicht nur hübsch, sondern auch spontan. Sie wissen, was Sie wollen. Sehr interessant.«

»Danke nochmals. Ich wusste von der ersten Sekunde an, dass Sie mein Mann sind«, sie seufzte.

»In gewisser Weise.«

»In gewisser Weise«, stimmte sie lächelnd zu.

»Gut. Ich würde vorschlagen, wir zahlen und leiten dann alles in die Wege.«

»Ich begebe mich ganz in Ihre Hände«, antwortete sie mit einem Glucksen in der Stimme. Sie fühlte sich auf einmal so schwindlig, als hätte *sie* statt seiner den Kognak in einem Zug die Kehle hinuntergeschüttet.

Um keine Zeit zu verlieren, verabredeten sie, dass Katharina sofort am frühen Samstagmorgen Antoines Klinik in München aufsuchen sollte. Oh Gott, sie musste sofort Oliver von ihren Plänen unterrichten! Vielleicht würde der Mann, für den sie insgeheim schwärmte, sie ja sogar ein wenig vermissen.

Um Viertel nach fünf war Katharina wieder daheim. Als sie schließlich aus dem Auto der Nachbarin stieg, hatte sie trotz ihrer schmerzenden Füße in den viel zu engen Pumps, die sie schon in München angezogen hatte – ein Fehlkauf, der auf das Konto ihrer geplanten Hotelrecherche ging – das Gefühl, zu schweben. Antoine Aigner würde alles an Attraktivität aus ihr herausholen, was möglich war. Und vielleicht würde diese wundersame Verwandlung dazu führen, dass Oliver sie endlich als attraktive Frau zur Kenntnis nahm.

Katharina winkte Daniel, der soeben eine Kundin in seinem Antiquitätenladen bediente, kurz zu. Ohne Zweifel, sie würde ihn vermissen in den nächsten zwei Wochen, wenn er unterwegs war. Ganz der gutmütige, angenehme Mieter Mitte dreißig, hatte er bezogen auf *ihre* Partnerwahl nur ein Manko: Er interessierte sich für Männer. Er war lieb und freundlich, sie konnten sich gut unterhalten, aber mehr nicht.

Ein wenig müde tappte sie die Eichenstiegen hinauf und betrat ihre Wohnung. Sie hatten überlegt, ob sie die Wohnung der Eltern nicht vermieten sollten, aber dann davon abgesehen.

Nachdem sie die engen Schuhe gegen bequeme getauscht hatte, ging sie vergnügt auf einen Tee hinunter zu Oliver Waldmüller.

Oliver Waldmüller war Musiker – jedenfalls in ihren Augen –, doch eigentlich war er Klarinettenbauer, genauer gesagt, Holzblasinstrumentenbaumeister. Allein diese Berufsbezeichnung glich ihrer Meinung nach einer komplizierten Partitur. Sein Leben gehörte der Klarinette und, nicht zu vergessen, seinen Musikerfreunden. Oliver war berühmt bis weit hinter München. Regelmäßig kamen die Musiker angereist, um ihre wertvollen Instrumente von ihm generalüberholen zu lassen. Katharina bewunderte seine Musikalität und hörte ihm gern zu beim Musizieren, ihm und seinen Freunden. Mittwochs kamen die vier, die klassische Musik bevorzugten, wobei Oliver die anderen auf der Klarinette begleitete. Am Samstagmorgen hingegen erschienen meist andere Freunde von ihm, Jazzmusiker. Dann spielte Oliver auf dem Saxofon, dessen Klang Katharina beinahe noch mehr liebte als den der Klarinette. Ob die Musik nun gut war oder nicht, spielte keine Rolle, sie gefiel ihr, egal ob die Freunde sich der Klassik oder Moderne widmeten.

»Schön, dass du kommst, ich hab dich schon vermisst«, begrüßte er sie, über den langen Arbeitstisch gebeugt, eines seiner unfertigen Kunstwerke in Händen. »Setz dich, und bedien dich schon, ich bin gleich so weit.«

Nachdenklich betrachtete sie Oliver, vielmehr seinen erstaunlich breiten Rücken. Erstaunlich deshalb, weil Katharina immer der Meinung gewesen war, Musiker wie er könnten keinesfalls über einen muskulösen Oberkörper verfügen. Sie hatte sich geirrt. Nachdem sie sich Tee in die Glastasse gegossen hatte, ließ sie sich in den winzigen Sessel im Fünfzigerjahre-Design fallen. Wie sie diesen lang gestreckten Arbeitsraum liebte! – Die Werkstatt eines echten Künstlers, dachte sie verträumt. Das Zimmer war eine Insel der Stille.

Die Schönheit des Raumes mit dem Ausblick auf den bezaubernden Garten wurde noch unterstrichen durch den charakteristischen Duft des Grenadill-Holzes, das schwarz wie Ebenholz war und eine so wunderbar samtige Oberfläche besaß, dass Katharina bei ihrem ersten Besuch beinahe ehrfürchtig mit den Fingerspitzen darüberfahren musste. Es stammte aus Südafrika und war *das* Holz für Klarinetten, wie Oliver ihr in einer seiner mitteilsamen Stunden begeistert kundgetan hatte, da es aufgrund des langsamen Baumwuchses nicht so schnell riss wie andere Hölzer. Es war sehr teuer, richtiggehend kostbar – so kostbar, dass es nach Gramm bezahlt wurde. Der Duft des Holzes vermischte sich mit dem des Leinöls, in das die unfertigen Röhren für zwei Wochen zum Aushärten gesteckt wurden. Dieses spezielle, so unverwechselbar mit Oliver verbundene Duftgemisch und das diffuse Zwielicht, in das die

Werkstatt getaucht war, schufen eine angenehm weltfremde Atmosphäre – etwas, das Katharina umso mehr beeindruckte, denn sie war alles andere als weltfremd. Diese Atmosphäre wurde durch die Strahler über der Arbeitsplatte verstärkt, die Oliver genügend Licht zum Arbeiten schenkten und kleine, helle Lichtinseln zauberten.

Von der Atmosphäre zu lautem Denken inspiriert, nahm Katharina einen Schluck vom heißen Tee und überlegte, ob sie Oliver von der Begegnung mit Antoine Aigner erzählen sollte. Den ganzen Weg zu ihrer Wohnung hatte sie sich den Kopf zerbrochen, ob sie ihm von dem Coup und der geplanten Verschönerung berichten sollte. »Übrigens, ich habe seit heute Urlaub«, begann sie.

Er legte ein halb fertiges Instrument zur Seite und drehte sich in ihre Richtung. »Ich dachte, du hast die ganze Zeit Urlaub«, gab er augenzwinkernd zurück, schwang sich rollend auf seinem Stuhl neben ihren Sessel und schenkte sich Tee ein.

»Moment! Auch wenn ich dann und wann zu Hause schreibe, ist das durchaus mit Arbeit gleichzusetzen«, protestierte sie. »Schließlich verdiene ich mit der Schreiberei mein Geld.« Vorsichtig stellte sie die Tasse ab.

»Stimmt, hätte ich beinahe vergessen. Aber selbst das musst du ja nun nicht mehr, nachdem du jetzt unsere Mieten kassierst.«

Es stimmte, ihre Eltern hatten ihr völlig unverhofft und zu ihrer großen Freude die kompletten Mieteinnahmen dieses Jahres geschenkt.

»Verbringst du den Urlaub gemeinsam mit jemandem?«, arglos rührte er in seinem Tee, nachdem er ihn gesüßt hatte.

Ihr Herzschlag erhöhte sich. Sollte sie ihn anflunkern und einen neuen Freund vortäuschen? Nein, lieber nicht, schließlich wollte sie ja ihn um den Finger wickeln. »Nein. Ich bin ab morgen erst mal nur drei Tage weg, also bis Montagmittag oder -abend. Allein.«

»Soso. Eigentlich schade. Ich nehme nicht an, dass du deinen restlichen Urlaub hier im Hinterhof verbringen willst.«

»Warum nicht? Hier ist's doch ganz nett.«

»Du wirst aber nicht die ganze Zeit bei mir auf dem Schoß sitzen wollen.«

Sie schluckte. »Keine Sorge, ab und zu wandere ich auch auf den Schoß von Daniel – ach nein, doch nicht«, verbesserte sie sich. »Der ist ja in Venedig. Schade.«

Er hob den Finger. »Und zwar bei seinem Freund. Mit anderen Worten, sein Schoß ist sowieso nicht allzu reizvoll.«

»Woher willst du das denn wissen?«, scherzte sie. »Hast du ihn schon ausprobiert?«

»Auf solche Fragen antworte ich aus Prinzip nicht«, entgegnete er ernsthaft.

»Da hast du recht. Tu ich auch nicht.«

»Darf man fragen, was du im Besonderen an den drei Tagen zu tun gedenkst, die du dort so allein verbringst?«

»Darf man nicht.« Es freute sie, dass er Interesse zeigte – was durchaus nicht immer der Fall war.

Doch sie kam zu dem Schluss, dass sie Oliver nichts von Antoine Aigner erzählen würde, schon gar nichts von ihrem etwas skurrilen Zusammentreffen; Olivers Reaktion auf die Art und Weise, in der sie die Sache in die Hand genommen hatte, würde möglicherweise aus nichts anderem als bohrenden Fragen bestehen. Sie würde ihn zu gegebener Zeit einfach mit ihrer neu erblühten Schönheit überraschen.

Mit einem kleinen Lächeln strich sie sich die Haare aus der Stirn. »Ich werde auch Sylvia Bescheid geben. Dann kann sie sich danach richten und jemand anderen zum Putzen bestellen.«

»Oder selbst Hand an den Besen legen«, gab ihr Wohnungsnachbar trocken von sich.

Katharina kicherte und schwang die Füße auf einen gepolsterten Fußhocker mit verblasstem Rosenmuster. »Übrigens, hast du inzwischen mal was von Alex gehört?«

»Nein. Ich glaub auch nicht, dass er so schnell wieder auftaucht«, sagte Oliver kopfschüttelnd. »Wenn er klug ist, macht er sich ein schönes Leben, außerhalb der Reichweite seines lieben Weibes, dieser alten Giftspritze.«

»Na! Wie kannst du so von Sylvia reden! Ich finde sie ganz nett.«

Er blickte sie streng an. »Du bist viel zu gutmütig. Sie nutzt dich nur aus.«

Sie hatte die Putztätigkeit bei den beiden von ihrer Mutter übernommen, der das in den letzten Wochen zu viel geworden war. Oliver fand die Putzerei völlig überflüssig. »Stimmt gar nicht, ich mach das alles freiwillig.«

»Dumm genug, vor allem bei dem jämmerlichen Hungerlohn, den Sylvia zahlt«, brummte er. »So.« Er schob das Tablett mit dem Tee zur Seite. »Ich werde mich jetzt wieder meiner Arbeit widmen. Wann soll's denn losgehen mit deiner dreitägigen Auszeit? Sieht man sich vorher noch mal?«

»Sicher. Ich fahre erst morgen früh gegen zehn und werde mich vorher natürlich noch von dir verabschieden.«

»Fein.« Er drehte sich um und schien in Gedanken schon wieder bei seinem Instrument.

Mit einem Anflug von Wehmut verabschiedete sie sich und verließ sein Reich, in dem er normalerweise abgeschottet wie in einem Kloster werkelte. Leider auch so keusch, vermutete sie. Da fiel ihr Moni ein, und schon war sie sich ihrer Sache doch nicht mehr so sicher.

Moni war eine nette junge Frau, der der Friseurladen im Ort gehörte und die Oliver mittlerweile mit der gleichen Regelmäßigkeit wie Katharina besuchte, da sie nicht zuletzt dank ihrer beiden Angestellten flexibel war, was eigene Arbeitszeiten anging. Wenn Oliver, mit dem sie sich wirklich gut verstand, doch auch der Sinn nach mehr als nur Gesprächen stünde! Doch wahrscheinlich musste sie bei ihm die Geduld des Dalai-Lama aufbringen.

Langsam stieg sie die Treppe hinauf, mit jedem Schritt siegte die Vorfreude, und lächelnd drückte sie auf die Klingel an der Tür von Sylvia Jäger, um der Nachbarin die Nachricht ihrer Reise zu überbringen, damit sie für eine neue Putzhilfe sorgen konnte. Sie wusste, dass Sylvia sich nicht die Plastiknägel mit Putzen ruinieren wollte. Doch sie selbst hatte Besseres vor, als die Wohnung ihrer Mieterin zu pflegen. Sie klingelte erneut, aber niemand öffnete die Tür, und so machte sich Katharina wenig später daran, ein paar Sachen fürs Wochenende zu packen.

Antoine Aigner hielt Wort. Er vollbrachte das Wunder, das sich die junge Frau in ihren kühnsten Träumen nicht vorgestellt hatte: Er ließ ihre Haut von einer Kosmetikerin beackern, Katharina ging schwimmen, aalte sich in der Sauna, und ließ sich am Ende eines jeden Tages von einer Massage verzücken, die sie sich noch nie in ihrem Leben gegönnt hatte. Eigentlich eine Schande, dachte sie vergnügt.

Als Zuckerl schickte Antoine sie zu Frank, dem Friseur, dessen Preise allein fürs Ponyschneiden ihr für eine kleine Urlaubsreise gereicht hätten, wie sie auf der Tafel im Schaufenster feststellen konnte. Der Coiffeur richtete ihr die Haare so weit, dass sie sich seiner Aussage zufolge »wieder unter Menschen trauen« konnte – fürs Erste zumindest. Er bat sie händeringend, ihm zu gestatten, wenigstens ein paar Zentimeter abzuschneiden, damit die trockenen Spitzen ihres fisseligen Haares, wie er sich auszudrücken beliebte, nicht mehr so ungepflegt aussehen würden, und sie hatte seinen Rat schweren Herzens befolgt. Dabei hatte sie ihre dunkle Mähne so lange gezüchtet! Nur seinen flehentlichen Rat, ihre hohe Stirn abzumildern, indem sie sich von ihm einen Pony schneiden ließ, hatte sie abgelehnt. Allein bei dem Gedanken kitzelte es auf ihrer Stirn. Und was gab es schon gegen eine hohe Stirn einzuwenden? Die stand schließlich für Intelligenz!

Angesichts sich anbahnender Langeweile – sie hatte immer noch keinen Schimmer, worum es in ihrem Roman gehen sollte – hatte sie sich sogar zu dem Besuch einer Modeberaterin hinreißen lassen, die Katharina nicht nur darin unterrichtete, welchen Kleiderstil und welche Farben sie in Zukunft besser tragen sollte, sondern ihr auch noch zu grünen Kontaktlinsen geraten hatte – für »besondere Gelegenheiten«, wie sie augenzwinkernd sagte. Aber auch hier hatte sie lediglich Katharinas Gelächter geerntet, die sich nicht sehr viel aus Mode machte. Und diese hohen Schuhe, hatte Katharina der stark geschminkten Mittfünfzigerin versichert, könnte sie auch nicht tragen, sie war doch keine Masochistin. Womit sie in der Achtung der Frau noch ein wenig tiefer rutschte, aber das war ihr egal. Sie war kein Modepüppchen und würde auch nie eines werden.

Dennoch, Antoine und der Aufenthalt in seiner Klinik hatten sie, beinahe jedenfalls, zu einer Göttin gemacht. Seelisch auf jeden Fall, denn sie fühlte sich wie neugeboren. Dafür würde sie den Schönheitsguru auf ewig lieben – rein platonisch.

Oliver hingegen war ein Wermutstropfen, der ihr fast die gute Laune verdarb. Sie besuchte ihn nach diesen drei Tagen wie üblich zur Teestunde in der Werkstatt.

»Fällt dir nichts an mir auf?« Sie legte eine Pirouette hin, die jeder Ballerina Ehre gemacht hätte, damit er ihre Beine unter dem kurzen Rock bewundern konnte und den Schwung ihrer glänzenden Haare, die ihren Kopf in den eines Engels verwandelten, wie sie befand.

»Nein. Müsste es?«, fragte er ohne die erhoffte Neugierde.

»Sicher doch«, entgegnete sie und strich sich die Haare zurück. »Na?«

Mit einem abschätzenden Blick aus wundervollen braunen Augen erforschte er ihr Gesicht, was so häufig vorkam wie eine Sonnenfinsternis und sie wohlig erschauern ließ. »Du siehst erholt aus. Kein Wunder, wenn man sein Wochenende mit Nichtstun verbringt.«

Sie ließ den Haarvorhang fallen und war geneigt, die Werkstatt auf der Stelle zu verlassen. »Du bist ein hoffnungsloser Fall. Ich war beim Friseur und habe eine nigelnagelneue Frisur, die mir sehr gut steht, wie mir jeder, den ich traf, versicherte.« Letzteres war natürlich gelogen. »Und woher willst du überhaupt wissen, dass ich nichts getan habe? Ich war sehr aktiv. Sportlich gesehen. Und nicht nur das«, fügte sie hinzu, um seine Neugierde anzustacheln. Doch er schien auch immun, was Rätselraten anbelangte.

»Jetzt, wo du's sagst …«

Sie gab sich immer noch beleidigt, aber sein Schmunzeln besänftigte sie ein wenig. »Ich bin außerdem geschminkt, und zwar so, dass es niemand merkt. Es hebt einfach meine Schokoladenseite hervor.« Bei ihm musste man schon sehr deutlich werden, auch wenn sie sich dabei ganz schön albern vorkam.

»Schade. Deine natürliche Schönheit fand ich interessanter.«

Sie warf den Keks, den sie sich zum Tee genehmigt hatte, zurück aufs Tablett. »Also bitte!« Doch sie war nur ein wenig erbost, schließlich hatte er das Wort »natürliche Schönheit« in Bezug auf sie gebraucht. Immerhin ein Kompliment, wenn auch ein indirektes.

»Nichts für ungut. Aber ich mag halt gern Gesichter mit Ausdruck und nicht diese Nullachtfünfzehn-Mienen, die zugekleistert sind mit Make-up.«

»Ich bin nicht zugekleistert, sondern sehr dezent zurechtgemacht. Meine Nase muss als starker Ausdruck reichen.«

Er heftete den Blick auf ihre Stupsnase. »Richtig, das tut sie in der Tat«, nickte er frech.

Sie schmiss ihm eine schnell zusammengeknüllte Serviette an den Kopf. »Und außerdem musst du morgen wieder auf meine erfreuliche Anwesenheit verzichten. Da bin ich unterwegs.«

»Wohin geht's denn diesmal?«

»An den Starnberger See.«

Er sah kurz zu Boden, was ihr wieder einmal Gelegenheit bot, seine langen Wimpern zu bewundern. »Schön. Ein paar Urlaubstage einschieben, schätze ich?«

»Falsch, Recherche«, erwiderte sie von oben herab.

»Oh, richtig, ich vergaß, du schreibst ja an einem großen Roman.«

»Genau.«

»Und? Schon über die Einleitung hinweg?«

»Noch nicht ganz. Schließlich heißt es Recherche, weil man recherchieren muss, bevor man mit dem Schreiben startet.«

»Macht Sinn«, er nickte und wuschelte ihr durchs Haar.

Ihr Herz erwärmte sich auf der Stelle. Er hatte sie berührt! Vielleicht ja doch kein so hoffnungsloser Fall. »Also, du weißt Bescheid.«

»Wann soll's losgehen?«

»Morgen. Aber ich recherchiere nur nebenbei für meinen Roman. Eigentlich muss ich aus beruflichen Gründen dorthin. Ich will –«

»Fein, dann viel Vergnügen«, fiel er ihr ins Wort, erhob sich und wandte sich wieder seiner Arbeit zu.

Sie war entlassen.

»Ich melde mich, wenn ich wieder hier bin«, informierte sie ihn über seinen gesenkten Schopf hinweg.

»Ich hab's fast befürchtet.«

Sie schenkte sich die Antwort. Vielleicht würde ihr dieser Besuch ja einen reichen, attraktiven Mann bescheren, und dann würde sie diesen unsensiblen Klotz keines Blickes mehr würdigen, nahm sie sich vor, stand auf und verließ die Werkstatt.

Für ihre zukünftige Karriere als ernst zu nehmende Schriftstellerin war Oliver keine große Hilfe. Immerhin war er ein guter Zuhörer, doch leider interessierten ihn ihre ausgedachten Liebesgeschichten nicht, die sie ihm so gern in Kurzfassung zukommen ließ, um seine Meinung zu hören. Ohnehin war er nicht die Bohne an spannenden Roman-Ideen interessiert, die nur so in ihrem Kopf kreisten. Selbst Thriller ließen ihn kalt, in denen das Blut nur so spritzte. Sie hatte sich sogar einen ganz guten zurechtgelegt, obwohl Thriller zukünftig nicht ihr Metier sein würden, das stand fest.

Ein zwiespältiges Gefühl von Einsamkeit überfiel sie, wie so oft, wenn sie Olivers Werkstatt verlassen hatte. Aber diesmal wurde es abgelöst von einem Gefühl des Schreckens. Sie hatte völlig vergessen, sich ein Zimmer für die drei Nächte zu reservieren. Es war Montagabend, bis Freitag in der Frühe hatte der Bericht fertig zu sein. Ach, es würde schon nicht so schlimm werden. Noch war ja keine Hochsaison, und sie wollte schließlich auch keine Suite. Optimistisch öffnete sie die Wohnungstür und ging schnurstracks zum Telefon. Sie – genauer gesagt, ihr Chef – hatte sich bereits für ein Hotel entschieden, das seinen Ansprüchen von einem feinen, gediegenen Landhotel im Vier- oder Fünf-Sterne-Bereich gerecht wurde: nichts Geringeres als das *Seeschlößl* am Starnberger See.

Fünf Minuten später legte sie schweißgebadet auf. Das Hotel war komplett ausgebucht. Es gab keinen Winkel in dem großen Haus, in dem sie Unterschlupf hätte finden können.

Nahe daran, sich mit ihrem Beruf und Ansinnen in der Hoffnung zu erkennen zu geben, dass man begeistert sein und vielleicht doch noch eine Besenkammer herrichten würde, hatte sie sich in letzter Sekunde zurückgehalten, denn dies hatte ihr Chef zuvor strikt untersagt. Sie hatte inkognito zu recherchieren, damit ihr die Angestellten so ungezwungen wie möglich begegneten. Und nun bot ihr das Haus keine Möglichkeit dazu. Na super! Natürlich konnte sie mit dem Redaktionsleiter sprechen und ein anderes Domizil wählen, doch so schnell gab sie nicht auf.

3

Am nächsten Tag hatte sie sich so weit erholt, dass die Reisetasche fertig gepackt war und sie die Reise zum *Seeschlößl* antrat. Vielleicht war ihr das Glück ja hold, und irgendjemand stornierte seine Buchung. Entgegen jeglicher Vernunft war sie bester Laune. Sie fühlte sich zwar nicht gerade euphorisch, dennoch segelte sie auf einer Woge der Freiheit, ach was, auf dem Wellenkamm der Woge! Sie hatte Urlaub, und irgendwie würde sie schon in dieses schöne Landhotel gelangen und den Artikel zustande bringen.

Sie könnte sich, sinnierte sie, zum Beispiel einen netten Angestellten angeln und ihn einweihen. Der würde sie dann durch die geheimen Winkel des Hauses lotsen und ihr vielleicht sogar Geheimnisse verraten, die niemand der Gäste kannte oder gar vermutete. Sie kam leicht mit anderen Menschen in Kontakt. Irgendwie würde es gehen, sie war guten Mutes. Zwar hatte sie bei früheren Aktionen dieser Art auch immer das Gefühl gehabt, dass es schon funktionieren würde, ihr Optimismus hatte ihr jedoch oft genug einen Streich gespielt. Aber diesmal war sie wirklich davon überzeugt, dass sie den Artikel pünktlich und zur vollen Zufriedenheit des Chefs abliefern würde.

Und auch für ihren Roman durfte sie sich ein Quäntchen Zuversicht leisten – wenn nicht sie, wer dann? Obwohl sich die literarischen Dinge noch nicht so recht in ihrem Sinne gestalteten, war sie immerhin auf einem guten Weg, auf dem Weg, mit dem alles begann: dem der Recherche.

Gestern hatte sie wie jeden Abend an ihrem Computer gesessen. Doch das Glücksgefühl, das sie früher als kleines Mädchen stets überwältigt hatte, wenn sie ein blütenweißes neues Schreibheft aufgeschlagen und die ersten Füllerstriche gesetzt hatte, hatte sich ein wenig verflüchtigt. Sie hatte gebrütet, Spielszenarien beschworen und Dialoge erfunden. Doch so richtig hatte es nicht gezündet. Es galt immer noch, die klitzekleine Hürde bezüglich des Romaninhalts zu bezwingen. Bisher war nur klar, dass er in einem eleganten Milieu spielen musste. Das Sprungbrett würde jetzt also ein Vier-Sterne-Hotel sein. In ihrer Fantasie begann der Roman dort, wohin das Schicksal, die Zeitungsredaktion, sie getrieben hatte. Und dass es sich um einen Liebesroman handeln würde, war für sie ebenso klar. Die Liebe war ihr Metier! Im Fernsehen liefen fast nur noch Krimis, dem galt es mit ganz viel Herzschmerz entgegenzuhalten.

Und nun stand sie hier in Starnberg. Sie war mit dem Bus gekommen – die fast dreistündige Fahrt hätte mit dem Auto gerade mal eine Stunde gedauert, doch ihrem eigenen Wagen hatte sie die Reise nicht zumuten wollen.

Beeindruckt schaute sie an der Fassade des Hotels hoch, einem wahrlich prächtigen Landhotel. Es strahlte jene unbestimmte Mischung aus gediegener Eleganz und bayerischer Gemütlichkeit aus, war neu verputzt, und nicht nur der frisch geharkte Kiesweg, sondern auch die Blumenbeete wirkten gepflegt. Das Haus sah nicht protzig aus, sondern im Gegenteil sehr einladend. Die beleuchteten Fenster, aus denen ein warmer Lichtschein bis auf das Trottoir fiel, und reichlich Blumenschmuck auf den Fensterbänken und am Eingang verleiteten ebenso wie die weit geöffnete Tür dazu, auf der Stelle das Innere des Hauses erforschen zu wollen.

Hier würde sie die Recherche beginnen, wenn auch nur der Himmel wusste, wie. Im Internet hatte es fast nur gute Empfehlungen gegeben, die einzigen Kritikpunkte galten dem etwas abgewetzten Charme des Mobiliars, dem eine Überholung nicht schaden konnte. Sie war gespannt auf das Hotel.

Sie atmete tief ein und öffnete den obersten Knopf des neuen Mantels. Die Luft war dank eines Föhneinfalls seidenweich und warm. Zu warm für diesen Mantel. Katharina war der Meinung, dass sie ein solches Hotel nur in eleganter Kleidung betreten konnte, vor allem, um selbstsicherer aufzutreten und so an all die verborgenen Geheimnisse des Hauses zu kommen.

An diesem klaren Nachmittag strahlte der wolkenlose Himmel azurblau. Eine leichte Brise wehte über die Wiesen zum See und trug einen frischen Frühlingsduft zu Katharina herüber. Dass sie nicht mit dem Wagen gekommen war, hatte sich als gute Idee erwiesen. Womöglich wäre ihr das alte Auto zum ersten Mal im Leben ein wenig peinlich gewesen angesichts der Nobelkarossen auf dem hoteleigenen Parkplatz. Auch wenn sich ihr Wagen niemals mit einem Daimler oder Porsche den Platz hätte teilen dürfen, so würde sie zu Hause doch die Blumen-Aufkleber der Spülmittel-Flaschen ihrer Großmutter vom Heck des Wagens entfernen und die Roststellen übermalen lassen. Vielleicht würde sie ja nach ihrem Weltbestseller diese Herberge ein zweites Mal aufsuchen, und da war Eleganz angesagt, überlegte sie aufgekratzt.

Die Gedanken wirbelten in ihrem Kopf nur so durcheinander. Irgendwie würde es ihr schon gelingen, wenigstens eine Nacht hier zu verbringen, um den Chef zufriedenzustellen! Jetzt war es das Gebot der Stunde, die eigene Fantasie einzusetzen, davon besaß sie doch genug.

Katharina reckte das Kinn und lächelte, ungeachtet der schmerzenden Füße in den engen, ungewohnt hochhackigen Pumps, die so gar nichts mit den Turnschuhen gemein hatten, die sie normalerweise bevorzugte. Dann tauchte sie ein in die behagliche Eleganz der großzügigen Hotelhalle.

Anerkennend ließ sie den Blick schweifen. Dies hier war tatsächlich eine Bühne. Die Hotelhalle war nicht zu vergleichen mit dem kühlen Stil der Lobby internationaler Hotels. Mit den Landschaftsbildern an den getäfelten Wänden, den Perserteppichen und dem hohen Eichengebälk strahlte die Empfangshalle eher die Gediegenheit eines alten Landsitzes aus.

Bevor sie um ein Zimmer kämpfen würde – und sie würde kämpfen, so wahr sie Katharina Wegner hieß –, wollte sie sich ein wenig umschauen. Jetzt, um siebzehn Uhr, waren alle Tische besetzt. Hier unten, stellte sie fest, traf man sich, um Tee oder Kaffee zu trinken, die zahlreich ausliegenden internationalen Zeitungen zu lesen oder um in Ruhe den Aperitif bei einem Kartenspiel, einer Partie Bridge oder Backgammon zu genießen, wie sie bei einigen der Gäste bemerkte. Sie konnte weder das eine noch das andere.

Suchend schaute sie zu den Sitzgruppen, bis sie in der äußersten Ecke einen schwarzen Lederfauteuil entdeckte, aus dem sich gerade ein älterer Herr erhob. Zielstrebig steuerte sie auf den Tisch aus glänzendem Nussbaum zu, auf dem einladend Patisserien und Salzmandeln zum Genuss der Gäste auslagen, in feinen Silberschalen, alle versehen mit dem Signet des Hauses, einem trutzigen Turm. Am Tisch zog sie den neuen Mantel aus und legte ihn behutsam über die Lehne des Sessels.

Sie sank in die Tiefen des Polsters und seufzte glücklich. Für solch einen Sessel würde sie sich nur zu gern von ihrer Wohnzimmercouch trennen. Kaum hatte sie Platz genommen, erschien ein Kellner, um ihre Wünsche entgegenzunehmen. Er hatte sie gleich entdeckt, was sicherlich an den zahlreichen Spiegeln lag, die die Wände schmückten, sodass man wirklich jeden Gast von allen Seiten betrachten konnte, und das auf die unauffälligste

Art und Weise. Gut für ihre Zwecke. Katharina lächelte unbewusst. Die warme, fast häusliche Gemütlichkeit der Halle lud zum Träumen ein.

Unauffällig beobachtete sie die anderen Gäste. Gut, dass sie beim Kauf der Kleidung, einschließlich der seidenen Unterwäsche, der sie im Vorübergehen verfallen war, nicht gespart hatte, womit ihre Mieteinnahmen um einen saftigen Batzen geschrumpft waren. Dennoch: Überall um sie herum saßen augenscheinlich glückliche Paare, und für einen Moment beschlich sie der Anflug von Melancholie. Sie war allein, und manchmal kroch die Angst in ihr hoch, dass sich das auch nicht ändern würde.

Genug des Selbstmitleids, rief sie sich zur Vernunft. Sie war schließlich nicht die einzige Frau ohne Partner auf der Welt, ein Singledasein konnte auch Vorteile bieten. Und hatte sie nicht Spaß gehabt in der Vergangenheit, auch ohne Mann? Na also.

Aber da gab es eben auch Oliver. War sie vielleicht zu launisch und egoistisch, sodass er als sensibler Instrumentenbauer und Musiker abgeschreckt wurde und immer noch nicht angebissen hatte? Nein, sie bevorzugte für sich den Ausdruck »exzentrisch«. Sie war eine Frau und hatte ein gewisses Recht auf kapriziöses Verhalten. Zumindest nahm sie das für sich in Anspruch.

Der Ober brachte wenig später den bestellten Kaffee und unterbrach ihre konfusen Gedanken. Katharina goss Sahne in die Tasse aus feinstem Porzellan und widmete sich den Leckereien auf dem Tisch.

Gerade als sie über eine Melodie rätselte, die im Hintergrund erklang, verführte sie eine energische männliche Stimme am Nachbartisch zum Lauschen.

»Du fürchtest also, die Sache mit Nadine Wagner gerät ins Wanken?«

»Wanken will ich nicht sagen. Ich hab einfach ein unsicheres Gefühl bei ihr.«

»Also war's wohl wieder nichts mit der großen Liebe.«

»So würde ich das jetzt auch nicht sagen. Ich mag sie ja, aber wie tief ihre Liebe ist, kann ich nicht erkennen«, kam die vage Antwort.

»Und wir dachten alle, ihr wärt das neue Traumpaar – auch wenn wir Nadine noch nie zu Gesicht bekommen haben. Anfangs hast du doch so geschwärmt von ihr.«

Katharina hörte, wie eine Tasse hart auf dem Unterteller abgesetzt wurde: »Schmarr'n, Traumpaar, wenn ich das schon höre! So was existiert nur in Liebesschmonzetten. Ich hab das Gefühl, Paare, die sich wirklich lieben, sind heutzutage ausgestorben – wenn sie denn je existiert haben.«

»Aber Luca, Menschen, mit denen man sich so gut versteht, dass man es ein Leben lang miteinander aushält, wachsen nicht auf Bäumen. Du solltest alles daran setzen, Nadine zu halten.«

»Ja ja, tu ich doch! Sie kommt in drei Tagen her. Darum werde ich auch solange noch für die Suite zahlen. Ich hab beschlossen, ihr den Dreißigsten auszurichten. Simon, ich rechne fest damit, dass ihr alle kommt«, bat der mit Luca Angesprochene fast flehend. »Ich möchte gern im grünen Salon feiern. Der ist nicht zu groß, denn allzu viele werden wir nicht sein, sie hat ja all ihre Freunde in St. Moritz, soweit ich weiß. Ihre Lieblingsfarbe ist Dunkelrot, und sie liebt Rosen. Das Rot und das tiefe Grün vom Salon hier würden eine richtig schöne Kulisse bilden. Ich dachte an ein kaltes Büfett.«

Katharina sah verstohlen in den Spiegel vor sich, und ihr fiel auf, wie melancholisch der junge Mann wirkte. Seine graugrünen Augen lagen tief in den Höhlen, und er sah müde und abgespannt aus, was jedoch die Attraktivität seiner Gesichtszüge nicht minderte.

»Oha, da wird dich allein der Blumenschmuck ein Vermögen kosten, denn rote Rosen werden dir zu dieser Zeit nicht nachgeworfen.«

»Macht nichts. Hauptsache, es wird alles schön und festlich. Das Dumme ist nur, dass ich das Gefühl nicht loswerde, dass sie zweigleisig fährt. Man hat sie in Waldeck mit dem Buchner-Frank aus St. Moritz gesehen, obwohl sie mir gesagt hat, dass sie zu ihren Eltern nach München wollte.«

»*Dem* Buchner?«

»Exakt. Der Buchner-Clan besitzt das teuerste Haus in St. Moritz«, antwortete der Mann namens Luca, und Katharina hörte die Erregung in seiner Stimme. »Ich hab mich mal bei ihnen beworben, aber sie haben mich nicht genommen – *mangels Qualifikation*«, fügte er verstimmt hinzu.

»Nimm's leicht.« Simon lachte, wie Katharina im Spiegel beobachten konnte, und schlug Luca freundschaftlich auf den Rücken. »Die Buchners gelten als exaltiert und überkandidelt. Du hättest dich dort mit Sicherheit nicht wohlgefühlt.«

»Wenn sie mich betrügen sollte, dann gnade ihr Gott.« Lucas Verbitterung war fast körperlich spürbar. »Evas Betrug vor drei Jahren hat mir wirklich gereicht. Und dass sie mir an den Kopf geworfen hat, mich nur wegen meines Geldes attraktiv gefunden zu haben, hat meinem Selbstwertgefühl arg zu schaffen gemacht. Ich war so sicher, dass es mit Nadine anders ist. Du siehst, Liebe ist ein seltenes Gut. Aber vielleicht täusche ich mich ja, und Nadine ist wirklich anders als Eva. Das mit dem Buchner-Frank stellt sich womöglich als völlig harmlos heraus.«

Na endlich mal ein unglücklich verliebter Mann, dachte Katharina. Eine nette Überraschung im Meer der weinenden Frauen, die fortwährend auf Männer stießen, die es mit der Treue so genau nahmen wie Diktatoren mit Demokratieversprechen.

Aber den guten Eindruck machte Luca sofort zunichte, als er hinzufügte: »Überall, wo du hinschaust, nur flache Romanzen, elende Liebesschmonzetten wie in den unsäglichen Frauenromanen.«

Katharina warf einen kurzen Blick über die Schulter auf die beiden Männer. Der Größere von ihnen – Luca, der womöglich frisch Betrogene – hatte zwar recht attraktive Gesichtszüge, aber der harte Blick aus den graugrünen Augen ließ ihn streng und abweisend aussehen, trotz der vollen Lippen, die er jetzt fest aufeinandergepresst hatte.

Er wirkte sensibel, nicht wie jemand, der das Leben leichtnahm.

Trotzdem. *Liebesschmonzetten, unsägliche Frauenromane*! Wer so sprach, hatte bei ihr verloren. Arroganter Fatzke! Liebesgeschichten waren ihr *Leben*. Sie würde eine solche demnächst verfassen. Und das mit großem Vergnügen.

Simon, ein Mann mit aschblonden Haaren und einem volleren Gesicht, machte einen sympathischen Eindruck. Luca, dessen dunkelbraune Haare glänzten wie das Silber auf dem Tisch, war das genaue Gegenteil. Mit ihm schien nicht gut Kirschen essen, kam man ihm in die Quere. Dann wieder kam eine starke Sensibilität zum Vorschein, sodass man ihn nicht auf Anhieb einordnen konnte. Er schien zu jenen zu gehören, bei denen sofort jedes Gespräch verstummte, wenn er das Wort ergriff, und der die Aufmerksamkeit aller auf sich zog – zumindest die der weiblichen Anwesenden –, wenn er einen Raum betrat.

Die neugierige Frage des Mannes mit Namen Simon riss sie aus ihren Gedanken: »Warum bist du bisher nie mit ihr hergekommen?«

»Weiß nicht«, entgegnete Luca knapp.

»Ihr seid immerhin schon fünf Monate zusammen, da sollte man seine Liebste eigentlich mal der Familie vorstellen.«

»Ich hatte einfach noch keine Zeit, ich konnte mir unmöglich freinehmen.«

Aha, ein Workaholic also auch noch, dachte Katharina, der nichts im Leben ferner stand, als sich zu überarbeiten. *Kein Wunder, dass sie im Begriff ist, dir davonzulaufen. Wenn sie nicht schon die Beine in die Hand genommen hat.* Ihr Blick fiel auf das Namensschild der Reisetasche, die neben ihm stand: *Luca Winter.*

»Ich werde sie fragen, ob sie nach ihrem Geburtstag auch zu Großmutters Geburtstag mitkommt. Ich bin sicher, die Oma würde sich freuen.«

»Ganz bestimmt. Und nicht nur die.«

»So, ich muss los. In drei Tagen bin ich wieder hier. Grüß deine Frau von mir.«

Mit diesen Worten erhob sich Luca Winter – und in genau diesem Moment war Katharina klar, was sie zu tun hatte. Als er an ihr vorbeiging, wandte er den Kopf in ihre Richtung und blieb eine Sekunde stehen. Ihr Herz begann, schneller zu schlagen. Himmel, der Mann sah wirklich gut aus.

»Na, die Lauscherchen schön auf Empfang gestellt? Nicht, dass sie Ihnen noch abfallen. Die müssen doch schon brennen«, brachte er ihren schwärmerischen Gedanken zu Fall.

Katharina wollte vor Scham im Erdboden versinken. Sollte sie diesen Mann je wiedersehen – was nicht der Fall sein würde –, so würde sie ihm eine Antwort auf seine Frechheit entgegenballern, dass ihm heiß und kalt zugleich würde, schwor sie sich.

Sie wartete, bis er das Hotel verlassen hatte, zahlte dann und verbrachte die nächste Stunde in der dem Hotel angeschlossenen Modeboutique, wo sie einen sündhaften Betrag ließ. Als hätte sie es geahnt, hatte sie vorsorglich bereits die Rückfahrkarte besorgt. Dann stöckelte sie als elegante Dame in das Theater, denn das bedeutete das Foyer für sie. Zum ersten Mal befand sie sich auf einer Bühne und spielte eine Lady, so perfekt, dass jeder Theaterregisseur sich nach ihr die Finger lecken würde, dachte sie beschwingt. Hoch erhobenen Hauptes schwebte sie zur Rezeption.

»Grüß Gott!«, erklang die sympathische Stimme des jungen Mannes hinter dem altmodischen Schreibtisch aus dunklem Holz.

Meine Güte, dachte sie, nahmen die heute schon Sechzehnjährige für so einen Job? In so einem Hotel? Der Gute sah aus, als sei er soeben erst dem Stimmbruch entwachsen.

»Guten Tag! Mein Name ist Wagner«, brachte sie mit strahlendem Lächeln heraus. »Ich hätte gern die Zimmernummer meines … äh Freundes, Luca Winter, gewusst.« Ein kesser Augenaufschlag folgte, und das richtige Maß ängstlichen Bangens in ihre Stimme, als sie hinzufügte: »Er ist doch hoffentlich noch hier? Mein Flug hatte Verspätung, ich bin gerade erst angekommen.«

»Das tut mir leid, gnädige Frau, Herr Winter ist bereits abgereist. Aber er hinterließ die Anweisung, Ihnen die Schlüssel für die Suite zu überreichen.«

»Oh! Das ist gut«, säuselte sie, und dann, mit allen Anzeichen des Bedauerns: »Zu schade, dass wir uns verpasst haben. Aber in drei Tagen wird er ja wieder hier sein. Wären Sie so freundlich?« Mit einer selbstverständlichen Geste streckte sie dem Angestellten abwartend die Hand entgegen, damit er ihr den Schlüssel gab.

Ohne Zögern händigte der Mann, der offensichtlich noch nicht lange den Dienst an der Rezeption innehatte, Katharina den Schlüssel aus: »Suite vierhundertdrei, mit Blick auf den See, sie wird Ihnen sicherlich gefallen.«

Katharina konnte ihr Glück kaum fassen. Mit einem reizenden Lächeln des Dankes wandte sie sich zum Gehen.

»Bitte, gnädige Frau!«

Ihr stockte der Atem. Jetzt würde er ihren Personalausweis verlangen!

»In der Eile vergaß Herr Winter, uns das hier zu unterschreiben. Könnten Sie es für ihn nachholen? Es … es ist ja für Sie, der Blumenschmuck für Ihre Geburtstagsfeier.« Schon legte der Mann ihr ein Schriftstück vor, auf dem sich etliche Zahlenkolonnen irgendeiner Blumenhandlung befanden.

Katharina war viel zu aufgeregt, um es sich genau zu betrachten und zu erkennen, um was es sich handelte. Sie nahm automatisch den Stift an sich, den der junge Mann ihr zum Unterschreiben entgegenhielt. *Und damit, Schätzchen, gehörst du endgültig gefeuert! Da kann doch jeder kommen und den Wisch unterschreiben. Also wirklich!*

Aber das sollte momentan nicht ihre Sorge sein. Jetzt war endgültig die letzte Gelegenheit zum Rückzug. Doch noch während ihr dieser Gedanke durch den Kopf schoss, hatte sie sich entschieden, die Sache durchzuziehen. Sie würde unterschreiben, schließlich trennte sie nur ein einziger Buchstabe von der Wahrheit. Wegner oder

Wagner – eine Kleinigkeit, die man mit Geschick nicht einmal bemerken würde.

Sie stockte, als sie den wahnwitzigen Betrag las. Sollte das Blumenschmuck für eine einzige Fete sein? Damit könnte sie sich ein Leben lang jeden Tag einen neuen Strauß für ihr Zimmer leisten! Immer diese Reichen. Nie konnten die Maß halten, dachte sie neidisch.

Sie bebte am ganzen Körper, als sie unter den wahnwitzigen Betrag ihre Unterschrift setzte, und hoffte, dass ihr unerfahrenes Gegenüber keinen Verdacht schöpfte.

»Darf ich Ihnen unseren Pagen für die Koffer rufen?«

»Nicht nötig, danke«, sagte sie, drehte sich um und ergriff mit feuchten Händen ihre Reisetasche, zufrieden darüber, dass sie in letzter Sekunde daran gedacht hatte, die elegante Ledertasche ihrer Mutter mitzunehmen. Ihre rosafarbene Nylontasche passte nun wirklich nicht in dieses Haus.

Das Herz bis zum Hals klopfend, stöckelte sie zum Aufzug. Zwei Tage und drei Nächte würde sie sich fühlen wie eine feine Dame … Unsinn, sie *war* eine Lady! Drei Nächte für eine Lady! Oder doch besser nur eine Nacht?

Die Suite mit dem herrlichen Blick auf den See verschlug ihr fast den Atem. Das Wohnzimmer, wohl besser: der Salon, war mit Arvenholz verkleidet, und das helle Schlafzimmer mit dem riesigen Bett und der seidenen Bettwäsche lud dazu ein, es nie wieder zu verlassen. Auf dem antiken Schreibtisch am Fenster stand eine Vase mit frischen

Blumen. Mit noch immer zitternden Händen zog sie den Mantel aus und sank auf das weiche Bett.

Langsam bekam sie die bebende Nervosität in den Griff. Alles in Ordnung, das Schlimmste war überstanden. Dem Mann, der diese Pracht reserviert hatte, würde sie den Betrag für die Suite auf den Tisch legen, mit einigen anonymen Dankesworten. Niemandem würde Schaden zugefügt werden, und niemand wusste, wer sie in Wirklichkeit war. Und sie würde dafür sorgen, dass es dabei blieb. So konnte sie in aller Ruhe ihrer Recherche nachgehen. Zeit genug, um ausreichend Material für ihren Artikel zusammenzutragen. Und vor allem würde sie zahlreiche Eindrücke gesammelt haben, die sie für ihren neuen Roman nutzen konnte.

Sie stand auf und ging ins Bad, in dem ihre Dachgeschoss-Wohnung Platz gefunden hätte und das sogar über ein Telefon, genau genommen drei davon, verfügte. Als sie in der separaten Toilettenkabine das dritte Telefon entdeckte, musste sie schmunzeln. Sie konnte sich nicht helfen, aber hier fand sie es irgendwie unpassend. Dennoch – wer sich hier nicht wohlfühlte, dem war nicht zu helfen. Zum wiederholten Mal fuhr sie sich durch die seidenweichen Haare und drehte sich bewundernd vor dem riesigen Spiegel. Jawohl, sie war eine Dame!

Zehn Minuten später begann sie heiter und wissbegierig mit ihren Studien.

Am Donnerstagabend sank sie seufzend in das daunenweiche Bett des Mannes mit Namen Winter.

Zu schade, dass dies ihre letzte Nacht in diesem gemütlichen Haus war. Sie hatte zwei wundervolle Tage hinter sich, angefüllt mit kurzen Spaziergängen sowie interessanten Studien im Haus, das, selbst wenn es wie jetzt ausgebucht bis auf den letzten Platz war, mehr Personal als Gäste zu haben schien. Sie hatte einen rundum positiven Eindruck vom Hotel gewonnen. Das Personal war von einer natürlichen Freundlichkeit, aufmerksam, stets präsent, jedoch nie aufdringlich, das Essen superb und die Räumlichkeiten so charmant, dass man immer hier wohnen wollte. Ihren somit positiven Artikel hatte sie fertig und konnte ihn nun abschicken. Die drei Abende mit den vorzüglichen Speisen waren dabei jedes Mal ein Höhepunkt gewesen, den sie jeweils mit einem abschließenden Bad, in das sie duftende Öle gab, gekrönt hatte. Die Bedienung war so warmherzig, dass es Katharina nichts ausgemacht hatte, allein am Tisch zu sitzen, einem Platz am Fenster, von dem aus sie einen ausgezeichneten Rundumblick gehabt hatte.

Lächelnd hielt sie inne. Sie hatte ihn lieb gewonnen, diesen altmodischen, ein wenig abgenutzten Charme des Hauses, auch wenn die Besitzer mit der Renovierung des Gebäudes schon begonnen hatten. Die Wege im *Seeschlößl* waren so lang, dass sich jeder Ausdauersport erübrigte. Das Telefon klingelte zwar auch im Bad, doch musste man erst die Wanne verlassen, ehe man den Hörer abnehmen konnte – so wie sie heute Abend, als sie sich eine Flasche Champagner bestellt hatte und das junge Mädchen, das neu für den Zimmerservice eingeteilt worden war, sich nochmals durch einen Rückruf nach der Marke erkundigte.

Trotz seiner Altersmängel war das *Seeschlößl* immer noch der Traum eines jeden Luxus liebenden Menschen, gerade weil dort nicht mit Vornehmheit geprotzt wurde. Morgen früh war der Traum zu Ende, und sie würde dem Mann das Geld – für ein Einzelzimmer, sie war schließlich kein Krösus, und die Suite hätte ansonsten überhaupt niemand bewohnt – hinlegen und verschwinden. Bisher hatte sie es vermieden, sich die Preise genauer anzusehen. Natürlich wollte sie zahlen. Dann fiel ihr ein, dass sie für den Aufenthalt keine Rechnung verlangen konnte, die sie von der Redaktion zurückerstattet bekommen hätte, und kurz bekam der Gedanke, einfach das Weite zu suchen, etwas Verlockendes. Doch dann siegte ihre Ehrlichkeit. Natürlich würde sie zahlen! Und außerdem liebte es niemand, auf der Fahndungsliste der Polizei zu landen. Ihr Chef würde im Fall des Falles das tun, was man in diesem Fall wohl immer tat: Er würde sie feuern. Aber dazu würde es nicht kommen, denn sie hatte ja aufgepasst. Doch dann fiel ihr noch etwas ein: Sie konnte ja nicht mit der Kreditkarte bezahlen, dann würde ihr kleiner Schwindel auffliegen. Kein Problem: Sie würde morgen einfach zur nahe gelegenen Bank gehen und das Geld abheben, sodass sie in bar bezahlen konnte.

Mit diesem abschließenden Gedanken schlief sie zufrieden ein.

4

Luca hatte am frühen Donnerstagabend das letzte Gespräch mit einem der größten Reiseveranstalter beendet. Diese Termine hatten ein zwiespältiges Gefühl bei ihm hinterlassen. Eines war sicher: Der angestrebte fünfte Stern würde seine Familie, der das Hotel gehörte, ziemlich unter Druck setzen. Mehr als befürchtet müsste in ihrem *Seeschlößl* erneuert und erweitert werden, zusätzlich zu den normalen Renovierungsarbeiten – so viel, dass ihm angst und bange wurde. Er wusste gar nicht mehr, wer den Gedanken an eine Erweiterung aufs Tapet gebracht hatte. Wahrscheinlich Amelie, der Unruhegeist in ihrer Familie. Ein Berg von Arbeit türmte sich vor ihnen auf, die im Endeffekt von ihm und seinen Geschwistern Simon und Amelie allein zu stemmen sein würde, denn seiner Mutter oder gar seinem Stiefvater war dieser Stress nicht mehr zuzumuten.

Andererseits war die Idee einer Ausweitung des kleinen Schwimmbades in eine Wellness-Oase mit allem Drum und Dran auch eine Herausforderung, die ihm Spaß bereiten würde. Schon der Gedanke an einen künstlichen Bachlauf im Keller, wo die Gäste Wasser treten könnten, begeisterte ihn. Natürlich war auch dieser Vorschlag von Amelie gekommen. Dennoch, momentan gab es im Hotel alles, was zum Thema Wellness dazugehörte, doch es bewegte sich in einem familiären Rahmen und zog laut Simon in den letzten Jahren vor allem ältere Herrschaften an.

Um junge Singles herzulocken, wäre ein schicker Wellness-Bereich vielleicht eine Überlegung wert. Die Familien fühlten sich nicht mehr genug angesprochen, hatte er das Gefühl. Früher hatte es hier von Kindern nur so gewimmelt. Natürlich hatten sie die Preise in den letzten Jahren erhöhen müssen, sodass der Aufenthalt für Familien mit zwei Kindern nicht gerade billig war. Die Singles waren auf jeden Fall Stiefkinder in ihrem Haus, jedenfalls, was die Zimmer anbelangte. Er würde darum kämpfen, dass man mehr Zimmer als echte Einzelzimmer anbot – ohne Aufschlag, zum selben Preis pro Person wie bei den Doppelzimmern. Es war keinem Single zuzumuten, stets in Doppelzimmern zu nächtigen und dann im Vergleich zu den Paaren auch noch draufzuzahlen. Ein Anbau für weitere Einzelzimmer sollte ebenfalls durchkalkuliert werden. Ihm würde das gefallen, aber da bedurfte es gegenüber der Mutter sicher noch großer Überredungskünste.

Nun, sie würden sich beraten, noch war ja nichts entschieden. Und es musste ja auch nichts übers Knie gebrochen werden. Aber sein anfänglicher Enthusiasmus hatte doch einen erheblichen Dämpfer erhalten. Momentan fühlte er sich jedenfalls wie im Schleudergang der Waschmaschine, woran sein Liebesleben vielleicht nicht unschuldig war. Seit zwei Tagen hatte er von Nadine kein einziges Wort gehört oder gelesen. Stets hatte er nur die Mailbox erreicht – ein unwürdiger Zustand, dachte er finster.

Anfangs war er sicher gewesen, dass Nadine keine Anhängerin dieser Spielchen war, in denen man sich erst annäherte und dann auf Abstand ging, wie seine Ex-Freundin das zelebriert hatte. Heute warm, morgen kalt, das hatte es mit Nadine nicht gegeben. Bisher jedenfalls nicht.

Ihre zierliche Gestalt erschien vor seinem inneren Auge. Der Gedanke an ihr langes dunkles Haar weckte seine Fantasie. Wenn sie die schmalen Hände mit den überlangen Fingernägeln über seinen Rücken gleiten ließ, verwirrte ihn ihre seidenweiche Haut.

Er seufzte. Wie sehr er sie mochte. Und ja, sicher war es Liebe. Er liebte natürlich ihr Äußeres, aber auch den Überschwang ihres Wesens, der seinen Hang zur Melancholie ausglich, die ihn dann und wann überfiel. Er liebte es, wenn sie verträumt die Bilder auf einer Vernissage betrachtete und danach mit ihm darüber zu diskutieren suchte – ein aussichtsloses Unterfangen, denn er war ein Kunstbanause. Wie sehr er sie geärgert hatte, als er ihre Arbeit »Knipsen« genannt hatte, wobei er sie gar nicht hatte kleinmachen wollen, aber bei Fotos fiel ihm nun einmal Knipsen ein.

»Das, was *du* machst, ist Knipsen«, hatte sie wutentbrannt gezischt. »Meine Arbeit nennt sich Fotografieren und ist eine Kunst!«

Sie hatte ja recht, und seither hatte er sich alle Mühe gegeben, ihre Arbeit nicht wieder zu bagatellisieren, schließlich waren ihre Fotos wirklich gut. Sicher, seine Lust auf Bewegung teilte sie nicht. Eine Sportskanone würde sie nie werden, hatte sie ihm recht bald klargemacht, und diese Unsportlichkeit bedauerte er manchmal. Schon kurze Spaziergänge langweilten sie. Nadine liebte es halt, vom Café aus die Menschen zu beobachten und sie zu fotografieren – was ihm manchmal ziemlich peinlich war. Aber Studien für ihre Arbeit zu betreiben, wie sie es nannte, waren wichtig – was ihn wiederum langweilte. Doch ein liebendes Paar sollte in der Lage sein, diese kleinen Hürden zu meistern.

Er schaute auf die Uhr. Bereits zehn. Noch eine Stunde, bis er zu Hause ankam. Natürlich würde man ihm im Hotel etwas zu essen zubereiten, doch er wusste, dass für das Küchenteam abends jede Minute, die man früher Schluss machen konnte, ein Geschenk darstellte. Kurzerhand bog er zur Autobahnraststätte ab. Die letzten zwei Abende hatte er gut gegessen, da reichte ihm jetzt ein kleiner Imbiss. Großen Hunger hatte er ohnehin nicht.

Er parkte und betrat die Raststätte. Zum Glück war es nicht sehr voll.

Gerade hatte er ein Tablett zur Hand genommen, da blieb er geschockt stehen. Das konnte doch nicht wahr sein! Er schluckte und stellte das Tablett zurück, bevor er fluchtartig die Raststätte verließ. Zum Glück hatte sie ihn nicht gesehen, da war er ganz sicher. Nun war das eingetreten, was er schon die ganze Zeit gemutmaßt hatte: Seine süße Nadine ging fremd!

Er erreichte sein Auto und hatte nur den einen Wunsch: zu fliehen. Doch schon hielt er inne. Was, wenn der Mann an ihrem Tisch – zweifelsfrei Frank Buchner, der Erbe der Hoteldynastie in St. Moritz – lediglich ein völlig harmloser Geselle war, ein alter Freund, irgendwas, nur kein neuer Lover? Dann würde er mit ihr Schluss machen und hätte ihr unrecht getan. Was, wenn sich alles als völlig harmlos herausstellte?

Er rief sich das Bild in Erinnerung. Sie hatten sich gegenüber gesessen, jeder sein Essen vor sich. Völlig harmlos. Vielleicht schlicht ein Geschäftsessen? Sie war Fotografin. Was, wenn sie nur das Buchner-Hotel für einen Katalog ablichten wollte? Wäre doch möglich. Schließlich waren sie beide damals aus dem gleichen Grund ins Gespräch gekommen, als er sich als Mitglied einer Hoteliersfamilie am Starnberger See zu erkennen gegeben und sie ihm ihre Arbeiten gezeigt hatte.

Luca holte tief Luft, drehte sich um und ging langsam wieder auf das Restaurant zu. Nicht, dass er jetzt den größten Fehler seines Lebens beging. Wie auch immer, er brauchte Gewissheit!

Er trat ein, nahm erneut ein Tablett, ohne jedoch das Paar, das sich zum Glück im hinteren Teil des Raumes befand, aus den Augen zu lassen. Alles wirkte völlig harmlos. Ein Seufzer der Erleichterung löste sich. Dennoch spürte er, wie sehr er zitterte, als er zu den mit irgendeinem Braten belegten Semmeln ging und den Teller auf das Tablett stellte. Auf dem Weg zur Kasse wandte er erneut den Kopf in die Richtung der beiden – und das Tablett wäre ihm beinahe aus der Hand geglitten.

Grundgütiger!

Das, was sich seinen Augen bot, war so harmlos wie eine Porno-Produktion. Gut, es war nicht gerade pornografisch, was er sah, doch ein inniger über den Tisch hinweg ausgetauschter Kuss, der gefühlte zehn Minuten dauerte und bei dem sich die Hände der beide ebenfalls inniglich umschlossen, war deutlich mehr körperlicher Einsatz, als man bei einem Geschäftsessen mit einem Geschäftspartner erwarten durfte. Nadine und Frank Buchner waren sich jenseits aller geschäftlichen Handlungen offenbar sehr verbunden. Allein das Strahlen in Nadines Augen, die Luca zugewandt saß, hätte gereicht, um Strom für die Beleuchtung im grünen Salon zu spenden, in dem Luca ihre Geburtstagsfeier hatte ausrichten wollen.

So ein verdammter Mist! Alles in ihm wehrte sich dagegen, hier und jetzt die Sache zu klären, doch es musste sein. Er kannte sich. Er würde keine ruhige Minute mehr haben, bis sie sich ausgesprochen hatten, selbst wenn es, gewiss zum Ergötzen der anderen Gäste, sehr laut werden würde. Was andere über ihn dachten, war ihm ohnehin egal.

Grimmig stellte er ein Glas und eine Flasche Mineralwasser zu dem Teller mit der Semmel, zahlte, packte das Tablett und schwor sich, seinem Konkurrenten oder gar Nadine nicht die Flasche über den Kopf zu ziehen, wenn er das traute Stelldichein störte. Nein, er würde die Sache cool angehen. Beiläufig schlenderte er in Richtung des offensichtlich sehr verliebten Pärchens.

»Oh, hallo, ich sehe, hier ist noch ein Platz frei. Sicher darf ich mich dazusetzen, oder störe ich etwa?« Es gelang ihm, ein entwaffnendes Lächeln zustande zu bringen, als er Nadines Blick suchte, während er sich auf dem freien Platz niederließ, ohne eine Zustimmung abzuwarten.

Seine Freundin erbleichte und ließ schlagartig Frank Buchners Hand los, die sie bis dahin umschlungen gehalten hatte wie einen Rettungsring. Als stünde sie kurz vor dem Ertrinken, dachte er böse.

»Was machst du denn hier?«, herrschte sie ihn an.

Er schnappte sich die Semmel und biss hinein. In aller Gemütsruhe kauend, erwiderte er: »Ich mache eine Pause und esse. Sieht man doch.« Er nahm einen Schluck vom Mineralwasser, damit er nicht an dem Bissen erstickte. »Hab ich euer Kuschelstündchen unterbrochen? Ach, ich vergaß, mich vorzustellen.« Er erhob sich halb und machte eine kurze Verbeugung in Buchners Richtung. »Gestatten: Luca Winter. Der Freund von Nadine.«

Frank Buchner wurde rot, wie er zufrieden bemerkte. Der Mann sah gut aus, vielleicht nicht besser als er, aber immerhin. Sein Haar war tiefschwarz, dunkler als seins, wie er es früher immer gern gehabt hätte. Seine Augenfarbe war Braun – so, wie Nadine sie liebte, wie sie Luca des Öfteren kundgetan hatte. Leider waren seine graugrün – nichtssagend. Aber er würde seine rechte Hand verwetten, dass die Sonnenbräune dieses Kerls nicht echt war.

»Frank Buchner«, erwiderte dieser kurz, ergriff sein Bierglas und nahm einen Schluck.

Luca betrachtete die unnatürlich braunen Hände Frank Buchners, dessen kleinen Finger an der Rechten ein großer Siegelring zierte, und dessen unnatürlich glänzende Haare. Mit Gel gestriegelt. *Pfui Teufel!*

»Sie sind nicht auf dem neuesten Stand. Verlobter war gestern«, fügte sein Gegenspieler hinzu, »Nadine und ich haben heute allen *unsere* Verlobung bekannt gegeben.«

Verdammt, war die Stimme dieses Typen melodiös. Tiefer als seine eigene, dachte Luca. Was für ein Angeber! »Dabei hatten Sie mich vergessen. Blöder Fehler«, brachte er heraus.

»Tut mir leid, dass du es so erfährst, aber mit uns beiden hat's ja doch schon lange nicht mehr gestimmt«, flötete Nadine, die so viel Mitgefühl zeigte wie der weiße Hai, wenn er einen Imbiss zu sich nahm. Mit einem demonstrativen Blick aus ihren eisblauen Augen langte sie wieder über den Tisch und ergriff erneut die Hand von Frank Buchner.

Der schien seine Verlegenheit bereits überwunden zu haben und strahlte sie an, wobei sich seine Gesichtsfarbe intensivierte.

Schon lange nicht mehr … Sie beide hatten sich erst seit fünf Monaten gekannt, verdammt! Luca zwang sich zu einem weiteren Bissen, zermalmte ihn und würgte ihn hinunter. »Dann ist es ja gut, dass ich zufällig vorbeikam. Das erspart dir eine SMS an mich, nicht wahr, Nadine?«

»Wo du recht hast, hast du recht. Und jetzt, Luca, mach dich vom Acker. Mein Schatz und ich haben noch einiges bezüglich der Verlobungsfeier zu besprechen, die wir mit meinem Geburtstag koppeln wollen.«

War er zu geblendet gewesen, dass er nie die Kälte in ihrer Stimme wahrgenommen hatte? Nein, er hatte es nur verdrängt, machte Luca sich klar. »Du bist ein Esel. Die kriegen alle Hartz IV fürs Nichtstun«, war ihr lapidarer Ausspruch in exakt der gleichen Tonart gewesen, als er einem Obdachlosen in München ein paar Euros in den Becher gelegt hatte.

»Schätze, ich bin als Ehrengast zum Fest eingeladen?« Gut. Seine Stimme klang so süffisant, wie er es beabsichtigt hatte – der Himmel mochte wissen, wie ihm das gelungen war, denn eigentlich war ihm zum Heulen.

»Da hast du dich verschätzt«, entgegnete Nadine, »wie so oft.«

Wie hatte er eine Frau lieben können, die derart kaltschnäuzig war, selbst beim Abschiednehmen? Sie rammte ihm das Messer in die Brust und hatte keinerlei Skrupel dabei. »Damit hast du mir eine Riesenbürde von der Seele genommen.«

Ihre Brauen hoben sich. »Nämlich welche?«

Himmel, was für ein Miststück! »Mich von dir geldgierigem Weib zu befreien, ehe es zu spät ist.«

Sie lachte affektiert auf. »Du hast mich in den letzten Tagen mit Anrufen direkt bombardiert, du Idiot. Also lass die Spielchen.«

Er überging ihre Antwort und wandte sich an seinen Nachfolger. »Ihnen, lieber Herr Buchner, wünsche ich viel Glück mit der Dame. Aber verlieren Sie nicht völlig Ihren Kopf. Bestehen Sie auf jeden Fall auf einem Ehevertrag. Die Dame liebt den Luxus.« Er schaute in ihre blauen Augen. »Und nun, liebe Ex, komm mir nicht mehr zu nahe, sonst –«

»Sonst?«

Sonst würde ich mich vergessen, konnte er sich gerade noch verkneifen. »Sonst kann ich für nichts garantieren, ich würde dich glatt vor die Tür setzen.« Nicht besonders geistreich, aber etwas anderes fiel ihm im Moment nicht ein.

Er stand auf. Innerlich brodelte er, keine Sekunde länger konnte er den abgebrühten Verlobten geben. Es fehlte nicht mehr viel, und er würde hier und jetzt in Tränen ausbrechen. Nein, das wollte er nicht einmal den anderen Gästen hier zumuten.

»Schönen Abend noch.« Er drehte sich um und mäßigte seine Schritte, damit er nicht zum Ausgang lief.

Wenn er gedacht hatte, dass für diesen Abend das Maß voll war, so sollte er sich getäuscht haben.

Auf den letzten Kilometern zum Hotel fuhr Luca besonders langsam, so, wie er es sich in den letzten Jahren angewöhnt hatte. Je eiliger er es hatte oder je aufgeregter er war, umso vorsichtiger fuhr er, nachdem er einige Jahre zuvor auf der Rückfahrt von seiner ersten Verlobten beinahe sein Leben lassen musste, nachdem er ihr aufgrund ihrer

Untreue den Laufpass gegeben hatte. Er hatte damals alles überholt, was vor ihm fuhr, und ein Überholmanöver hatte für ihn im Graben geendet – ohne Blessuren, von seinem Auto, das er später auf dem Schrottplatz entsorgen lassen musste, einmal abgesehen. Er – und vor allem auch die anderen beiden Fahrer, die er in Gefahr gebracht hatte – hatten den Unfall glücklicherweise ohne körperliche Schäden überstanden.

Er parkte vor dem Hotel, schnappte sich Reisetasche und Aktenkoffer und ging zur geöffneten Eingangstür, aus der ein warmer Schimmer auf den weißen Kiesweg fiel. Zum Glück herrschte in der Halle kein gleißendes Licht, das seinen Zustand sofort verraten würde. Seine Beine fühlten sich an wie seine Seele – bleischwer. Er wankte zum Nachtportier und streckte die Hand aus. »Grüß dich, Max.«

»Guten Abend, Luca. Schön, dich mal wieder zu sehen. Du warst lange fort.«

»Stimmt, Max. Aber jetzt bin ich für immer da – genau genommen, erst in zwei Wochen, denn ich hab einem Freund versprochen, für ihn im Geschäft einzuspringen und seine Wohnung zu hüten.«

»Da wird deine Familie froh sein, dich bald für immer hier zu haben. Es ist viel los, wie du sicher weißt.«

Luca nickte. »Max?«

»Ja?« Max Faltermeiers Lächeln vertiefte sich. Er war ein Mann von dreiundsechzig mit gepflegtem Schnauzbart, kurz geschnittenem grauem

Haar und seit vier Jahrzehnten ihr zuverlässigster Mitarbeiter.

»Hast du immer noch deine Geheimwaffe hinten im Kabuff?«

»Freilich. Magst einen?«

»Ja, bittschön. Einen großen, wenn's geht.«

Luca wusste, dass Max niemals fragen würde, warum er, der normalerweise Schnäpse ablehnte, diesmal um die Wunderwaffe bat, die nur in seltenen Fällen herausgerückt wurde. Max bezog ihn von seinem Freund, der ihn selbst brannte, und hielt den feinen Tropfen stets parat für genervte Gäste, unausstehliche Gäste, die etwas zu bemängeln hatten und leider im Recht waren – aber auch für besonders nette Gäste, die gerade erst eingetroffen waren oder sich wieder auf den Heimweg machen wollten. Luca hingegen lehnte normalerweise Hochprozentiges ab, von unangenehmen Erfahrungen in der Jugend belehrt und in dem Wissen, dass sie ihn aggressiv machten, im Gegensatz zu Wein oder Bier.

Max nahm ein Fuhrmanns-Stamperl heraus, doch Luca befahl: »Gib mir gleich das Wasserglas. Ich brauch das jetzt wirklich.«

»Oh.«

»Ja, oh.«

Es war Max' Diskretion zuzuschreiben, dass er auch jetzt nicht auf die Idee kam, zu fragen, was los sei. Wortlos goss er eine Pfütze ins Wasserglas.

»Das reicht nicht«, schmollte Luca mit sanfter Stimme, und Max goss nach. »Das mit deiner Frau,

Max, tut mir furchtbar leid. Ich hab vor Kurzem erst davon gehört.«

Max nickte und schraubte auf seine bedächtige Art die Schnapsflasche wieder zu. »Ich konnte zu Beginn mit niemandem darüber reden. Aber jetzt geht's. Ich hab ja nicht g'wusst … na ja …«

Er stockte, und Luca befürchtete schon, er könnte die Fassung verlieren, doch dann fuhr er fort: »Zum Glück haben sie die Erkrankung in einem frühen Stadium erkannt, sodass Klara die Chemo erspart geblieben ist.«

»Und ich bin so froh, dass du dich entschieden hast, wenigstens noch drei Tage in der Woche bei uns zu arbeiten. Du weißt, wie sehr wir dich schätzen.«

Max' Augen verdunkelten sich. »Danke, Chef.«

Luca spielte mit dem Wasserglas und sagte, ohne den Blick zu heben: »Und ehrlich … ich glaube auch, dass es gut ist, dass du dich so entschieden hast. Die Arbeit lenkt doch immer ein bisschen ab.«

»Klara wollte nicht, dass ich in Frührente geh, wie ich es sofort geplant hatte, damit wir so viel Zeit wie möglich miteinander verbringen konnten. Man weiß ja nie … Sie meinte, von hundert auf null, das würd ich nicht überstehen und sie möglicherweise in ihrer Rekonvaleszenz behindern. Und wahrscheinlich hat sie recht«, schloss er mit einem Lächeln.

Luca stürzte den Schnaps in zwei Schlucken hinunter. »Und wie geht es ihr jetzt?«

»Sie hat das Schlimmste überstanden. Sie haben alles entfernen können, und die Bestrahlungen sind jetzt abgeschlossen. Natürlich ist sie erschöpft, aber guten Mutes. Nun können wir nur beten, dass es so gut bleibt.«

Luca drückte leicht die Hand seines Angestellten, der längst ein Freund der Familie geworden war. »Das machen wir, Max.« Er deutete auf das leere Glas. »Noch einen, mein Lieber. Und diesmal bitte randvoll. Das Leben ist manchmal richtig beschissen, findest du nicht auch?«

»Stimme völlig zu«, sagte Max in seiner zurückhaltenden Art.

Luca goss sich den Schnaps erneut auf ex hinter die Binde, dann schüttelte er sich. »Der schmeckt noch genauso fürchterlich, wie ich ihn in Erinnerung hatte.«

»Tja, du hast es so gewollt. Vielleicht solltest du jetzt lieber mal rauf zu deiner Freundin gehen. Die ist sicherlich schon ganz ungeduldig. Und eine Schnapsfahne ist nicht sonderlich anregend.«

Lucas Kopf ruckte hoch. »Welche Freundin?«

Max lächelte nachsichtig. »Nun, deine natürlich. Wusstest du das nicht? Sie ist schon vor drei Tagen hier angekommen, du hast sie am Dienstag um höchstens zwei Stunden verpasst.«

»Das kann wohl kaum sein«, brachte Lucas heraus. Was für eine Katastrophe wartete jetzt noch auf ihn? »Wie hat diese Freundin sich denn vorgestellt?«

»Nun, mit Wagner.«

»Nadine Wagner?«

Max Faltermeier zeigte zum ersten Mal Anzeichen von Stress. »Ich denke schon«, antwortete er zögernd. »Benedikt hat sie eingetragen.«

Max tippte etwas in die Tastatur des Computers. Nach einer Minute räusperte er sich. »Hier steht lediglich *N. Wagner*. Schau her.« Er drehte den Bildschirm so, dass Luca den Eintrag sehen konnte.

»Da stimmt was nicht. Meine Freundin kann die Dame auf keinen Fall sein.«

»Oh … aber wir … ich meine, Benedikt …« Max brach ab.

Ehe der gute Mann in Tränen ausbrechen würde, hob Luca die Hand. »Gib mir einfach den Generalschlüssel, ich kläre das.«

»Tut mir leid, Chef.« Max öffnete den Tresor unter dem Tresen und holte den Generalschlüssel, der auf alle Türen passte, heraus. »Ich hoffe, wir haben dir jetzt keine Schwierigkeiten gemacht.«

Luca nahm den Schlüssel »Keine Sorge, mir nicht. Schwierigkeiten wird jetzt allerdings die Dame bekommen.« Er knallte den Schlüssel auf den großen Holztresen, was ihm einen besorgten Blick von Max eintrug, denn die Hölzer im Hotel waren von bester Qualität und wurden regelmäßig gepflegt.

»Ich bin die Weiber so leid, ich kann dir gar nicht sagen, wie sehr«, knurrte Luca. »Und jetzt wälzt sich auch noch eine falsche Schlange in meinem Bett. Wie sieht sie aus?«

Max kratzte sich am Kopf. »Sehr hübsch.«

»Brünett?«

»Ja, genau.«

»Dacht ich's mir doch. Es sind immer die Brünetten.« Wortlos verabschiedete er sich dann, nahm den Schlüssel und ging zum Aufzug, anstatt die Treppe zu benutzen wie gewöhnlich, und fuhr hinauf in die Etage der Suite, die er momentan belegt hatte.

Als er den Aufzug verlassen hatte, wankte er zur Tür. Von leichtem Schwindel befallen, blieb er seufzend stehen und lauschte, aber kein Ton drang nach außen. Vorsichtig öffnete er die Tür.

Im Zimmer herrschte dank der Lichter im Garten keine vollkommene Dunkelheit, da die Betrügerin nicht die Vorhänge zugezogen hatte – was auch nicht nötig war, denn hier oben waren die Zimmer sowieso nicht einsehbar.

Er stellte seine Reisetasche und den Aktenkoffer im Flurbereich ab und näherte sich so leise, wie es sein Zustand erlaubte, dem Schlafbereich. Verwuschelte braune Haare lugten unter der Bettdecke hervor.

Weibsstück! Eine Gaunerin oder gar eine Diebin – wer wusste es schon? Die hatte ihm gerade noch gefehlt. Er torkelte zum Lichtschalter und schaltete das Deckenlicht ein. Erneut schaute er zum Bett. Keine Reaktion.

Mit einem Ruck zog er ihr die Bettdecke fort. Was er sah, hätte sonst möglicherweise sein Herz erfreut, doch gewiss nicht heute. »Was zum Teufel treiben Sie hier?!«, schnauzte er.

5

Katharina krauste unwillig die Stirn, um den feindseligen Mann aus ihrem Traum zu vertreiben.

»He, wachen Sie sofort auf!«

Es *konnte* sich nur um einen Traum handeln – einen Albtraum, denn der Mann, der neben dem Bett stand, war kein anderer als der, dessen Zimmer sie derzeit bewohnte. Seufzend drehte sie sich zur Seite und zog die Decke wieder über sich. Doch ehe sie wusste, wie ihr geschah, wurde ihr diese mit einem Ruck wieder aus der Hand gerissen.

Das blendende Licht katapultierte sie endgültig in die Wirklichkeit. Sie schoss in die Höhe und blickte geradewegs in die drohenden Augen von Luca. Sofort war sie hellwach.

Sie beschloss umgehend, von ihrem schauspielerischen Talent Gebrauch zu machen, einer Gabe, die bis jetzt allerdings noch nicht bewiesen war. Doch die naive Unschuld zu spielen konnte so schwer nicht sein, wenn auch die Umstände jetzt und hier ihr ganzes Talent abverlangten. »Was fällt Ihnen ein, in ein fremdes Zimmer zu stürmen!« Mit einer entschlossenen Geste entriss sie ihm die Bettdecke.

Er starrte eine Sekunde wortlos auf sie herab. »Das ist ja wohl eine impertinente Frechheit!«, herrschte er sie an.

Katharina räusperte sich. »Regen Sie sich doch nicht so auf«, entgegnete sie mit schlaftrunkener Stimme, »für dieses Missverständnis gibt es eine ganz einfache Erklärung.« Der Schlaf hatte ihre Wangen zart gerötet, und sie blickte ihn immer noch scheinbar verwirrt an, doch ihre Gedanken arbeiteten präzise wie eine Atomuhr.

Luca Winters gesunde Gesichtsfarbe verstärkte sich. »Sie halten sofort den Mund«, donnerte er, »und stehen auf, während ich die Polizei rufe!« Ohne sie aus den Augen zu lassen, ergriff er den Hörer des altmodischen schwarzen Telefons, das auf dem Nachttisch stand.

»Um Gottes willen, nein!« Katharina erkannte postwendend den Ernst der Lage. Sie ließ die Zudecke los, was den Blick auf ein gut ausgestattetes Dekolleté ermöglichte, und hielt Luca Winter mit beiden Händen am Arm fest. »Ich flehe Sie an, lassen Sie mich Ihnen doch erklären –«

Er schüttelte sie ab wie ein ekliges Insekt. »Was, zum Teufel, gibt es da zu erklären? Sie haben Urkundenfälschung begangen, sind in ein fremdes Zimmer eingedrungen und haben sich unter dem Namen meiner Freundin«, das Wort »Freundin« spuckte er förmlich aus, »auf meine Kosten hier verlustiert!«

»Verlustiert!« Ihre Augen glitzerten. »Sie sind ja nicht ganz bei Trost!« »Verlustiert« benutzte nicht einmal mehr die älteste Journalistin in ihrem Tross.

Die Farbe seines Gesichts nahm den Farbton der Bettwäsche an, ihre Lieblingsfarbe, ein intensives Tizianrot.

Katharina besann sich. Wenn man es genau betrachtete, musste ihre Anwesenheit ihm natürlich … nun ja, befremdlich erscheinen. Sie neigte den Kopf ein wenig schief und setzte ein um Gnade flehendes Lächeln auf. »Nein, bitte!« Sie legte eine Hand sanft auf seinen Arm, als er erneut zu wählen begann. »Ich gebe zu, dass ich meinen Namen unter dieses Schriftstück setzte …«

»Den Namen meiner Freundin!«, verbesserte er sie kalt.

»Unsere Nachnamen ähneln sich aber auch gewaltig«, gab sie unorthodox zur Antwort, was nur an der späten Stunde liegen konnte, in der sie noch nicht recht fähig war zu denken. »Aber sehen Sie«, fuhr sie unbeirrt fort, »ich *musste* hier ein Zimmer bekommen, und Sie wissen, dass das momentan unmöglich ist. Und als ich hörte, dass Sie für drei Tage abwesend sein würden, da …«

Er hatte bereits an der Wählscheibe des Telefons gedreht, als er mitten in der Bewegung stockte: »Also haben Sie wirklich mein Gespräch belauscht«, unterbrach er sie fassungslos. »Ich wusste doch, dass Sie mir schon mal unangenehm aufgefallen sind! *Sie* waren diese impertinente Lauscherin. Also wirklich …«

Sie war ihm bereits unangenehm aufgefallen – kein guter Einstieg in ein Gespräch, das auf Begriffen wie »Vertrauen« und »Nachsicht« basieren sollte. »Ja, natürlich, woher sonst hätte ich wissen sollen, dass –«

»Sie hinterhältiges Biest!«

Nun war auch sie erbost. Dieser Mann war – wie so mancher Mann – einfach nicht in der Lage, in verzwickten Situationen den Mund zu halten und eine Frau in aller Ruhe den Sachverhalt erklären zu lassen. Entweder bekamen Typen wie er den Mund nicht auf, oder sie nahmen ihn zu voll. Oder sie texteten einen zu. »Ich habe es rein zufällig mitbekommen! Schließlich haben Sie so laut gesprochen, dass es außer mir sämtliche Gäste um uns herum mit anhören mussten!«

»Sonst noch was, Gnädigste?«

Unwillkürlich zog Katharina die Bettdecke wieder hoch. Seine wutentbrannte Stimme hatte ihr nicht halb so viel Respekt abverlangt wie diese unnatürlich leise Stimme. *Gnädigste!* So einen Ausdruck benutzten nur noch ältliche Schriftstellerinnen seichter Liebesgeschichten oder Adelsromane, aber doch kein Mann im besten Alter! »Ich bin nicht Ihre *Gnädigste* – und würden Sie mich bitte ausreden lassen?«

Seine Augenbrauen fuhren in die Höhe. Die Arroganz, die sich auf seinen Gesichtszügen bemerkbar machte, rief plötzlich stärkste Aggression in ihr hervor. Arroganz war ein Wesenszug, den sie hasste. In letzter Sekunde riet ihr jedoch der Verstand, Diplomatie walten zu lassen. Sie holte tief Luft und setzte sich so gerade auf, dass sie ein unangenehmes Ziehen in den Oberschenkeln verspürte. Jetzt bloß kein falsches Wort. Schon gar nicht durfte sie einen Begriff wie »Journalistin« fallen lassen, da konnte sie ja sonst gleich behaupten, sie sei vom Geheimdienst sogenannter befreundeter Staaten. Betont sachlich fuhr sie fort: »Ich versuche, Ihnen klarzumachen, dass ich mich in einer Notsituation befand. Ich benötigte *dringend* ein Zimmer in diesem Hotel – weil ich Schriftstellerin bin und in meinem neuen Roman das Leben in einem Nobelhotel schildern will.« Das war zumindest nicht gelogen.

»Schriftstellerin?« Sein Gesicht verzog sich spöttisch. »Dass ich nicht lache!« Endlich ließ er den Hörer auf die Gabel fallen. »Ihre Fantasie scheint auf jeden Fall blühend zu sein. Sagen Sie mal, was fällt Ihnen denn sonst noch ein?«

»Das ist die reine Wahrheit. Außerdem hätte ich das Zimmer natürlich bezahlt.«

»Natürlich …«

»… ich hätte Ihnen das Geld auf jeden Fall auf dem Tisch liegen gelassen«, fuhr sie unbeirrt fort.

Plötzlich trat ein eigenartiger Glanz in seine Augen. »Zeigen Sie mir Ihr Portemonnaie!« Er verschränkte die Arme vor der Brust und sah sie lauernd an.

Sie war ihm ausgeliefert, aber eher würde sie sterben, als ihn ihre aufsteigende Panik spüren zu lassen: »Drehen Sie sich um, damit ich aufstehen kann!«, forderte sie laut, in dem Bemühen, ihrer Stimme einen angemessenen Klang zu verleihen.

»Lassen Sie die Spielchen! Stehen Sie auf und holen Sie Ihr Portemonnaie!« Sein Gesichtsausdruck ließ keinen anderen Ausweg zu.

Mit Mühe unterdrückte sie ein Zähneknirschen. »Dann machen Sie wenigstens Platz, damit ich aus dem Bett kann!«

Schweigend trat er einen Schritt zurück.

Katharina, nur mit einem hauchdünnen cremefarbenen Spitzen-Negligé bekleidet, schlug die Decke zurück, schwang die Beine aus dem Bett und tappte zum Sessel am Fenster. Ihre Bekleidung war durchsichtig, doch wen interessierte das jetzt? Sie nahm die Handtasche.

Schon war er bei ihr und riss sie ihr aus der Hand.

»He, was fällt Ihnen ein!«

»Das frage ich *Sie*! Sie scheinen die Rollen zu vertauschen.« Er öffnete ihre Börse, die er hervorgekramt hatte, zählte das Geld und warf sie mit einer wilden Gebärde vor Katharina auf den Tisch. Seine Augen, in denen es jetzt dunkler als zuvor loderte, schienen sich in ihre zu bohren. »Ich nehme an, Sie wollen mit Kreditkarte zahlen, denn mit zwei Fünf-Euro-Scheinen kommen Sie nicht weit.«

»Meine Kreditkarte ist in der Seitentasche.« Hoffentlich, durchzuckte es sie.

Er besaß die Stirn und zog den Reißverschluss des Fachs auf. Dann hielt er ihr theatralisch die geöffnete Tasche unter die Nase. »Na? Wo ist sie, Ihre Kreditkarte?«

Mist! »Die … liegt dann wahrscheinlich wohlbehalten bei mir zu Hause«, erwiderte sie bleich. *Weil ich dieses Ding so selten benutze, dass ich es ständig daheim liegen lasse!*

»Und wie, Gnädigste, wollen Sie dann die dreihundert Euro aufbringen, für die Sie unterschrieben haben – nicht zu vergessen die sechshundert für die drei Nächte in meiner Suite?«

Das Zimmer begann, sich um sie zu drehen. Wer war denn bereit, sechshundert Euro für drei Nächte zu zahlen? In einem Hotel, das generalüberholt werden musste? Frechheit!

»Das macht nach Adam Riese eintausend Euro.«

Er baute sich erneut vor ihr auf, und sie bedauerte, dass sie ihm ohne ihre Schuhe nicht auf Augenhöhe begegnen konnte.

Ihr Finger fuhr hoch. »Neunhundert. Wir wollen doch bei der Wahrheit bleiben.«

»Lenken Sie nicht ab. Ihnen bleibt auf jeden Fall nur das Gefängnis!«

Dass ihr Magen rebellierte, lag nicht an dem abendlichen Vier-Gänge-Menü. Sie dachte an ihren Chef, an den geliebten Job im Verlag, und ihr schwindelte. »Ich will aber nicht ins Gefängnis! Ich werde es Ihnen zurückzahlen, ich schwöre es.«

»Der Schwur einer Frau«, knirschte er finster.

»Bitte gestatten Sie mir wenigstens, dass ich mir was anziehe.«

»Von mir aus, aber beeilen Sie sich.«

»Aber natürlich.« Sie ergriff, mit eiskalten Händen, doch innerlich frohlockend, ihre Sachen und floh ins Badezimmer.

Das Bad besaß ein Fenster zum Balkon! Eine Möglichkeit zum Türmen.

Flugs schloss sie die Tür ab und zog sich an. Sie würde auf den Balkon klettern, und mit ein wenig Glück gelang ihr die Flucht. So leise wie möglich öffnete sie das Fenster. Es war schmal, aber wenn sie sich seitwärts durchzwängte, müsste es gehen. Mit zitternden Knien stieg sie auf das Bidet direkt darunter, krallte sich am Fenstersims fest und schlang ein Bein in die Höhe, um sich abzustützen. Aber noch während sie dabei war, sich durch die Öffnung zu zwängen, traf es sie wie ein Keulenschlag.

Die Sache war aussichtslos! In ihrer Panik hatte sie die Schuhe im Wohnzimmer stehen lassen. Die Handtasche war unerreichbar in den Händen dieses Mannes. Seit gestern herrschten ungemütliche Temperaturen, und der neue Mantel hing in der Garderobe.

Was ihre Flucht jedoch tatsächlich vereitelte, war die Tatsache, dass sich die Suite im Turm des Hotels befand, der einsam wie der Ausguck eines Schiffes in die tiefschwarze Nacht ragte, der nächste Balkon so weit entfernt wie die Nordsee.

»Kann ich behilflich sein?« Die leise Stimme kam von rechts.

Sein Kopf war dem ihren so nahe, dass sein Atem, der nach Alkohol roch, ihre Schläfen kitzelte. Schwitzend wandte sie den Kopf zur anderen Seite. Mist, sie steckte fest!

»Ersparen Sie sich Ihre überflüssige Frage, und tun Sie was«, keuchte sie mit schmerzhaft verzogener Miene, angesichts eines Krampfes im rechten Bein.

»Was bitte soll ich tun?«, kam es maliziös.

»Mich befreien«, kreischte sie, »und zwar auf der Stelle, sonst verrenke ich mir noch alle Knochen! Und dann, das schwör ich Ihnen, werd ich Sie auf Schadenersatz verklagen, dass Sie sich so etwas nie wieder erlauben werden.« Es war Unsinn, was sie da von sich gab, doch das war ihr jetzt auch egal.

»Ich fass es nicht«, knurrte er, doch tatsächlich kam er ihrem Befehl nach, was sie beinahe erstaunte, und packte sie beherzt unter den Armen. Mit einem energischen Ruck befreite er sie aus der peinlichen Lage.

Katharina verlor das Gleichgewicht und fiel rückwärts gegen seinen Oberkörper, was Luca trotz seines Schwipses nicht einmal zum Schwanken brachte. Als sie wieder festen Halt hatte, fuhr sie sich durch die Haare und strich sich den Rock glatt. Der raue, eiskalte Boden machte ihr unangenehm bewusst, dass sie immer noch barfuß war.

Die Tür zum Salon aufhaltend, ließ der Mann sie vorbeimarschieren, sich dabei übertrieben und mit einem Grinsen verbeugend, das jeden unzivilisierten Menschen zu einer ungesetzmäßigen Handlung, begangen an ihm, animieren würde.

Katharina streckte sich. Dieser Mann würde sie noch kennenlernen! Wozu hatte sie früher so gute Sportnoten nach Hause gebracht? Na also! Doch schien er ihren erneuten Fluchtversuch durch die Zimmertür zu befürchten, denn er wandte sich mit geschmeidigen Bewegungen zur Tür. Mit höhnischem Grinsen schloss er ab und ließ den Schlüssel in affektierter Weise zwischen zwei Fingern baumeln, ehe er ihn in die Tasche steckte.

Sie ging zum Sessel. »Das war unnötig. Ich … ich hatte nicht vor zu fliehen«, log sie, bückte sich und zog ihre Schuhe an. Jetzt galt es, an seinen gesunden Menschenverstand zu appellieren.

»Natürlich nicht. Sie verlassen Bäder immer durchs Fenster.«

»Bitte, hören Sie mich an!« Ihre Stimme klang nunmehr kein bisschen verzweifelt. »Ich werde alles tun, was Sie wollen, ich zahle alles mit Zins und Zinseszins zurück. Aber bitte rufen Sie nicht die Polizei! Die … Sache, so ein Skandal, wäre gewiss auch für dieses Haus sehr unschön.«

»Und wie unschön erst *die Sache*, das Gefängnis, für *Sie* wäre. Bei vorsätzlicher Urkundenfälschung läuft nichts unter drei Jahren«, informierte er sie kalt.

»Ich sagte doch, ich zahle! Außerdem habe ich keine Urkundenfälschung begangen.« Sie betrachtete ihn lauernd. Was redete er da von einer Urkunde? Sie hatte irgendeine Quittung oder Bestellung unterschrieben, das konnte doch so wichtig nicht gewesen sein.

Ein böser Zug umspielte seinen Mund. »Ich könnte es mir überlegen.«

»Ja?«, sie versuchte sich an einem Audrey-Hepburn-Augenaufschlag.

»Sie können es abarbeiten.«

Katharina schluckte trocken. Er war ja wohl kein, kein … Sie wagte nicht, den Gedanken zu Ende zu bringen.

Abschätzend taxierte er sie.

Unwillkürlich zog sie den Bauch ein und hielt die Luft an.

»Sie arbeiten zukünftig für mich, bei mir zu Hause.«

O Gott! Jetzt wurde es endgültig ernst. Sie biss sich auf die Lippen und schickte ein Stoßgebet zum Himmel.

»Sie werden für mich putzen und kochen. Tag für Tag, den Gott geschaffen hat, drei Monate lang.«

Sie nahm das Atmen wieder auf. Vor Erleichterung kamen ihr fast die Tränen. »Alles, was Sie wollen. Ich koche gern«, bekundete sie, was nicht bedeutete, dass sie *gut* kochte, »und Putzen macht mir gar nichts«, log sie mit seidiger Stimme.

»Ob Sie *gern* putzen oder kochen, ist mir völlig egal. Hauptsache, Sie machen Ihre Arbeit gut. Für jedes verpatzte Essen, für jede schlampige Arbeit müssen Sie einen Tag länger arbeiten.«

Sie wischte sich die Tränen aus den Augen. »Und dafür ... keine Polizei?«

»Für den Moment.«

»Essen für mich wäre inklusive, und schlafen dürfte ich auch bei Ihnen ... ich meine, in Ihrem Haus?«, verbesserte sie sich.

»In meiner Wohnung, nicht jeder ist mit einem Haus gesegnet.«

Sie winkte ab. »Schon gut. Von mir aus auch eine Wohnung.« Ihr Verstand begann langsam wieder zu arbeiten. Drei Monate waren natürlich ausgeschlossen. Drei Wochen gingen gerade noch so, dann würde ihr Chef von dem Desaster nichts mitbekommen. Es wäre eine Möglichkeit, mit winzigen Blessuren aus dem Dilemma herauszukommen.

Während dieser Mann arbeiten ging, konnte sie an ihrem Buch schreiben – ohne Störung. Keine ganz schlechten Aussichten.

»Ich bin einverstanden, aber möglich wären bei mir nur drei Wochen. Danach muss ich …« In letzter Sekunde hielt sie inne. Da sie vorgegeben hatte, Schriftstellerin zu sein, konnte sie ihm schlecht sagen, dass sie die Wohnung nach drei Wochen verlassen musste, um in einer *Redaktion* zu arbeiten. Der Herr gehörte hoffentlich zu den gewöhnlichen Menschen, die montags das Heim verließen, um einem normalen Job nachzugehen, sodass er ihr mit seiner ständigen Anwesenheit nicht den letzten Nerv rauben würde.

»Mit anderen Worten: Ich bin einverstanden. Aber das will ich schriftlich!« Drei Wochen mussten genügen, denn auch wenn sie als freie Journalistin arbeitete, hatte sie spätestens nach dieser Zeit im Büro anwesend zu sein.

Sein Gesichtsausdruck, als ihm die Muskeln entgleisten, entlockte ihr beinahe ein lautes Lachen, doch sie besann sich. Momentan saß er auf dem höheren Ross.

»Das dürfen Sie gern wollen«, in seine Augen trat ein undefinierbarer Ausdruck, und er verschränkte die Arme vor der dekorativen Brust. »Das werde ich Ihnen jedoch mitnichten schriftlich geben. Sie müssen mir schon vertrauen! Wie gesagt, reden wir hier von drei Monaten und nicht nur von drei läppischen Wochen.«

Der Mann war tatsächlich verrückt! Vertrauen, *ihm*?

Aber egal. In den drei Wochen würde sich mit Sicherheit die Gelegenheit zur Flucht bieten, sie war ja nicht blöd, und er würde sie schon nicht anketten. Sie hatte keine Wahl. Irgendwie hatte er ja auch recht: Sie war eine Gaunerin. Wenigstens musste sie sich den Anschein geben, mit seiner hirnrissigen Forderung einverstanden zu sein. Ins Gefängnis würde sie niemals gehen, eher würde sie sterben. Selbst das konnte sie nicht so einfach. Vor allem aber durfte ihr Chef nichts von dieser Chose erfahren. »Einverstanden!«

»Dachte ich mir«, erwiderte er sarkastisch. »Und jetzt ab ins Bett!«

»Wie bitte?« Katharina spürte, wie die Übelkeit in ihr hochstieg. *Also doch!* Starr beobachtete sie, wie er sich die Jacke auszog. So unauffällig wie möglich beobachtete sie ihn. Wenn er sie anrührte, musste sie sich irgendwie verteidigen! Doch es gab nichts in ihrer Nähe außer der Nachttischlampe. Diese schien ihr als Waffe höchst untauglich. Das Telefon! Es war eines jener schweren, älteren Modelle aus schwarzem Bakelit, bei dem sie nicht geglaubt hätte, dass es tatsächlich noch funktionierte, und dessen Gewicht möglicherweise genügte. Vielleicht gelang es ihr, es zu erreichen, ehe er zum Angriff ansetzte.

»Sie sollen sich bettfertig machen!«, drängte er mit scharfer Stimme.

Sie spürte, wie der Boden unter ihr zu schwanken begann. Eben hatte dieser Kerl ihr noch gestattet, sich etwas anzuziehen – der Gute wusste wirklich nicht, was er wollte. Komplett ausziehen würde sie sich erst recht nicht. Wenn er sie nackt wollte, würde sie kämpfen. Und sie konnte kämpfen, wenn's drauf ankam.

»Machen Sie schon.« Luca Winter warf die Jacke mit einer wilden Gebärde auf den nächsten Sessel. »Spielen Sie nicht die zimperliche Jungfrau, die Sie nicht sind. Wir werden uns in dieses Bett legen, und zwar gemeinsam – falls Sie es nicht vorziehen, auf dem Fußboden zu schlafen. Und wir werden die verdammte Nacht hier *gemeinsam* verbringen. Oder glauben Sie, ich verlasse mit Ihnen jetzt noch das komplett ausgebuchte Hotel?« Er sah kurz auf seine Uhr. »Es ist halb zwölf, und mir reicht's für heute, das dürfen Sie mir glauben. Lieber wäre mir, Sie würden in der Besenkammer übernachten, aber die kann man nicht abschließen. Abgesehen davon, Gnädigste ...«, seine Stimme triefte vor Ironie, als er sie von oben bis unten begutachtete, um dann hinzuzufügen: »... dürfen Sie gewiss sein, dass mir nicht der Sinn danach steht, mich an *Ihnen* zu vergreifen!«

Erleichtert stieß sie die Luft aus. Er würde sich also nicht an ihr vergreifen. Und wenn er sie noch einmal »Gnädigste« nannte, wusste sie nicht, was sie tun würde. Angesichts des überstandenen Schreckens konnte es nur an ihrer Verwirrung liegen, dass ihr die Art, wie er ihr das Wort entgegenschleuderte, nicht gefiel.

Mit bebenden Lippen beobachtete sie, wie Luca Winter seine Reisetasche holte, daraus einen Pyjama und eine schwarze Kulturtasche hervorzog und nach nebenan ins Bad ging. Den

Zimmerschlüssel behielt er in der Hosentasche. Die Badezimmertür schloss er hinter sich ab. Kurz darauf hörte sie das Wasser der Dusche rauschen.

Einen Moment blieb sie innerlich kochend sitzen. Dann fiel ihr etwas ein. Sie hechtete zu der Jacke, die er auf einen der Sessel geworfen hatte, griff in die Innentasche und wurde fündig. Mit zittrigen Händen durchsuchte sie sein Portemonnaie, das im Gegensatz zu ihrem prall mit Scheinen gefüllt war. Dann fand sie den Personalausweis. Sie zog ihn heraus und wollte gerade einen Blick darauf werfen, als die Tür erneut geöffnet wurde.

»Also doch eine ganz einfache Diebin«, zischte er. »Hab ich's doch gewusst.« Er entriss ihr seine Geldbörse und begann, das Geld zu zählen.

»Ist noch alles da«, sagte sie trocken. »Sie waren zu schnell.« Er sah sie wütend an. »Keine Panik«, beschwichtigte sie kühler, als ihr zumute war, »nur ein Scherz.«

»In Ihrer Situation sollte man mit seinen Scherzen zurückhaltender sein.«

Sie hob die Hände. »Ich wollte nur wissen, mit wem ich es genau zu tun habe und die Adresse erfahren, wo sich die nächsten drei Wochen … Monate mein neues Domizil befindet. Hier ist Ihr Personalausweis. Mit liebem Dank zurück.«

»Ich warne Sie. Noch mal ein Griff in die Portokasse, und Sie sind geliefert.«

Sie ahnte, dass er es ernst meinte, und mit gleichem Ernst antwortete sie: »Entschuldigen Sie, aber ich wollte wirklich nur Ihren Namen lesen. Und Ihre Adresse.«

»Ich heiße Luca Winter.«

»Sehr erfreut. Ich bin Katharina Wegner. Mit e und nicht mit a«, fügte sie erklärend hinzu.

»Ach ja, ›Wagner‹ war nur ein kleiner Blackout, schätze ich?«

»Genau«, gab sie lakonisch zurück.

Plötzlich wirkte er gar nicht mehr drohend, sondern im Gegenteil ebenso müde und unfähig, mit der Situation normal umzugehen, wie sie.

»Ich würde vorschlagen, dass wir uns jetzt erst einmal eine Mütze Schlaf nehmen. Mein Tag war sehr anstrengend.«

Sie nickte wortlos, zog den Fußhocker an den Sessel, in den sie sich hatte fallen lassen, und faltete die Wolldecke auseinander, die über der Sessellehne gehangen hatte. Kaschmir, was sonst, dachte sie erschöpft und schloss kurz die Augen.

»Möchten Sie die Nacht im Sessel sitzend verbringen?« Er stand neben dem Bett.

Ebenso taxierend wie er zuvor, betrachtete sie jetzt seine Gestalt. Luca Winter war kräftig, jedoch nicht dick. Irgendwie sah er lächerlich aus in seinem modischen Pyjama. Gereizt wich sie seinem Blick aus und ersparte sich die Antwort.

»Auch gut.« Er trat auf sie zu.

Erneut fuhr ihr der Schreck in die Glieder.

»Nicht doch …«

Die Ironie in seinen Augen ließ den heftigen Wunsch in ihr entstehen, ihm Schlimmeres als das Telefon über den Kopf zu hauen.

»Ich will lediglich Ihre Handtasche. Zur Sicherheit!« Mit einem bösen Lächeln nahm er die

Tasche und legte sie zusammen mit dem Zimmerschlüssel unter sein Kopfkissen, ehe er ins Bett stieg. Dann schaltete er wortlos das Licht aus.

Eine Weile war nichts zu hören als ihr eigener Atem und der des Mannes im Bett. Katharina rutschte vorsichtig auf die Kante des Sessels. Sie war viel zu aufgelöst, als dass sie jetzt an Schlaf denken konnte. Angespannt behielt sie die Umrisse der Gestalt unter der Bettdecke im Auge. Die Gardinen im Zimmer hatte sie wie die Abende zuvor wieder nicht zugezogen. Das Licht, das die Laternen im Park spendeten, reichte nicht aus, um Luca Winters Gesicht zu erkennen, doch die Art, wie er dalag, war ein Zeichen dafür, dass er anscheinend völlig entspannt war.

Aufgebracht erkannte sie zehn Minuten später an seinen regelmäßigen Atemzügen, dass er eingeschlafen sein musste. Das war doch wieder mal typisch. Wenn eine Frau durch irgendetwas in Aufruhr versetzt wurde – so wie sie jetzt –, war sie unfähig, innerhalb der nächsten zwei Stunden einzuschlafen. Im Gegensatz zum Mann, der ungerührt und prompt in Tiefschlaf fiel. Dieser Kerl schnarchte – kein Wunder bei dem Alkoholkonsum.

Sie zögerte noch einen Moment, streckte sich seufzend, dann gab sie auf. Die Nacht war lang, und hier im Sessel zu bleiben, wäre eine zu harte Strafe. Leise stand sie auf, hob vorsichtig die Bettdecke auf der freien Seite an und legte sich, vollständig angezogen, an den äußersten Rand des Bettes, auf dem zwei Mannschaften getrost hätten Fußball spielen können.

»Wollen Sie mich endgültig wahnsinnig machen? Ziehen Sie sich um Himmels willen aus und schlafen Sie, verdammt noch mal«, knurrte ihr Bettnachbar.

Katharina zog die Decke über die Ohren und sparte sich eine Antwort. Wie sie die Nacht neben diesem Widerling überstehen sollte, war ihr ein Rätsel.

6

Freitagmorgen erwachte Luca erstaunlicherweise ohne den Hauch von Kopfschmerz. Er hatte tatsächlich hervorragend geschlafen, aber das war für ihn auch keine Kunst, schlief er doch immer und überall schnell ein, kaum dass er sich in der Horizontalen befand.

Nadines Ausspruch, als er in St. Moritz noch eine wichtige Arbeit beenden wollte und deshalb ihre Verabredung hatte verschieben müssen, hätte ihm eigentlich zu denken geben sollen. Da hatte sie ihm zornentbrannt vorgeworfen: »So ein langweiliger Workaholic wie du, der ist ja nicht zum Aushalten!« Seine Entschuldigung hatte ihr augenscheinlich nicht gereicht, sie hatte nicht lange gefackelt, sondern ihm den Laufpass gegeben.

Weiber!

Und nun musste er erfahren, dass eine völlig Fremde seine Suite belegte, passenderweise auch noch auf den Namen seiner Freundin. Ex-Freundin! Allerdings würde diese Frechheit es ihm ermöglichen, seinen Frust auf Frauen an ihr abzureagieren – und zwar mehrere Wochen lang, denn hier im Hotel konnte er sie nicht gebrauchen. Dass ihm die Idee mit der Strafe gekommen war, hatte er nur dem ungewohnten Schnapskonsum zu verdanken.

Ihr auf diese Art und Weise die Pistole auf die Brust zu setzen, war natürlich absoluter Schwachsinn gewesen. Irgendwann heute würde er alles zurücknehmen, schließlich bewegte er sich da auf dünnem Eis. Mit Erpressung war nicht zu spaßen. Aber eine Weile sollte die Dame ruhig noch ein wenig schmoren, beschloss er.

Dieses Unschuldslamm besaß den Schlaf des Gerechten, das war mal klar. Nachdem er geduscht und sich in frische Klamotten geschmissen hatte, blickte er auf die Schlummernde herab. Wie schaffte man es, so friedlich auszusehen und gleichzeitig derart kaltschnäuzig einen echten Betrug zu begehen? Zeit, seine kleine Strafaktion zu beginnen. Er betrachtete ihren wohlgeformten Fuß, der unter der Decke hervorlugte, und konnte der Versuchung nicht widerstehen. Er zupfte sie an den Zehen mit den rot lackierten Nägeln und rief mit erhobener Stimme: »He, wachen Sie auf!«

Mit Genuss sah er, wie sie erschrocken in die Höhe fuhr. Ihr Haar glänzte dunkel im Schein der Nachttischlampe. »Ich habe kein Auge zugetan«, nuschelte sie verschlafen und ging mit einer fahrigen Bewegung durch ihre Haare, was diese noch ein wenig mehr verwuschelte. Verwirrt schaute sie auf die Uhr. »Es ist ja gerade mal sieben! Was wollen Sie denn vor Tag und Tau anstellen?«

»Das geht Sie nichts an. Es ist an der Zeit. Ich will hier keine Wurzeln schlagen.«

Auch wenn sie vorgab, nicht geschlafen zu haben, wirkte sie mit den geröteten Wangen wie nach einem zwölfstündigen Schönheitsschlaf, durchzuckte es ihn. Und ihre braunen Augen … Er presste die Lippen fest aufeinander. Genug der Träumerei. Er hatte die Nase voll von den Weibern!

Sie schaute zu ihm hoch. »Hätten Sie bitte die Güte, mir Platz zu machen, damit ich aufstehen kann?«

Ihre verschlafene Stimme verwirrte ihn noch mehr, doch er riss sich zusammen. »Tun Sie sich keinen Zwang an!« Er wandte sich um, griff nach dem Telefonhörer und drehte die alte Wählscheibe.

»Sie haben versprochen, mich nicht anzuzeigen«, hörte er ihre hohe Stimme im Rücken.

Er schenkte sich die Antwort, Strafe musste sein. Betont langsam drehte er sich zu ihr herum, während er in den Hörer sprach. »Ist dort die Polizei?« Mühsam unterdrückte er ein Grinsen. Er sah direkt das trockene Schlucken und den konsternierten Gesichtsausdruck vor sich, den Max bei dieser Frage an den Tag legen würde.

Sie schwang sich in einer Geschwindigkeit, die er ihr nicht zugetraut hätte, aus dem Bett, und unterbrach die Verbindung am Telefon. »Sie haben es versprochen! Und … und jetzt rufen Sie sie doch«, rief sie mit heiserer Stimme.

»Wen?«

»Na, die Polizei, Sie Schwachkopf!«

»Ich muss doch sehr bitten«, erwiderte er sanft. »Darf ich jetzt nicht einmal ein Frühstück bestellen?«

Sie fuhr sich erneut durch das glänzende Haar. »Bei der Polizei?«, fragte sie irritiert. Noch immer stand ihr der Schock ins Gesicht geschrieben.

»Ich hab nicht bei der Polizei das Frühstück bestellt, sondern bei Max, dem Portier, Sie Dummchen. Vielmehr hatte ich das vor.«

»Sie Schwein!«

»Na, na. Wir wollen doch nicht ausfallend werden«, er grinste und wählte erneut, wobei sie ihm auf die Finger starrte, als wollte er vor ihren Augen einen Zaubertrick zum Besten geben. »Guten Morgen, Max. Bitte …« Er hielt inne. »… Äh, ja, ich hatte mich verwählt.« Wieder lauschte er. »Nein, nicht nötig. Alles gut. Bitte lass nur zweimal Frühstück heraufbringen. Nein, du hast dich nicht verhört, ebenso für … die Dame. Und bitte sag nebenan Bescheid, dass es bei mir etwas später wird, sie sollen schon mal anfangen.« Er legte auf und betrachtete ungeniert, wie sein »Gast« hastig im Bad verschwand.

Das Frühstück wurde postwendend gebracht, und keine Minute danach erschien auch die Frau wieder, die seine Suite okkupiert hatte. Sie sah umwerfend aus, wenn auch ihre Augen übergroß wirkten. Sie hat schöne volle Lippen, dachte er, im Gegensatz zu Nadine, die recht schmale besaß.

»Sie sehen müde aus, ich fürchte, Sie haben keine angenehme Nacht hinter sich«, sagte er. Was mitnichten der Fall war – im Gegenteil, sie sah wie der frisch gepresste Orangensaft aus, den man ihnen gebracht hatte.

»Wie auch? Ihr Schnarchen hat mich von meinem Schönheitsschlaf abgehalten. Aber danke der Nachfrage.«

Einen Moment wunderte er sich, wie forsch sie mit ihm umging. War er derjenige, der sich eingeschummelt hatte? Also wirklich! »Das war keine Nachfrage, sondern eine Feststellung. Außerdem schnarche ich nicht.«

»Fragen Sie doch einfach Ihre Freundin«, sagte sie leichthin.

Er schenkte sich die Antwort. Sie besaß nicht nur eine scharfe Zunge, sondern auch einen gesunden Appetit – eine Eigenschaft, die er an Frauen schätzte, insbesondere wenn sie nicht klapperdürr waren, sondern anregende Kurven besaßen wie dieses weibliche Exemplar, aus dem man nicht recht schlau wurde.

Schweigend widmeten sie sich dem Frühstück. Sie aß zwei Brötchen und ein Ei, trank ein großes Glas Milch und schenkte sich abschließend die dritte Tasse Kaffee ein.

»Essen Sie immer so viel?«, fragte er in dem Wunsch, sie noch einmal zu ärgern. Dass ihm dies gelungen war, merkte er, als sie mit lautem Klirren die Kaffeetasse abstellte.

»Darf ich zu bedenken geben, dass *Sie* nicht nur zwei Brötchen gegessen und einen Orangensaft getrunken, sondern zusätzlich noch Rührei für eine gesamte Kompanie verzehrt haben. Mit Schinken!«

»Ich darf das, ich habe dafür gezahlt«, gab er gleichmütig zur Antwort.

Bingo! Sie funkelte ihn an.

Er warf die Serviette neben den Teller. Wie betrunken musste er gewesen sein, auf die Idee zu kommen, dieses Früchtchen für sich arbeiten zu lassen? Er musste nicht mehr alle Tassen im Schrank gehabt haben. Nun, heute Morgen war er klar wie der Bergsee bei der Almhütte, die seiner Familie gehörte. Aber jetzt war es zu spät. Zur Strafe würde er sie doch noch ein wenig zappeln lassen, ehe er von seiner verrückten Idee Abstand nahm. Sie würde ihn schon nicht wegen Erpressung anzeigen. Und natürlich würde er sie auch nicht anzeigen, der Aufwand wäre viel zu groß. Sie würde für das Zimmer zahlen, fertig.

Wenn sie in Kirchdorf eintrafen, war es immer noch früh genug, ihr reinen Wein einzuschenken. Er war gespannt, wie sie sich anstellen würde, denn er wusste ja nicht einmal, wo sie wohnte – was er zu ändern gedachte. Sie würde sich kringeln vor Lachen, wenn er jetzt einen Rückzieher machte. Es war natürlich eine wahnwitzige Idee, aber das musste er ihr ja nicht aufs Butterbrot schmieren. Er würde so tun, als meinte er seinen Plan völlig ernst. Wenn sie dann Theater machte und möglicherweise mit der Polizei drohte, würde man weitersehen. »Wir werden uns arrangieren müssen, wie Ihnen wohl klar ist.«

Sie schwieg und schälte die Orange, ohne ihn anzusehen.

»Sie werden täglich die Wohnung säubern, regelmäßig die Wäsche waschen, das Geschäft putzen –«

»Das Geschäft?« Bestürzt sah sie hoch. »Was denn noch alles? Ich bin bei Ihnen als Haushälterin angestellt und nicht als Sklavin!«

Er schlug die Beine übereinander und bedachte sie mit einem gelangweilten Blick. »Erstens sind Sie bei mir nicht angestellt: Sie arbeiten für mich, und nach drei Monaten werden wir uns nicht mehr wiedersehen. Und zweitens werden Sie sich um mein Geschäft kümmern, wenn ich einmal aushäusig sein sollte. Oder nein, streichen Sie das, Sie sind ja sonst imstande, sich unrechtmäßig zu bedienen. Aber putzen werden Sie es. Und Sie haben natürlich den Gehweg vor dem Geschäft vom Schnee zu räumen – sollte es noch einmal zu einem Wintereinbruch kommen«, fügte er nach einer kurzen Gedankenpause ein.

Sie schenkte ihm einen ironischen Blick. »Jetzt, Ende April, wird das wohl eher nicht mehr der Fall sein.«

»Egal, dann fegen Sie eben die Blüten der Bäume weg.«

»Stets zu Diensten, Boss«, erwiderte sie trocken.

»Seien Sie nicht albern!« Er goss erneut Kaffee in seine Tasse und gab zwei Löffel Zucker hinzu.

Die Augenbrauen seines Gegenübers zuckten. »Dafür verlange *ich* von Ihnen, dass Sie sich anständig benehmen«, sagte sie kühl, »und mich ansonsten in Ruhe lassen … in jeder Beziehung.«

»Meinen Sie nicht«, träge lehnte er sich in seinem Sessel zurück, »dass Ihre Situation es kaum zulässt, irgendwas zu verlangen?«

Schweigend würgte sie die Orange hinunter.

»Außerdem habe ich Ihnen bisher absolut keinen Grund geliefert, an meinem guten Benehmen zu zweifeln. Im Gegenteil, jeder andere wäre anders mit Ihnen umgesprungen, das dürfen Sie mir glauben.«

Sie senkte den Blick, nahm mit zwei Fingern ein weiteres Stückchen der Orange und stopfte es sich in den Mund. »Nun gut!«

»Und jetzt kommen wir zum Wesentlichen.«

Sie rollte die Augen. »Haben wir das nicht schon hinter uns?«

»Könnten Sie mir freundlicherweise eine Sekunde zuhören, ohne mich zu unterbrechen?«

Sie hob elegant den Arm und säuselte: »Bitte!«

Er holte tief Luft. Bei ihr musste er aufpassen, dass sie nicht grundlos einen Aufstand machte. Unsinn, *er* musste nicht aufpassen, aber ihr Zukünftiger hätte bei ihr alle Hände voll zu tun, das war klar. Gut, dass nicht er der Glückliche war.

Sie hob den Finger. »Einen Moment noch«, sagte sie.

»Was denn jetzt?«, stöhnte er übertrieben.

»Wäre es gestattet, dass ich Ihr Bad aufsuche?«

»Ein zweiter Fluchtversuch?«

Sie ballte die Faust. »Ich muss mal.«

Er grinste und hob einladend die Hand. »Verständlich, wenn man so viel verputzt hat wie Sie.«

Sie stürmte aus dem Zimmer.

Luca nutzte die Zeit, sich in aller Ruhe ihre Handtasche vom Sessel zu nehmen, und ihren Personalausweis zu suchen. Als er die Adresse las, stutzte er. Gab es wirklich solche Zufälle? Das konnte doch eigentlich nicht sein. Aber hier stand es schwarz auf weiß: Diese Frau wohnte in Kirchdorf im Malerwinkel drei – genau da, wo er in den nächsten zwei Wochen leben wollte! Er legte den Personalausweis zurück in ihre Tasche, als sie die Badezimmertür öffnete. »Wie ich Ihrem Ausweis entnehmen konnte, wohnen Sie in Kirchdorf.«

Sie erbleichte und hechtete zum Sessel, auf den er ihre Handtasche zurückgelegt hatte. »Haben Sie etwa in meinen Sachen gekramt?«, schnaubte sie und durchwühlte die Tasche wie eine Schatztruhe.

»Exakt.«

»Das durften Sie nicht!«

»Man darf auch kein Zimmer, ach, was sag ich, keine Suite belegen, die man nicht bezahlen kann«, konterte er. »Sie wohnen also in Kirchdorf, im Malerwinkel drei.«

Sie zog den Reißverschluss der Tasche mit einem Ruck zu. »Ich sehe, Sie sind des Lesens mächtig.«

Er blickte sie in einer Mischung aus Erstaunen und freundlichem Interesse an. »Das ist wirklich ein komischer Zufall, denn seltsamerweise werde ich dort eine Wohnung meines Freundes übernehmen und werde gleichzeitig sein Antiquitätengeschäft für zwei Wochen führen. Er hat Urlaub. Als sein Freund habe ich mich bereit erklärt, für diese Zeit seinen Laden zu führen und in seiner Wohnung zu nächtigen. Jetzt meine Frage: Sie kennen nicht zufällig die Vermieterin dieser Wohnung?«

Sie war seinen Worten verdutzt gefolgt. Die Art, wie sie in einer Art Schockstarre dastand, ließ ihn schmunzeln. »Haben Sie meine Frage verstanden?«, erkundigte er sich milde.

»Äh … ja. Ja, die kenne ich. Also, ich m-meine, *ich* bin Ihre Vermieterin, also d-die von Daniel«, stotterte sie.

»Na sehen Sie, dann ist das Ganze für Sie doch gar nicht mal so schwierig.«

»So gesehen nicht. Aber ich … entschuldigen Sie, dieser Zufall ist doch ein wenig seltsam, finden Sie nicht?«

»Könnte man so sagen«, prustete er lachend.

»Ich wusste zwar, dass Daniel vorhat, jemanden in seinen Ferien seine Wohnung und den Laden hüten zu lassen, aber ich kannte nicht den Namen seines Freundes. Dass das jetzt Sie sind, ist schon merkwürdig … ich meine, erstaunlich. Aber er sprach ja nur von zwei Wochen.«

»Stimmt. Aber ich werde Ihre Dienste trotzdem drei Monate benötigen.«

»Na denn«, erwiderte sie so gleichmütig, dass ihm klar war, dass sie den Teufel tun und für drei Monate bei ihm arbeiten würde.

Dass Daniel die Wohnung an Alex Winter, Lucas Onkel, vermittelt hatte, wusste sie möglicherweise nicht. Und vor allem wusste sie nicht, dass Alex Winter seit Kurzem verschollen war. Selbst für einen unberechenbaren Mann wie Alex schien es sonderbar, einfach von jetzt auf gleich zu verschwinden. Daniel hatte dem von der Gegend begeisterten Alex damals mitgeteilt, dass in dem

Haus eine Wohnung frei geworden sei, die Lucas Onkel dann sogleich angemietet hatte.

»Zwei Wochen in Ihrem Haus und den Rest bei mir – und dann sind Sie mich wieder los. Also ist unser Arrangement für Sie doch ein Klacks«, äußerte Luca gespielt liebenswürdig.

Sie zuckte die Schultern. »Wenn Sie's sagen«, antwortete sie, setzte sich in den Sessel und nahm mit spitzen Fingern das letzte Stück der Orange.

»Wenn Sie jetzt endlich satt sind, können Sie vielleicht packen?«

Die Enttäuschung, die sich auf ihrem Gesicht ausbreitete, war derart echt, dass er schmunzeln musste.

»Wieso das denn? Ich denke, Sie wollten noch einige Tage hier Urlaub machen?«

»Und Sie noch eine Woche länger durchfüttern, bei Ihrem gesegneten Appetit? Sie scheinen mich für einen ausgemachten Trottel zu halten, Frau Wegner!« Es machte Spaß, sie ein wenig zu necken, nach allem, was sie sich erlaubt hatte.

»Ich … Sie brauchen mich nicht … und außerdem ist mein Appetit völlig normal! Ich werde keinesfalls –«

»Regen Sie sich ab, es war nicht so gemeint«, schnitt er ihr das Wort ab. »Und jetzt haben Sie bitte die Güte, so schnell wie möglich zu packen.«

»In fünf Minuten können wir los«, säuselte sie.

»Das werden Sie kaum schaffen. Sie müssen meine zwei Koffer schließlich auch packen«, gab er freundlich zur Antwort.

Entgeistert sah sie ihn an. »Sie meinen, *Ihre* Sachen?«

»Genau das meine ich.«

Viel zu sorgfältig faltete sie die Stoffserviette und legte sie neben das Gedeck. Ruhig erhob sie sich von ihrem Platz.

Eine Viertelstunde später, in welcher er sie ungeniert vom Sessel am Fenster aus beobachtet hatte, stellte sie ihre Tasche neben die beiden Koffer und seine Reisetasche und sah ihn herausfordernd an. »Von mir aus können wir, wenn Sie fertig sind.«

Wortlos stand er auf und durchwanderte alle Zimmer. Erst als er sämtliche Schränke überprüft hatte, klemmte er sich den Aktenkoffer unter einen Arm und griff die beiden Koffer.

Mit einem Seitenblick sah er, wie sie sich mürrisch ihre Handtasche über die Schulter warf, seine und ihre Reisetasche ergriff und ihm in den Flur folgte. »Haben Sie Steine hier drin, oder was?«

»Das sind Bücher. Ich bevorzuge gedruckte Lektüre auf Reisen, anstatt mit meinem Smartphone zu spielen oder nur in den Fernseher zu glotzen«, gab er zur Antwort.

Sie verkniff sich eine spitze Bemerkung. »Ich muss mit Ihnen fahren. Mein Auto hab ich zu Hause gelassen.«

»Das hatte ich beinahe befürchtet.«

»Lieber Herr Winter, nicht alles, was Sie von sich geben, ist witzig«, zischte sie hinter seinem Rücken.

»Ich bitte um Entschuldigung.« Er stellte sein Gepäck in den Aufzug und nahm ihr das restliche ab. Sie quetschte sich neben ihn in die Kabine. Wie gut diese Frau roch! Nicht schlecht, wenn man bedachte, dass man sich die nächsten Wochen dann und wann möglicherweise näherkam. Natürlich nicht zu nahe, korrigierte er sich. Der blumige Duft ging von ihrem Haar aus. Sie besaß einen guten Geschmack, musste er zugeben.

In der Lounge blieb er stehen. »Sie setzen sich hierher und warten auf mich. Ich habe noch eine kurze Besprechung.«

»Wie jetzt? Ich habe mich abgemüht, so schnell wie möglich fertig zu werden, nur damit Sie mich jetzt warten lassen? Sagen Sie, geht's noch?«, zischte sie leise, worüber er beinahe dankbar war, denn es waren bereits einige Gäste hier unten an den Tischen und lasen Zeitung, sodass es ihm unangenehm gewesen wäre, wenn sie unnötig Aufsehen erregt hätten.

Er blickte sie streng an. »Es wird nicht lang dauern. Ich gebe Max Bescheid, dass er Sie im Auge behält. Also unternehmen Sie keinen Fluchtversuch.« Sie plumpste in einen Sessel und blickte ihr Gegenüber mit offenem Mund an. Na also, durchzuckte es ihn zufrieden.

Er ging zu Max und bat ihn, auf die Dame zu achten, damit sie nicht entwischte.

Vierzig harte Jahre Umgang mit schwierigen Pappenheimern und verzwickten Situationen hatten Max' Selbstbeherrschung gestählt. Er behielt die Contenance, nur sein Unterkiefer schob sich leicht nach vorn. »Also keine Polizei?«

»Fürs Erste nicht.«

»Hat sie gezahlt?«

»Noch nicht.«

»Oh.«

Lucas Augen wurden hart. »Nicht dass du mich falsch verstehst. Sie *wird* zahlen! Da kannst du sicher sein. Ich werde sie in meine Dienste stellen. In Kirchdorf, für die nächsten zwei Wochen.« Sein Entschluss stand fest. Warum sollte er sich von einem meisterhaften Gedanken verabschieden, der ihn in einem trunkenen Moment überfallen hatte? Diese Katharina würde nicht gerade für ihn kochen müssen – oder doch, wenn sie sich auf diesem Gebiet nicht gerade als Niete erwies? Hie und da würden ihm schon ein paar Gefälligkeiten einfallen. Sie könnte bügeln oder putzen oder ihn in Daniels Antiquitätengeschäft vertreten, wenn gerade nichts los war. Das war nur gerecht, dafür, dass er ihr die Polizei ersparte, denn zahlen musste sie auf jeden Fall.

»Und noch etwas, Max. Bitte behalte für dich, dass ich einer der Juniorchefs bin. Und unterrichte auch die anderen, dass ich nicht möchte, dass Frau Wegner davon erfährt. Ich habe hier als Kellner gearbeitet, mehr nicht. Das ist mir sehr wichtig«, endete er mit eindringlicher Stimme.

In Max' Miene zuckte ein winziger Muskel, dennoch konnte er ein Lächeln nicht unterdrücken. »Alles klar, Chef. Aber was ist, wenn sie es dennoch herausfindet?«

»Das kann sie schwerlich, denn ich heiße ›Winter‹, während das Hotel nach der zweiten Hochzeit meiner Mutter unter dem Namen ›Sofia Bacher‹ läuft. Sie wird mich als Luca Winter nicht in Verbindung mit der Geschäftsleitung bringen, selbst wenn sie im Internet sucht. Da bin ich nämlich nicht als Junior-Chef aufgeführt.«

»Ich verstehe, Chef.«

»Und das Wort ›Chef‹ möchte ich von dir nicht mehr hören, wenn sie in der Nähe ist«, fügte er leise hinzu. Dann wandte er sich ab und verließ die Lounge durch das Kabuff von Max, in das nur durch ein winzige Fensterchen der hinteren Tür ein wenig karges Licht fiel.

Raschen Schrittes überquerte er den Hof und öffnete das Tor in der Wand, die das Privatgebäude der Familie vom Hotelkomplex trennte.

7

Luca Winter traf seine Familie vollzählig am Frühstückstisch im Wintergarten des ans Hotel angrenzenden Wohnhauses an, wie stets am Freitagmorgen. Diese Zusammenkünfte hatte es schon früher gegeben, bevor er sich auf Reisen in die verschiedensten Häuser auf dem europäischen Kontinent gemacht hatte. Auf dieses wöchentliche gemeinsame Frühstück legte ihre Mutter, Sofia Bacher, großen Wert, und in der Regel genossen sie alle diese Treffen, zu denen sich auch Simon und dessen Frau Adele einstellten, obwohl die beiden schon seit fünf Jahren nicht mehr im privaten Wohnhaus der Familie lebten.

Von dem großen Tisch in der Mitte des Raumes konnte man direkt in den Garten schauen, dessen privater Teil durch eine mannshohe Mauer vom Rest des öffentlichen Hotelgeländes getrennt war.

Um das *Seeschlößl* in eine Fünf-Sterne-Wellness-Oase umzuwandeln, lag noch ein weiter Weg vor ihnen. Luca fragte sich, ob sie sich da nicht zu viel zumuteten. Er hatte das Gefühl, dass er mit dieser Sorge nicht allein dastand, zumindest Simon schien ebenfalls Bedenken zu hegen. Und er würde diese Sorgen mit seinem Reisebericht eher noch vergrößern. Allerdings würde er erst am Montagabend nähere Informationen herausrücken, da dann die wöchentliche Besprechung mit Anwesenheitspflicht aller stattfand. Der Freitagmorgen war, auf Wunsch seiner Mutter und Großeltern, der Familie vorbehalten.

Sofia stellte die Schalen mit dem Haferbrei, den ihre Eltern morgens bevorzugten, vor beide auf die Sets und setzte sich dann ebenfalls an den Tisch. Sie wirkte angespannt, überlegte Luca, als er eintrat. Ohnehin hatte er in letzter Zeit Zeichen der Müdigkeit an ihr entdeckt. Auch wenn sie glatt zehn Jahre jünger aussah: Sie war vierundsechzig und stand voll im aktiven Geschäftsleben, das ihr nicht selten zwölf Arbeitsstunden täglich abverlangte. Sie war für die Finanzen verantwortlich – eine Welt, die er sich mühselig angeeignet hatte, in der seine Mutter jedoch mit den Zahlen jonglierte wie ein Zirkusartist mit seinen Reifen. Hinzu kam die Sorge um die Großeltern, beide hoch in den Achtzigern und ebenfalls nicht mehr die Rüstigsten, vor allem, nachdem eine hartnäckige Erkältung, die sich beinahe über den ganzen Winter hingezogen hatte, die zwei arg geschwächt hatte.

»Guten Morgen allerseits«, grüßte er.

Sofia stand auf, ging auf ihn zu und umarmte ihn. »Dass d' endlich da bist! Wir haben dich schon vermisst.« Sie küsste ihn auf die Wange.

»Vor allem deine neue Freundin«, fügte Maria, seine Großmutter, hinzu.

Luca schluckte, doch er sparte sich die Antwort. Es war noch zu früh, die Familie darüber aufzuklären, dass er wieder solo war.

»Was die Besprechungen mit den Reiseveranstaltern angehen, da –«

Sofia legte sanft eine Hand auf seinen Arm. »Lass, das bereden wir am Montag, du weißt, dass ich es hasse, Geschäftliches am Freitagmorgen anzusprechen. Wobei ich heute eine Ausnahme machen muss. Aber hier geht's auch mehr um Privates. Ich meine den lieben Alex«, seufzte sie. »Wenn wir ihn nicht bald finden, müssen wir unsere Pläne verschieben. Ohne ihn brauche ich gar nicht erst in der Bank aufzutauchen, da hilft alles nix.«

Sie setzten sich an den Tisch.

»Alex war schon immer einer, der sich der Verantwortung entzieht«, knurrte Otto Jäger, der Senior. Sein kahler Kopf glänzte wie immer, und wie immer wirkte der Greis neben seiner Gattin, die stets kerzengerade saß, wie ein Zwerg. Doch diese äußerliche Unterlegenheit täuschte, denn er war zäh und verfügte trotz des hohen Alters noch über genügend Kraft, um dem Gärtner des Hotels zur Hand zu gehen.

»Du übertreibst«, nahm Maria wie gewöhnlich ihren Sohn in Schutz.

»Ist doch wahr. Sich nach einem Jahr immer noch nicht zu melden, nur weil man es wagt, seine in aller Heimlichkeit getroffene überstürzte Heirat zu kritisieren, ist wirklich jenseits von Gut und Böse«, schimpfte Sofia.

»Er hat ja zumindest ab und zu angerufen.« Maria hielt den Blick auf den Morgenbrei gesenkt. Wieder einmal bewunderte Luca die akkuraten Wellen an der Stirn, mit denen sie ihre Frisur ab und zu verschönerte, obwohl sie ihr Haar ansonsten zu einem strengen Dutt zurückgekämmt trug. Wie Sofia, seine Mutter, erschien sie morgens tipptopp gekleidet und nach Lavendelwasser duftend am Frühstückstisch. Auch seine Mutter saß morgens oft vor acht am Tisch, als sei sie gerade erst aus dem Friseursalon zurückgekehrt. Ihre welligen Haare, die mit grauen Strähnen durchzogen waren, da sie sich weigerte zu färben, umrahmten ihr Gesicht und betonten die leuchtend blauen Augen. Auch wenn Sofia oft mädchenhaft verträumt wirkte, entging ihr im Geschäftsleben nie etwas.

»Ist jetzt aber auch schon wieder vier Wochen her«, fügte sein Opa hinzu.

»Und bei uns kam schon gar kein Anruf an«, beschwerte sich Sofia verärgert. Sie blickte zu Luca. »Ich hoffe nur, dass du Alex antriffst, er wohnt doch im gleichen Haus wie dieser Daniel. Dumm, dass ich da vorher nicht schon draufgekommen bin.«

Luca nickte. »Du hast recht. Aber so lange brauchen wir eigentlich gar nicht zu warten. Ich rufe Daniel gleich mal an. Ich werde zwar heute zu ihm fahren, aber so kann er uns vorher nicht entwischen. Onkel Alex erscheint ja mindestens einmal am Tag in seinem Laden.«

Eigentlich war sein Onkel so ganz ein Mann nach seinem Geschmack: unabhängig, frei und sehr exzentrisch, ein Freigeist, der sich nicht vor den Karren des Familienhotels hatte spannen lassen. So wie er selbst auch nicht – zumindest anfangs, dachte Luca amüsiert. Vor einigen Jahren war er ebenfalls vor den Pflichten getürmt, die ihm auferlegt werden sollten. Niemals hatte er ins Hotelfach einsteigen wollen. Er hatte mit Ach und Krach das Abitur bestanden, und sich nach seiner Zeit bei der Bundeswehr ein Jahr lang auf »Wanderschaft« begeben. Wie er seiner entsetzten Familie bewiesen hatte, war er nicht bereits nach drei Monaten ausgezehrt und demoralisiert wieder zu Hause angetanzt.

In dieser Auszeit war ihm vieles klar geworden. Vor allem, dass er keine Ahnung hatte, was er beruflich anderes machen sollte, als die Familientradition fortzuführen. So hatte er ein Jahr später die Hotellehre begonnen und die Arbeit entgegen aller Erwartungen lieben gelernt. Er hatte in St. Moritz seine zukünftige Freundin getroffen, nachdem er zuvor in Berlin, Paris und London in den verschiedensten Hotels gearbeitet hatte. Nun war er bereit, neue Aufgaben im geplanten Hotelvergrößerungs-Projekt zu übernehmen. Es war an der Zeit, dass er mit seinen zweiunddreißig Jahren seine Pflicht erfüllte, befand er, denn seine Mutter hatte langsam ein Recht darauf, ein paar arbeitsfreie Jahre zu genießen.

Vor drei Jahren war sein Vater einem Herzinfarkt erlegen. Paul, Sofias zweiter Mann, wurde langsam ungeduldig. Er war ein alter Schulkamerad, den sie vor anderthalb Jahren wiedergesehen und dessen Drängen auf eine Heirat sie rasch nachgegeben hatte. Er wollte mehr Zeit mit seiner Frau verbringen und haderte mittlerweile nicht mehr nur im Stillen damit, dass sie sich zu viel zumutete. Luca konnte das gut verstehen. Außerdem war seine Schwester Amelie patent und klug genug, in Mutters Fußstapfen zu treten.

»Mich wundert, dass Onkel Alex von seiner Malerei leben kann«, gestand nun Amelie, die sich die ganze Zeit zurückgehalten hatte. »Aber es freut mich natürlich auch.«

»Das dachten wir wohl alle. Aber ich muss euch sagen, in den letzten drei Monaten scheint sein Glücksstern zu sinken, jedenfalls zapft er mittlerweile sogar das Firmenvermögen an, was er bisher noch nie gemacht hat«, seufzte Sofia.

Maria hob den Kopf. In ihren Augen stand zum ersten Mal wirkliche Besorgnis. »Was sagst du da? Das Firmenvermögen ist aber wirklich tabu. Mit seinen Tantiemen ist er bisher doch immer ausgekommen, wie mir scheint, jedenfalls hat er oft genug beteuert, dass er die gar nicht anrühren muss.«

»Vielleicht hat er dir da etwas vorgemacht, Oma«, mischte sich Simon, der Bruder von Luca und Amelie, ein.

»Oh, das glaub ich einfach nicht«, meldete sich da Adele, Simons hochschwangere Frau. »Alex lügt eigentlich nie.«

Sofia schüttelte den Kopf. »Stimmt. Er mag sein, wie er will, aber zu lügen war nie seine Art.«

»Um noch mal auf Onkel Alex zurückzukommen, Mama. Woher willst du denn wissen, dass er seine Tantiemen nie angerührt hat?« Simon hatte fürsorglich den Arm um die Schultern seiner Frau gelegt. Die beiden waren nun schon seit fünf Jahren verheiratet.

Sofia lächelte. »Ich habe Vollmacht über seine Konten und hab mich ab und zu schlau gemacht.«

»Schau an, die Frau Mama«, warf Simon mit einem Grinsen ein.

»Das macht mich ja eben so nervös. Seine Tantiemen sind vor einer Woche komplett abgehoben worden. Und am Anfang der Woche hat er zehntausend Euro vom Firmenkonto abgezwackt. Vom Firmenkonto, wie gesagt«, betonte sie erneut. »Es ist vereinbart, dass so was nie vorkommen wird, ohne uns zu kontaktieren. Das sollte nur in besonderen Notlagen der Fall sein, und sein Leben lang hat Alex sich daran gehalten. Ich weiß wirklich nicht, wofür er so viel Geld braucht, er hat doch all die Jahre so bescheiden gelebt.«

»Er musste all die Jahre zuvor auch nicht für eine fünfundzwanzig Jahre jüngere Ehefrau sorgen.«

Einen Moment herrschte Stille, nachdem Paul Bacher diesen Satz seelenruhig von sich gegeben hatte. Normalerweise hielt er sich aus Familiendebatten heraus, was seiner Ehe bestens bekam.

»Genau, daran ist sicher seine Frau schuld«, stieß Sofia hervor und schenkte ihrem Mann einen dankbaren Seitenblick.

Luca verkniff sich ein Lächeln. Er wusste, dass sie es Alex immer noch übel nahm, dass er die Familie bei der überraschenden Heirat außen vor gelassen hatte. Nur Amelie hatte die Frau einmal zu Gesicht bekommen, und das auch nur rein zufällig, als sie die beiden im Waldecker Eiscafé hatte turteln sehen. Zumindest hatte seine Schwester angenommen, dass es sich bei der stark geschminkten Blondine um die neue Ehefrau handelte. Denn das Ganze ereignete sich erst zwei Monate, nachdem die Familie eine Hochzeitskarte erhalten hatte, in der unmissverständlich darum gebeten wurde, von Besuchen Abstand zu nehmen. Und daher war sie auch nicht an den Tisch getreten, um beide zu begrüßen.

»Wer weiß, vielleicht war sie ja von Anfang an nur hinter seinem Geld her.«

»Mein liebes Kind, vielleicht liebt sie meinen Sohn aber auch einfach nur, weil er ein so liebenswerter Mensch ist«, mischte sich Maria da mit fester Stimme ein.

Wieder trat gespannte Stille ein, bis Sofias helles Lachen die Situation rettete. »Schon recht, Mama, ich sag ja nix über deinen Lieblingssohn. Ich lieb ihn ja auch. Und darum bin ich umso besorgter. Also, Luca«, wandte sie sich an ihren Sohn, »Du nimmst die Sache jetzt in die Hand. Es ist gut, dass du nach Kirchdorf fahren musst. Dann kannst du die Gelegenheit nutzen und die Sache klären, wenn du ihn besuchst.«

»Falls er sich nicht gerade in der Südsee aufhält.«

»Schmarr'n, Alex ist keiner, der die Ferne sucht«, stellte Otto mit seinem tiefen Bass fest. »Aber interessieren tät's mich schon, was er so treibt. Vier Wochen ohne ein Lebenszeichen – das sind wir eigentlich nicht von ihm gewohnt.«

Luca stand auf. »Kinder, genug der Ängste. Wartet einen Moment, ich werde zwar heute schon nach Kirchdorf fahren, aber vorher ruf ich den

Daniel an. Schau'n wir mal, ob er uns etwas über Onkel Alex berichten kann.«

»Gute Idee, Schatz«, seufzte Sofia und blickte ihn dankbar an. »Aber willst du nicht wenigstens etwas essen? Du hast ja nur am Kaffee genippt.«

Luca schüttelte den Kopf. »Danke, aber ich habe schon gefrühstückt.«

»Ach ja, wieso das denn?«, fragte seine Mutter enttäuscht.

»Erklär ich dir später«, erwiderte er. Er ging ins angrenzende Wohnzimmer. Dort setzte er sich in den geblümten Sessel neben dem Kaminofen, zückte sein Smartphone und wählte Daniels Nummer.

Zu seiner Erleichterung meldete sich der Freund sofort.

»Das ist ja super, dann kann ich wirklich heute Abend schon losfahren«, freute sich Daniel, als Luca ihm von seinem Plan berichtete, schon bald in Begleitung von Katharina einzutreffen. Der Freund wusste auch nur zu erzählen, dass Alex vor ein paar Tagen mit unbekanntem Ziel aufgebrochen war, nachdem er ihm erzählt hatte, seine erst kürzlich geschlossene Ehe sei ein arger Reinfall.

»Dann bitte ich dich, Daniel, geh rauf und frag die Sylvia«, bat Luca nachdrücklich.

»Na ja, die Gute scheint ebenfalls abhanden gekommen zu sein. Und ein sündhaft teures Teeservice hat sie sich von mir geholt, es aber noch nicht bezahlt. Jedenfalls hab ich sie seit drei Tagen weder gesehen noch gehört. Ich bin ganz schön sauer, sag ich dir.«

»Ach du heilige Scheiße!«, entfuhr es Luca. »Das kann ja heiter werden. Es ist aber auch eine Idiotie, dass er nicht einmal ein Handy hat. Aber ich dank dir für deine Hilfe. Jetzt muss ich Schluss machen«, beendete Luca das Gespräch. »Wir sehen uns also heute Mittag.«

»Und meine Wohnung wird aufgeräumt und geputzt. Versprochen.«

»Das will ich doch hoffen«, lachte Luca.

»Ich freu mich. Und ich halt die Ohren offen und seh gleich nach, ob Sylvia nicht doch nur verschlafen hat. Sie trinkt sich gern mal einen, vielleicht wacht sie ja in den nächsten Stunden erst auf.«

»Dein Wort in Gottes Ohr.«

Sie verabschiedeten sich, und Luca ging zurück in den Wintergarten, wo er den anderen Bericht erstattete.

»Das klingt ja nicht gut«, seufzte seine Mutter und schenkte Luca und sich frischen Kaffee ein. »Schade, dass wir dich jetzt auch wieder zwei Wochen nicht sehen werden.«

»Du vergisst Omas Geburtstag. Da komme ich natürlich.«

»Ach, wie schön! Wenn du dich bei Daniel einquartierst, erfährst du vielleicht mehr. Du könntest ja auch die Nachbarn fragen«, schlug sie vor. »In zwei Wochen ist es durchaus möglich, die Nachbarn kennenzulernen.«

Simon grinste. »In weniger als zwei Wochen ist es möglich, ganz Kirchdorf kennenzulernen.«

»Du wirst also alle befragen«, entschied Sofia.

»Oder einen Detektiv einschalten«, schlug Amelie, die Praktische, vor. Ihre Schwägerin Adele, die ihr nicht nur äußerlich glich, weswegen sie auch die dicksten Freundinnen waren, nickte zustimmend.

»Um Himmels willen, bloß das nicht«, entfuhr es Sofia. »Ihr wisst doch, was für ein Schlawiner Alex früher war. Was da alles zutage gefördert werden könnte – ich darf gar nicht daran denken. Ich will euch nur an diese Steueraffäre erinnern.«

»Das ist lange her und war auch nur deshalb so unangenehm, weil er dem Steuerberater-Freund so viel Vertrauen geschenkt hat«, verteidigte Maria Jäger ihren Sohn. »Er wollte sicher nicht das Finanzamt betrügen.«

»Träum weiter, Oma«, Simon lachte. »Ich weiß genau, dass er sich vorher bei mir erkundigt hat nach bestimmten Steuertricks – und zwar nicht nur nach legalen.«

»Eben: auch nach legalen Steuertricks. Ist doch nicht verboten«, ereiferte sich Maria. »Er ist viel zu gutmütig für so einen Betrug.«

»Er ist viel zu dumm für so einen Betrug«, verbesserte Otto seine Frau. Alle außer Maria brachen in Gelächter aus.

»Aber vielleicht ist es doch besser, den Detektiv außen vor zu lassen. In unserem Fall ist es sicher nicht so dringend.«

»Ich stimme dir zu, allerdings würd's uns hier schon pressieren«, sagte Sofia. »Ohne Alex können wir zwar beratschlagen, wie das Hotel künftig aussehen soll, aber ohne ihn können wir keinerlei Kredite beantragen.«

»Richtig«, mischte sich Maria ein. »Wir haben ausgemacht – und er hat da ohne Wenn und Aber zugestimmt –, dass er keinen Einfluss nehmen wird auf das Tagesgeschäft oder die Führung des Hotels.«

»Allerdings könnte er uns die Bibliothek anpinseln. Malen kann Alex ja prima«, sagte Amelie mit einem Lächeln. Adele nickte wieder.

»Stimmt. Aber im Ernst, das ist gar keine so schlechte Idee.« Sofia stand auf und öffnete eines der schmalen Fenster. Der Gesang eines Rotkehlchens klang herein, ebenso der Duft der zahlreichen Kamelien an der Mauer am Ende des Gartens, die gerade aufzublühen begannen. »Er malt doch zauberhafte Landschaftsaquarelle. Hier in der Bibliothek könnte er sich tatsächlich mal verwirklichen.«

»Auch bauliche Veränderungen können wir ohne seine Zustimmung vornehmen. Der Gesellschaftervertrag sieht nur vor, dass er seine Zustimmung zu eventuellen Darlehen geben muss. Wie jetzt in diesem Fall«, warf Maria ein.

»Was auch immer, wir müssen ihn finden. Und das schnellstens«, schloss Luca, gab Milch in den Kaffee und nahm einen großen Schluck. »Ich verspreche mir viel von meinem Aufenthalt in Kirchdorf. Ich hoffe, ihr kommt hier so lange ohne mich klar«, sagte er mit einem Augenzwinkern.

»Es wird uns schwerfallen, aber wir werden uns alle Mühe geben«, antwortete Sofia.

Nach langem Überlegen war die Familie zu dem Schluss gekommen, dass Luca für die Werbung und Gästeakquise am besten zu gebrauchen sei: als Springer, das hieß, als »Mädchen für alles«. Er hatte die Hotelfachschule mit Bravour abgeschlossen, war als Koch nicht nur einsatzbereit, sondern spitze und schaffte zur Not auch die Buchhaltung, wenn es auch nicht unbedingt sein Lieblingsmetier war. Er würde in Zukunft die Werbemaschinerie auf Vordermann bringen, denn er besaß Charme und unterhielt sich gern mit den Menschen. Bei ihm hatte Sofia früher immer ein wenig Sorge gehabt, dass er die Menschen zu sehr nach seinem Willen manipulierte, doch sie hatte in den letzten Jahren feststellen können, dass er dazugelernt hatte und nicht mehr alle seine Möglichkeiten voll ausschöpfte. Er war rücksichtsvoller geworden. Zumindest im Ansatz.

»Müsst ihr da nicht auch die Vermieter fragen, wenn du demnächst an Daniels Stelle dort wohnst?«, fragte Otto.

»Ich glaube nicht«, gab Luca zurück. »Aber ich bin schon auf Tuchfühlung mit ihr gegangen. Sie sitzt drüben im Hotel in der Lobby.«

»Was?«, rief seine Mutter aufgeregt. »Warum hast du sie denn nicht mitgebracht?«

»Das ist eine längere Geschichte. Ich werd euch später davon berichten«, Luca grinste.

Seine Großmutter stand auf und stützte sich auf der Tischplatte ab. Sie hatte seit einigen Wochen Probleme mit der Hüfte und konnte es längst nicht mehr verheimlichen. »Dann, Kinder, macht's gut. Ich werd mich jetzt mal mit dem Brunner-Karl in Verbindung setzen, dass er uns schöne Blumen anliefert – nicht so kleine Dingerle wie letztes Jahr.«

Sie war immer noch für den Blumenschmuck des Hauses und die Parkanlagen zuständig. Für den Park beschäftigten sie einen Gärtner, dem Otto auch heute noch, so gut es ging, zur Seite stand.

»Wart, Mama, ich wollt dich noch bitten, mir das Rezept von deinem köstlichen Stuten zu geben, meins ist irgendwie verloren gegangen, und ich nehm an, dass du es auswendig kennst«, sagte Sofia.

Maria sank zurück in den Sessel, während die Jüngere aufstand. Das Frühstück war beendet. »Amelie, kommst du gleich mal rüber zu mir?«, bat Sofia. »Wir müssen noch ausrechnen, mit wie vielen Flaschen wir bei dem Sektempfang von Lucas Freundin rechnen müssen. Es soll ja den Feinsten geben, gell, Sohn?«

»Mama, du ... das hat sich erledigt. Meine Freundin hat beschlossen, nur mit mir allein zu feiern«, brachte Luca mühsam hervor.

»Das ist aber schad«, rief Sofia.

»Aber wehe, du bringst sie nicht zu meinem Fünfundachtzigsten mit«, sagte seine Oma.

Luca seufzte innerlich. Auch das noch. Daran hatte er ja gar nicht mehr gedacht. Jetzt, zwischen Tür und Angel, wollte er der Familie auch nicht die traurige Wahrheit auftischen, dass er wieder allein dastand. »Keine Sorge«, erwiderte er ernst.

»Ihr den dreißigsten Geburtstag auszurichten, wäre ohnehin ein viel zu großzügiges Geschenk gewesen«, sagte Amelie spitz und begann, das Geschirr aufeinanderzustapeln. Adele nickte zustimmend.

Luca fuhr durch Amelies seidige Locken. »Jaja, schon gut, Schwesterherz. Ich weiß ja, dass du bisher noch keine meiner Liebsten leiden konntest, dabei kanntest du sie noch gar nicht.«

»Ich hatte halt ein komisches Gefühl bei dem, was du immer so erzählt hast. Dass eine keine Lust hat, die Familie des Freundes kennenzulernen, ist ja nicht unbedingt was Positives.«

»Beruhigt euch, vielleicht überrasche ich euch mit einer unverhofften Heirat, ohne großes Brimborium.«

Seine Mutter fuhr erschrocken herum, und Amelie stellte den Tellerberg mit lautem Klirren wieder ab.

Luca verdrehte die Augen. »Kriegt euch wieder ein, war nur ein Witz. So etwas würde ich doch nie tun.«

»Unterlasse bitte Scherze solcher Art«, maßregelte ihn Sofia streng. »Denk an deinen armen Onkel Alex.«

»Vielleicht ist der ja gar nicht so arm, sondern genießt schlicht sein Leben.«

»Na, du hast doch Daniel gehört. Alex ist vor der großen Liebe geflohen«, erinnerte Amelie.

»Jetzt lasst doch Luca in Ruhe. Er wird schon wissen, was richtig ist«, sagte Simon und erntete ein dankbares Lächeln von Luca.

Es tat ihm leid, dass seine Familie enttäuscht sein würde, wenn sie hörte, dass es mit Nadine nicht geklappt hatte – wünschten sie ihm doch alle nur, dass er mit einer Frau glücklich würde. Wie glücklich er sich schätzen konnte, dass er zu seinen Geschwistern solch ein gutes Verhältnis hatte, vor allem, da sie ja nun alle im Familienbetrieb zusammen arbeiten würden. Simon und ihn trennte ein Altersunterschied von nur einem Jahr, Amelie war die Älteste. Er erinnerte sich gern, dass kindliche Streitereien nie von ernsthafter Natur gewesen waren. Im Gegenteil, sie hatten den Eltern gegenüber immer wie Pech und Schwefel zusammengehalten – was sicher auch daran gelegen hatte, dass sie so oft auf sich selbst gestellt gewesen waren, in Anbetracht der Arbeitsfülle, die die Eltern und Großeltern täglich im Hotel zu bewältigen hatten. Eigentlich waren sie nur so nebenbei mitgelaufen, hatten keine sonderlichen Erziehungsprinzipien erdulden müssen – außer morgens nicht im Pyjama am Tisch zu erscheinen und abends gewaschen und gekämmt ins Bett zu gehen. Sie waren pflegeleicht gewesen, wenn man das eine Jahr, in dem Luca sich ausgeklinkt hatte, abzog.

Simon hatte im Gegensatz zu seinem Bruder nicht die Hotelfachschule besucht, sondern eine Lehre im Hotel absolviert. Er wollte einfach nicht woandershin. Amelie hatte eine private Handelsschule besucht und war dann zum *Seeschlößl* zurückgekehrt. Ja, sie waren ein prächtiges Team. Simon hatte vor fünf Jahren seine Adele geheiratet, in die er seit der Grundschule verliebt war. Zwar wohnten sie nicht im Haus, sondern bei Adeles Familie auf dem Bauernhof, doch auch der lag nur zehn Minuten zu Fuß entfernt.

Luca logierte zwar zurzeit noch im Hotel in der Suite, weil in der »Dependance«, wie sie das vor zwanzig Jahren erbaute Haus nannten, kein Zimmer für ihn frei war. Die Großeltern bewohnten die obere Etage, welche jetzt allerdings mit dem Treppenlift leichter als früher zu erreichen war, während Lucas Mutter und sein Stiefvater die untere Etage für sich hatten. Unter dem Dach lebte Amelie, die noch nicht verheiratet, jedoch liiert mit dem Inhaber des örtlichen Reisebüros war und sich mit dem Heiraten Zeit lassen wollte.

Wohin er ziehen würde, hatte Luca noch nicht entschieden. Im Hotel jedenfalls würde er nicht wohnen bleiben. Er fand es gesünder, mindestens einen minimalen Abstand zum Arbeitsplatz einzuhalten. Vielleicht, sinnierte er, würde er auch den Vorschlag seiner Großeltern aufgreifen, sich in den »Austrag« zurückzuziehen, der eigentlich für die beiden gedacht gewesen war. Aber nachdem Sofia einmal den Vorschlag gemacht hatte, ihre Eltern sollten doch im Haus bleiben, hatten sie dankbar zugestimmt. Nur in die untere Etage hatten sie nicht gehen wollen, und so war ihnen der Treppenlift aufgezwungen worden, den sie anfangs mit Widerwillen, später mit größtem Vergnügen genutzt hatten.

Luca verabschiedete sich und ging hinüber ins Hotel. Ja, dachte er zufrieden, er konnte sich glücklich schätzen, eine so nette und harmonische Familie hinter sich zu wissen. Jetzt mussten sie nur noch Onkel Alex finden. Aber auch das würde gelingen, da war er ganz sicher.

Katharina Wegner saß immer noch in dem Sessel und blätterte in einer Wohnzeitschrift. Als sie Luca kommen sah, ließ sie das Blatt sinken. Sie stand auf. »Ich dachte schon, Sie hätten mich vergessen.«

»Da muss ich Sie enttäuschen«, erwiderte er. Als er die Rezeption passierte, ohne zu zahlen, erklang erneut ihre scharfe Stimme: »Holla, Herr Winter. Haben wir nicht etwas vergessen? Ich hoffe doch nicht, dass Sie sich davonstehlen wollen wie ein Dieb.«

Er blieb so abrupt stehen, dass sie ihm beinahe in die Hacken trat. Langsam drehte er sich zu ihr um, was sie dazu bewog, einen Schritt zurückzutreten. »Liebe Frau Wegner, noch ein Wort, und ich nehme von unserer Vereinbarung Abstand und rufe doch noch die Polizei«, knurrte er.

Sie steuerten auf seinen Mercedes zu, und Luca stieß sie beinahe in die Limousine – reichlich unsanft, wie er selbst bemerkte. Mit anderen Frauen ging er nicht so um, aber dieses Exemplar war ja auch keine normale Frau. Obwohl sie eine scharfe Zunge hatte, freute er sich beinahe, mit ihr die Messer zu wetzen – dann und wann, denn sich ununterbrochen mit ihr auseinanderzusetzen, dazu fehlten selbst ihm die Nerven. Vor allem jetzt, nach der Trennung von Nadine.

Ganz kurz durchzuckte ihn der Gedanke, wieso er Katharina Wegner eigentlich nicht verraten hatte.

Weil sie so anders war als andere Frauen.

Und weil er sie nun in der Hand hatte.

8

Die meisten der Familienmitglieder hatten den Wintergarten verlassen: Otto, der sich auf den Weg machen wollte, um dem Gärtner endlich beim Abhäufeln der Rosen zu helfen, womit sie schon ein wenig in Verzug geraten waren, Amelie, die hinüber ins Büro ging, um sich der Buchhaltung zu widmen, und Simon und Adele, um für das Baby einkaufen zu gehen.

Sofia begann, den Frühstückstisch abzuräumen. Ihre Mutter wollte aufstehen, um ihr zu helfen. »Nein, Mama, des lässt bleiben«, befahl Sofia energisch, denn sie wusste, dass ihre Mutter gerade heute wieder ihr Rheuma arg plagte.

»Ach, geh, immer willst mir helfen, dabei tut es mir gut, wenn ich mich beweg«, murrte Maria halbherzig, setzte sich jedoch wieder hin. »Ich werd heut noch beim Brunner-Karl anrufen, dass er uns die angeforderten Blumen und Sträucher liefert, damit wir sie endlich einpflanzen können. Das Wetter ist so schön.«

Sofia nickte zufrieden. Ihre Mutter liebte es, das Hotel mit Blumen zu schmücken und auch bei der Gestaltung des Parks bewies sie großes Geschick. »Aber denk dran, dich auszuruhen. Du sollst nimmer so viel ackern wie all die Jahrzehnte davor. Genieß es, dass du nicht mehr so unter Strom stehst.«

Maria drückte den Arm ihrer einzigen Tochter. »Danke, Schatzl. Aber du solltest dir deine Worte auch zu Herzen nehmen und etwas kürzer treten. Du hast doch patenten Nachwuchs, die werden das Kind schon schaukeln.«

»Meine Worte, Schwiegermama«, kam es zufrieden aus der Ecke, wo Paul dabei war, einige verdorrte Blätter der Pflanzen auf dem Fensterbrett abzuzupfen. »Aber auf mich hört sie ja nicht, deine Tochter.«

»Das sagt ihr so. Aber unser neues Projekt verlangt doch, dass wir alle mit anpacken.«

»Neue Projekte sollte man der Jugend überlassen, gell, Schwiegermama?«

»Ganz recht, Paul«, Maria nickte zufrieden, nahm ihre morgendlichen Tabletten ein und verließ dann langsam den Wintergarten.

Sofia folgte ihr gemächlich. Sie bog in die Küche, die groß, hell und freundlich eingerichtet war. Sie liebte diesen Ort, der ebenfalls einen herrlichen Blick auf den hübschen Garten spendete, während vom Hotel, das hinter dem Haus lag, nichts zu sehen war.

Paul war hinterhergetrottet. Während Sofia alles in die Spülmaschine räumte, schaute er ihr wortlos zu und ließ sich am Küchentisch nieder. »Du weißt schon, dass deine Mutter recht hat, gell?«, begann er.

»Womit?«

»Dass du kürzer treten solltest.«

»Ach, wenn das nur so einfach wäre.«

»Sofia, ich mein es ernst.«

Die Art, wie er es sagte, ließ Sofia innehalten. Sie kannte Paul sehr gut und wusste, wann es brenzlig wurde. So wie jetzt. Sie stellte das Porzellan in die Maschine, machte sie an, nahm ihr persönliches, handgeschriebenes Kochbuch und einen Stift. Dann setzte sie sich zu Paul an den Küchentisch, um das Rezept für den Stuten in ihr Kochbuch zu übertragen. Maria hatte es ihr vorhin im Wintergarten noch einmal verraten.

»Bei unserer Hochzeit haben wir ausgemacht, dass du in Zukunft weniger arbeitest. Davon war bisher nichts zu spüren.«

»Du siehst doch, was hier los ist. Wenn wir jetzt vergrößern, kann ich nicht einfach alles hinschmeißen und die Kinder machen lassen. Die brauchen mich doch.«

»Du vergisst, dass sie ihr Handwerk gelernt haben.« Mit einem warmherzigen Lächeln sah er seine Frau an. »Ich will vor dem Geburtstag von der Mama mit dir in die Toskana fahren. Mein Freund, der Pepe – ich hab dir von ihm erzählt –, hat uns jetzt wirklich eingeladen. Du hattest schon zugesagt, wenn ich dich daran erinnern darf. Er hat am Dienstag Geburtstag, und Olivia und er wollen endlich meine Frau kennenlernen. Ich hab's dir bereits zweimal angekündigt, das kannst du doch nicht vergessen haben.«

Sofia hatte Mühe, ihren Schrecken zu verbergen. Doch, sie hatte diese Reise wirklich vergessen. Oder verdrängt, wer wusste das schon. In der nächsten Woche war das Hotel nicht ausgebucht, sodass sie sich vorgenommen hatte, endlich in aller Ruhe noch einmal die Zahlen durchzugehen, die sie für die Renovierung und gegebenenfalls den Umbau veranschlagt hatte. »Es ist aber Regen angesagt«, sagte sie ins Blaue hinein.

»Man hat für die nächste Woche in der Toskana Sonne und angenehme fünfundzwanzig Grad angesagt, meine Liebe«, erwiderte er sanft.

»Aber ich –«

»Bitte sag nicht, dass du da nicht kannst. Du hattest doch wirklich Zeit genug, dich darauf einzustellen. Also wirklich, Sofia. Ich hab nicht vor, Pepe abzusagen.« Seine Stimme klang nicht mehr so sanft, wie sie es von ihm gewohnt war.

»Und wenn wir die Reise um eine Woche verschieben?«

»Unmöglich, sein Geburtstag ist schließlich schon am Dienstag. Wir fahren Freitag wieder zurück, sodass du früh genug zum Geburtstag deiner Mutter wieder daheim bist.«

Eine Katastrophe! Sie rieb sich die Stirn und dachte nach. Die ganzen Vorbereitungen für den Geburtstag würden dann allein auf Amelies Schultern liegen. Sofia legte allen Schmelz, zu dem sie fähig war, in ihre Stimme, und fragte: »Oh, Schatz, magst nicht dieses eine Mal allein fahren?«

Paul erstarrte. »Willst du mich tatsächlich allein nach Italien fahren lassen, zum Geburtstag meines Freundes? Was meinst du, wie das aussähe?«

»Das wäre doch nur ausnahmsweise«, erwiderte sie kläglich und wusste doch, dass dies nicht der Fall war. Oft genug hatte sie ihm eine Absage erteilt, ob für Wochenendausflüge oder Kurzurlaube.

Auch für stundenweise Ausflüge in die Berge fehlte ihr meist die Zeit, und sie spürte nicht zum ersten Mal, dass Paul immer unzufriedener wurde. Und wenn auch nicht gerade unzufrieden, verbesserte sie sich, dann doch bekümmerter. Er ging weder gern allein in die Berge, noch lockten ihn andere Freizeitgestaltungen ohne sie.

»Das sind keine Ausnahmen mehr«, sagte er leise.

Darauf gab es keine Ausflüchte, er hatte so recht.

»Weißt, Sofia, es geht hier ja nicht nur um mich. Du solltest mehr auf dich achten und dir vor allem auch für dich mehr Zeit nehmen. Das Leben kann so kurz sein, ich muss dich doch nicht daran erinnern«, fuhr er bedrückt fort.

Sie schmolz dahin. Wie immer rührten nicht nur seine Worte, sondern vor allem sein trauriger Blick ihr Herz. Aber es war eben verdammt schwer, das Zepter aus der Hand zu legen. »Zu Mamas Geburtstag müssen wir aber auf jeden Fall wieder zurück sein.«

»Versprochen«, sagte er ohne ein Lächeln.

Er beugte sich zu ihr hinüber und küsste sie auf den Mund, doch entgegen ähnlicher Diskussionen war sie diesmal nicht erleichtert, sondern traurig. Sie hatte ihm die Vorfreude genommen, sie spürte es genau. Ob sie wollte oder nicht, sie musste etwas ändern in ihrem Leben. Aber wie, dachte sie erschöpft. Ohne sie würde doch nichts im Hotel ordentlich funktionieren. Doch dann musste sie lächeln. Die gleichen Worte hatte ihre Mutter benutzt, als es an der Zeit war, das Hotel in Sofias Hände zu legen. Und hatte ihre Mutter recht behalten? Natürlich nicht! Sicher, am Anfang war alles ein wenig chaotischer zugegangen, doch nach und nach hatte Sofia sich eingearbeitet. Aber im Gegensatz zu ihrer Mutter damals fühlte sie sich immer noch sehr fit, sie konnte sich ein Leben ohne Arbeit einfach nicht vorstellen.

9

Katharina ahnte nichts von alldem. Sie war fix und fertig.

Hier saß sie also, in diesem komfortablen Auto, ohne eine Vorstellung, was die Zukunft mit diesem Luca Winter ihr für die nächsten zwei Wochen bescheren mochte, und fühlte sich trotz einer gewissen Gereiztheit leicht wie eine Feder. Die Situation war prickelnd wie Champagner – so neu! Wenn sie das in einem Buch schildern würde, würde kein Verlag ihr diese sonderbare Geschichte abnehmen. Aber das Leben bot eben immer noch die besten Geschichten.

Das Ganze hatte durchaus positive Aspekte, mehr als der Beginn hatte vermuten lassen. Gut, an der Kandare dieses Mannes waren diese zwei Wochen – an mehr wollte sie auf keinen Fall denken – gewiss kein Zuckerschlecken. Doch das Gefecht würde auf heimischem Boden stattfinden – ein Vorteil für sie.

Seit sie wusste, dass Luca der Freund von Daniel war, fühlte sie sich einigermaßen gerüstet, der Aufgabe mutig entgegenzusehen. Gewalttätig schien er nicht zu sein, das war das Wichtigste, den Rest würde sie schon hinkriegen. Er würde sie nicht anrühren, da war sie ziemlich sicher, schließlich hätte er das schon heute Nacht haben können.

Oder etwa nicht? Hatte er da womöglich nur Angst gehabt, sie würde sein Vergnügen schmälern, indem sie das ganze Haus zusammenschrie? Nein, so schätzte sie ihn denn doch nicht ein. Bereit, nur an das Gute im Menschen zu glauben, lächelte sie. *Sie* würde jedenfalls sich zu benehmen wissen und ihm freundlich und höflich entgegentreten.

Vor ihrem Studium der Journalistik hatte sie zum Entsetzen ihrer Eltern Schauspielerin werden wollen. Da sie bereits volljährig gewesen war, hatten sie sich fügen müssen und die Tochter ziehen lassen. Aber am Theater in München, wo sie in einem Anfall von Größenwahn an einer Bewerbungsrunde teilnahm, hatte man sie abgelehnt – ein Fehler der Prüfer, da war sie immer noch ganz sicher, aber nach langem Drängen hatte man sie wenigstens als zweite Souffleuse eingestellt. Sich bei irgendeiner Schauspielschule vorzustellen, so weit ging ihr Enthusiasmus dann nicht.

Souffleuse war sie nur drei Wochen gewesen. Wenn sie denn einmal eingesetzt worden war, hatte sie dem Treiben auf der Bühne derart fasziniert zugeschaut, dass sie oft vergaß, den rettenden Einsatz zu geben. Danach war sie zu dem Schluss gekommen, dass sie eigentlich gar nicht mal gern schauspielerte, sondern sich viel lieber Geschichten ausdachte. Und so war sie auf die Journalistenschule gegangen, nachdem ein Verlag nach dem anderen ihre Kurzgeschichten abgelehnt hatte.

Die Idee, Journalistin zu werden, war eine ihrer besten gewesen. Nun also fühlte sie sich gut gerüstet, einen Roman zu schreiben. Einen großen Roman. Etwas wie *Krieg und Frieden*, wobei ihr bewusst war, dass sie Ähnliches nicht schaffen würde. Vielleicht eher etwas im Stil von Rosamunde Pilcher, das musste doch machbar sein.

Behaglich lehnte sie sich in ihrem Sitz zurück und betrachtete die vorbeiziehende Landschaft. Wie wunderbar die Berge an diesem Vormittag wieder einmal ausschauten! Es hatte in der Nacht geregnet, und Regentropfen glitzerten noch auf dem hellen Grün der Bäume. Die Bergkegel, jetzt fast alle vom Winterschnee befreit, schmückten sich mit feinen Wolkenschleiern, die im Begriff waren, sich vollends aufzulösen, und Sonnenstrahlen tauchten die hohen Spitzen in gleißendes Licht.

Die Bekanntschaft mit Luca Winter hatte trotz aller Aufregung etwas für sich: Sie würde ihr todsicher neue Inspiration für ihr Schreiben bieten. Männer – interessante Männer – als »Anschauungsobjekte« aus nächster Nähe waren für sie nämlich rar gewesen in den letzten Jahren. Oliver zählte schließlich nicht, ihn würde sie nie und nimmer in einem ihrer Romane verbraten. Die männlichen Schauspieler am Theater hatten auch nicht ausreichend Stoff geliefert, waren sie doch schlicht zu langweilig gewesen. Dieser Mann hier an ihrer Seite schien alles andere als ein Langweiler zu sein, wenigstens ein Pluspunkt für ihn. Ihn werde ich ausschlachten, dachte sie genüsslich. Jede seiner Charaktereigenschaften, vor allem die negativen, von denen sie immerhin schon einige kennengelernt hatte, würde sie skizzieren.

Wie es bei ihm daheim wohl aussah? Er gab sich ja äußerst zurückhaltend mit Auskünften über sich. Nun, die vor ihnen liegende Autofahrt würde sie nutzen und ihm ein wenig auf den Zahn fühlen.

»Apropos, was sind Sie eigentlich von Beruf?«, begann sie ihre Recherche.

»Ich bin … Kellner.«

Sein Zögern entging ihr nicht. Er flunkerte, da war sie ganz sicher. »Wo? Ich meine, in welchen Häusern haben Sie gearbeitet?«

»In Hotels wie dem, dem Sie soeben die Rechnung schuldig blieben«, erwiderte er.

Sie verdrehte die Augen. »Keine Bars oder Spelunken im Lebenslauf?«

»Nein. Nur im Alltag.«

Wider Willen musste sie grinsen. »Wie haben Sie mich eigentlich entlarvt? Warum sind Sie früher als geplant zurückgekommen?«, konnte sie sich schließlich doch nicht zurückhalten zu fragen.

Er warf ihr einen raschen Seitenblick zu, und das spöttische Lächeln, mit dem er sie bedachte, verursachte ein aufregendes Kribbeln in ihrem Bauch. Gut, ja, er war ein Blödmann, aber Himmel, der Kerl war auch ziemlich sexy. »Meine Freundin hat mit mir … hat ihren Besuch abgesagt, und so kam Ihr Betrug ans Tageslicht.«

»Also ›Betrug‹ würde ich das ja nun nicht nennen. Ich hätte schließlich alles bezahlt.«

»Wer's glaubt …«

Sie ging nicht auf seine freche Antwort ein, sondern setzte die Befragung fort: »Und Sie sind also Single.«

»Korrekt.«

»Keine Kinder?«

»Ich bin Single, mithin keine.«

»Unsinn, es gibt etliche männliche Singles, die haben Kinder, auch von den unterschiedlichsten Frauen«, knurrte sie.

»Ich nicht. Ich bin anständig.«

»Wer's glaubt ...«

»Sie sind ganz schön direkt.« Seine Worte besaßen zur Abwechslung weder Schärfe noch Ironie. Er neckte sie – wenn das mal kein guter Anfang war.

Auf der Autobahn beschleunigte er das Tempo. Autobahnfahrten waren der Inbegriff der Langeweile, und so beschloss Katharina, noch müde von den überstandenen Aufregungen, die Zeit für ein Nickerchen zu nutzen. Sie öffnete die Handtasche, um ihre Ohrstöpsel herauszunehmen, die sie immer bei sich trug – eine Angewohnheit aus ihrer kurzen Theaterlaufbahn. Sie hatte die Wartezeiten dazu genutzt, Kurzgeschichten zu schreiben, die sie an Verlage schicken wollte. Irgendwann bemerkte sie, dass die Schauspieler, die gerade nicht an der Reihe waren, dann stets ihre Ohropax hervorholten und die Welt ausschlossen, um in Ruhe den Text zu lernen. Und so hatte sie sich diese Marotte angewöhnt.

Die Bäume am Straßenrand schossen an ihrem Gesichtsfeld vorbei, und als sie die Tasche gerade schloss, wurde ihr bewusst, in welchem Tempo der Wagen dahinjagte. Sie schaute auf den

Kilometerzähler: Einhundertfünfzig, beinahe hundertsechzig, fuhr dieser Wahnsinnige. »Sagen Sie mal! Wollen Sie uns beide umbringen?«

»Hm?«

»Fahren Sie auf der Stelle langsamer!« Ihr Herzschlag verdoppelte sich, als sie bemerkte, dass er das Lenkrad lediglich mit der rechten Hand festhielt, während sein linker Arm lässig auf der Fensterkante ruhte.

Unfreundlich sah er sie von der Seite an.

»Sind Sie verrückt?«, kreischte sie. »Sehen Sie nach vorn! Und halten Sie das Lenkrad fest, verdammt – mit beiden Händen!«

Er gehorchte, was ihm wohl selbst kaum bewusst war. »Was ist denn jetzt los? Werden Sie jetzt hysterisch?«

»Fahren Sie langsam. Bitte ...«, presste sie mit dem letzten Funken Selbstbeherrschung hervor, »ich ... ich muss mich sonst übergeben!«

Sofort nahm er den Fuß vom Gas. »Spielen Sie immer so verrückt?«

Sie atmete ein paar Mal tief durch. »Ich kann Schnellfahren nicht vertragen. Mir wird immer schlecht dabei, sobald es schneller als hundertdreißig Stundenkilometer geht.«

»Es waren keine hundertdreißig, sondern höchstens hundertzwanzig.«

Katharina hatte keine Lust auf weitere Diskussionen. Schweigend steckte sie sich die Ohrstöpsel in die Ohren und schloss seufzend die Augen. Da wurde sie unsanft mit dem Ellbogen angestoßen. »Na! Was soll das?«, rief sie erbost.

»Ich sagte, Sie sollen die Klöpse aus dem Ohr nehmen!«

Seufzend kam sie seinem Befehl nach – und das auch nur, weil er ihr zukünftiger Arbeitgeber war, wenn auch höchstens für zwei oder drei Wochen. »Sie brauchen gar nicht so laut zu schreien, auch durch die Ohrstöpsel höre ich noch sehr gut«, sagte sie vorwurfsvoll. »Und schauen Sie auf die Straße! Sie fahren schon wieder viel schneller als erlaubt.«

Ohne die Geschwindigkeit spürbar zu verringern, bog er auf den Rastplatz, dem sie sich gerade näherten. »Sagen Sie mal!« Er bremste, und der Wagen rollte in die Parkbucht. »Sind Sie der Klapsmühle entlaufen oder was?«

Irritiert erwiderte sie seinen verärgerten Blick. »Was ist denn jetzt schon wieder los? Ich hab mir Stöpsel in die Ohren gesteckt. Nichts, wofür man sich entschuldigen muss.« Als er sie unverwandt anstarrte, schaute sie zur Seite aus dem Fenster. Dieser Mann war ihr nicht ganz geheuer. »Und soweit ich weiß, darf man hier nicht schneller als hundert fahren … ich bin der Meinung, das reicht auch völlig«, fügte sie trotzig hinzu. »Wenn jemand das Steuer bei hundertvierzig so lässig hält wie Sie, darf man wohl seine Bedenken äußern. Sie bringen dadurch nicht nur andere, sondern auch Ihre Beifahrerin in Gefahr – von Ihnen selbst ganz zu schweigen.«

Langsam wandte er sich ihr zu, stützte den linken Arm auf das Lenkrad, während er den rechten Arm lässig auf ihre Kopfstütze lehnte. »Wir können auch in die Pferdekutsche überwechseln, dann haben wir noch mehr davon.«

Der Hohn in seiner Stimme ließ sie erröten. »Seien Sie nicht albern«, erwiderte sie und ärgerte sich sogleich über den heiseren Klang ihrer Stimme. Die Art, in der er sie fixierte, ließ sie verstohlen zur Seite rücken.

»Wie alt sind Sie?«

»Haben Sie meinem Ausweis entnehmen können«, entgegnete sie patzig.

»Hat mich da noch nicht interessiert.«

»Ich bin neunundzwanzig, wenn Sie's genau wissen wollen.«

»Also noch keine alte Omi.«

»Seh ich etwa so aus?«, fauchte sie.

Er schüttelte den Kopf. »Jetzt mal ehrlich: Welchen Beruf haben Sie wirklich?«

Eine leichte Gänsehaut überzog ihre Arme. Obacht, jetzt wurde es gefährlich. Nur allzu oft hatte sie in prekären Situationen genau das preisgegeben, was sie unbedingt hatte verheimlichen wollen. »Ich bin Schriftstellerin. Und einmal war ich Souffleuse und ... und in gewisser Weise Mädchen für alles. Beim Theater. In München. Für kurze Zeit jedenfalls.«

Er warf den Kopf in den Nacken und brach in schallendes Gelächter aus. Dieses Gelächter veränderte sein Gesicht auf eine Weise, dass es nicht nur attraktiv, sondern äußerst anziehend wirkte. Sie nahm die kleinen Lachfältchen in seinen Augenwinkeln wahr. Der strenge Zug um seinen Mund war verschwunden, sodass er plötzlich um Jahre jünger schien.

»Ich hätte es mir denken können.«

»Was hätten Sie sich denken können?«, fragte sie konsterniert. Er starrte sie immer noch schweigend an. Unruhig glättete sie ihren Rock. »Die Schriftstellerei ist harte Arbeit«, fügte sie hinzu und ärgerte sich erneut – schließlich gab es keinen Grund, dass sie sich und ihre Arbeit verteidigte.

»Sofern man sie beherrscht«, entgegnete er trocken, »was ich bei Ihnen stark bezweifle.«

Empört rückte sie noch ein wenig weiter von ihm ab. »Wie können Sie so was sagen, Sie haben doch noch gar nichts von mir gelesen«, stieß sie mit funkelnden Augen hervor. »Und wenn Sie Kellner sind, fress ich einen Besen.«

In seine Miene trat dieselbe Wachsamkeit ein, die sie schon öfter an ihm bemerkt hatte. »Wieso, wenn ich fragen darf?«

»Ihre Art hat nichts … nun ja … Devotes an sich.«

»Wieso muss ein Kellner devot sein?«

»Damit meine ich freundlich, zuvorkommend, gewinnend – nett eben.«

»Ich kann durchaus nett sein, wenn mein Gegenüber sich anständig benimmt«, gab er mit harter Stimme zurück.

»Ihr Gegenüber ist Gast, und der Gast ist König.«

»Stimmt. Aber mein Gegenüber zurzeit ist nicht mein Gast, sondern steht ganz in meinen Diensten.«

»Sie sind ja nicht ganz dicht, das wissen Sie selbst.« Sie registrierte, wie er grinste. Verdammt, sah der Mann gut aus. Herrje, er konnte einem den letzten Nerv rauben.

Er zog den Arm von der Rückenlehne und startete den Motor. »Und jetzt, meine liebe Frau Wegner, stecken Sie sich wieder Ihre Knödel in die Ohren, machen die Augen zu und lassen mich in Ruhe Auto fahren!«

»Nur wenn Sie sich an die Geschwindigkeitsbeschränkungen halten.«

Er rollte genervt mit den Augen, entgegnete jedoch nichts. Wieder ging es auf die Autobahn, auf der lebhafter Verkehr herrschte.

»Sagen Sie, wieso tragen Sie während der Fahrt diese Dinger im Ohr?«, fragte er nach einer Weile mit lauter Stimme.

Sie nahm einen Stöpsel heraus. »Der Lärm beim Autofahren stört mich. Ich kann so viel besser über mein Buch nachdenken.«

»Darüber, ob es sich lohnt, es überhaupt zu schreiben?«

»Ich bin ein empfindsamer Mensch«, überging sie seine ironische Zwischenbemerkung, jedes Wort über ihr Schreiben erübrigte sich bei einem Menschen dieses Kalibers. »Schnelles Fahren stört mich beim Nachdenken ... besonders, wenn jemand es cool findet, bei diesem Tempo mit zwei Fingern zu manövrieren.«

Erneut streifte sie sein bissiger Blick, aber wenigstens hielt er nun das Lenkrad wie jeder verantwortungsbewusste Mensch: mit zwei Händen. »Ein ungewohnter Charakterzug an Ihnen. Wie ein Sensibelchen sind Sie mir bisher nicht gerade vorgekommen.«

Verletzt schwieg sie.

»Nebenbei: Dieser Wagen macht keinen Lärm, nicht mal bei hundertzwanzig auf der Autobahn«, fügte er trocken hinzu.

»Aber bei hundertvierzig.«

»Müssen Sie immer das letzte Wort haben?«

»Nicht unbedingt. Ich bin nicht rechthaberisch, wissen Sie.«

Einen Moment herrschte Stille.

»Sind Sie eigentlich verheiratet?«

»Nein, natürlich nicht.«

»Dachte ich mir.«

Innerlich wetzte sie das Messer. »Wieso dachten Sie sich das?«

»Nur so. Ein flüchtiger Eindruck meinerseits.«

»Warum fragen Sie dann?« Gekränkt steckte sie wieder den Stöpsel ins Ohr, woraufhin Luca das Radio einschaltete und sie in Frieden ließ.

Sie kuschelte sich in den Ledersitz, schloss die Augen und überließ sich ihren Gedanken.

Komisch, dass er sich als Kellner einen Mercedes wie diesen leisten konnte. Aber sie hatte sowieso keine Ahnung, wie viel ein Kellner verdiente und was ein Wagen wie dieser kostete. Vielleicht lebte Luca auf Pump. Sein Einkommen war ihr schnuppe, solange er sie während der zwei Wochen nicht über Gebühr nervte und in Anspruch nahm, denn schließlich gab es in ihrem Leben Wichtigeres, als bei ihm in der Wohnung und im Geschäft zu putzen. Daniel konnte man nur wünschen, dass sein Freund ihn nicht in die Miesen ritt, denn die Vorzüge eines Verkäufers hatte dieser Mann bis jetzt noch nicht verinnerlicht. Die eines Kellners allerdings auch nicht. Und dabei schien er weit gekommen zu sein.

»Wo wohnen Sie eigentlich?«, fiel ihr plötzlich ein.

»Mal hier, mal da.«

»Verstehe. Und welche Adresse steht in Ihrem Personalausweis?«

»Die meiner letzten Arbeitsstätte, also vom *Seeschlößl*. Ich hatte das große Glück, in einer Angestelltenwohnung leben zu können – allerdings in einem Zimmer, das ich mir mit einem Kollegen teilen musste.«

»So schlecht kann das Zimmer nicht gewesen sein, wenn ich das Hotel richtig einschätze. Wobei … ein wenig neuer Glanz würde ihm auch guttun, finde ich.«

Er warf ihr einen schnellen Seitenblick zu. »Ach ja? Das fiel Ihnen auf?«

»Sicher, ich bin nicht blind. Der Lack ist ab bei dieser Immobilie.«

»Wie mir die Geschäftsleitung sagte, hat man vor, das Hotel von Grund auf zu renovieren.«

»Gute Idee von der Geschäftsleitung«, murmelte sie.

»Und Sie wohnen also in einem großen Haus. Können Sie sich so was leisten? Ich meine, als arbeitslose Souffleuse und Schriftstellerin.«

»Es geht Sie ja eigentlich nichts an … aber meine Eltern, denen das Haus gehört, befinden sich für ein Jahr auf Weltreise. Und ich darf mir für diese Zeit die Mieten einstreichen.«

»Holla, also doch nicht völlig verarmt, trotz Arbeitslosigkeit.«

»Also Herr Winter, auch wenn es Sie nichts angeht: Meine Mutter hat das Haus von ihrer Mutter und die von ihrer Mutter geerbt. Meine Eltern haben es noch nicht renoviert, um zu sparen, damit sie sich eine einjährige Reise durch Europa leisten können. Sonst noch Fragen?«, fragte sie ein wenig patzig.

»Warum wurde Ihnen denn beim Theater gekündigt?«

»Das Theater war gezwungen, Stellen zu streichen. Ich war die Jüngste und erst kurze Zeit dabei«, erwiderte sie, ehe ihr bewusst wurde, dass er schon wieder ganz schön unverschämt war. Wieso nahm er gleich an, dass ihr gekündigt worden war? Sie hätte schließlich auch von sich aus gehen können. Dass sie noch während der Probezeit gefeuert worden war, weil sie das dritte Mal einen Einsatz verpasst hatte, da sie in Gedanken bei ihren Kurzgeschichten gewesen war, statt sich dem Bühnengeschehen zu widmen, musste er nicht wissen.

»Sie sind also eine gute Märchenerzählerin.«

»Notgedrungen«, knirschte sie.

»Waren Sie immer schon Souffleuse? Ich kann nicht glauben, dass man davon leben kann.«

»Nicht jeder muss im Luxus schwelgen wie Sie!«

Er runzelte die Stirn: »Weshalb meinen Sie, dass ich im Luxus schwelge?«

»Na hören Sie mal, Ihr Mercedes zeugt nicht von Bescheidenheit. Und Ihre Klamotten sehen auch nicht nach Stangenware aus.«

»Also, was haben Sie sonst noch so gemacht?«, überging er ihre Bemerkung. »Vor Ihrer Theatertätigkeit muss es ja ein anderes Berufsleben gegeben haben, denn so alt sind Sie ja noch nicht.«

Verflixt! Jetzt war Köpfchen gefragt. »Ich habe bei einer Zeitarbeitsfirma als Schreibkraft gearbeitet.« Was stimmte, denn damit hatte sie sich das Studium verdient.

»Oh! Wo denn?«

»In diversen Firmen. Und auch wenn Sie es nicht glauben können, mochten die Kunden mich sehr gern.« Was stimmte. Man hatte sie überall geschätzt.

»Warum sollte ich daran zweifeln?«

»Bei Ihnen weiß man nie«, entgegnete sie trocken.

Eine Ausfahrt zu früh setzte er den Blinker, und sie verließen die Autobahn.

»Hier noch nicht, Sie müssen erst dort vorne rechts abbiegen«, informierte sie ihn. »Warum schalten Sie nicht einfach Ihr Navi ein?«

Luca antwortete nicht, sondern fuhr einige Minuten weiter und hielt dann in einem kleinen Örtchen an. Als er ausgestiegen war, kam er um den Wagen herum und öffnete die Beifahrertür. »Steigen Sie aus.«

Sie rührte sich nicht vom Fleck. »Warum?«

»Nun kommen Sie schon!«

Seufzend schnallte Katharina sich ab und stieg aus. Sofort nahm er sie beim Arm und ließ ihr nicht einmal Zeit, sich den Mantel überzuziehen. Die

Wärme seiner Hand, die sie durch den Pullover spürte, verursachte ihr ein merkwürdiges Gefühl, von dem sie nicht wusste, ob sie es angenehm fand, oder ob es sie störte. Energisch steuerte er auf eine kleine Buchhandlung auf der gegenüberliegenden Seite zu, die Katharina noch nie besucht hatte. Sie bediente sich lieber bei der netten Frau Moser in Kirchdorf, die sich immer nach ihren schriftstellerischen Erfolgen erkundigte und es kaum erwarten konnte, dass ihr Buch endlich fertig und gedruckt sein würde. Sie hatte versprochen, es in Kassennähe auszulegen. Wenn die gute Frau wüsste, dachte Katharina seufzend, dass das Werk noch nicht einmal begonnen war.

Luca Winter öffnete die Ladentür und zog Katharina hinter sich her, in die gemütliche Wärme des Hauses. »Wir hätten gern ein Buch der Schriftstellerin Katharina Wegner«, wandte er sich an die Verkäuferin.

Endlich begriff Katharina. Vor Verlegenheit stockte ihr der Atem.

»Wie soll das Buch heißen?«

»Egal, bringen Sie mir irgendeines.«

»Es gibt weder hier im Laden ein Buch dieser Autorin, noch ist eines irgendwo auf Lager«, erwiderte die Buchhändlerin, nachdem sie im Bestellsystem nachgeschaut hatte.

»Das kann nicht sein, die Autorin ist schließlich berühmt.«

Die Frau vor ihnen zog indigniert die linke Augenbraue in die Höhe: »Wenn sie berühmt wäre, würde ich sie kennen.«

Peinlich berührt, trat Katharina von einem Fuß auf den anderen. »Kommen Sie, lassen Sie uns gehen«, bat sie Luca.

»Warum? Ich möchte unbedingt lesen, was Sie geschrieben haben.«

»Herrgott!« Hochrot im Gesicht, zog sie ihn aus dem Laden. »Ich bin noch nicht veröffentlicht.«

»Nicht? Ich dachte, Sie sind Schriftstellerin.«

Sie ließ seinen Jackenärmel los: »Bin ich auch, aber eine unveröffentlichte.«

Er öffnete die Autotür und ließ sie einsteigen. »Das hätte ich jetzt aber nicht gedacht.«

»Ihren Spott können Sie sich sparen. Auch wenn man gut ist, hat man es als unbekannte Autorin schwer.«

»Sicher ...« Er ging um das Auto herum, stieg selbst ein und ließ den Motor an. Der Rest der Fahrt gestaltete sich konversationslos.

Als sie schließlich in den Malerwinkel einbogen und sie vor dem Haus zum Stehen kamen, atmete Katharina auf. *Geschafft! Fürs Erste.*

»Waren Sie schon mal hier? Kennen Sie die Wohnung von Daniel?«, fragte sie ihn, nachdem sie ausgestiegen waren.

»Nein. Daniel und ich haben alles nur telefonisch geregelt. Aber er erwartet mich.«

»Dann einen schönen Tag noch.« Mit diesen Worten ging sie nach hinten und nahm sich ihre Reisetasche und den Mantel.

»Halt, nicht so eilig. Wir müssen schließlich noch das weitere Procedere besprechen«, hielt er sie mit sanfter Stimme zurück, in der jedoch unmissverständlich eine Aufforderung mitklang.

Himmel, der Mann ging ihr so was von auf die Nerven! »Dann klingeln Sie an meiner Tür, wenn Sie so weit sind. Ich wohne oben unter dem Dach«, antwortete sie und ging auf das Haus zu.

Sie sah Daniel unten im Laden und hielt inne. Besser wäre, sich gleich jetzt von ihm zu verabschieden, schließlich wusste sie nicht, wann sie ihn wiedersehen würde. Morgen würde er sicher zeitig losfahren. Und auf einen Abschiedsabend gemeinsam mit seinem Freund hatte sie keine Lust.

Sie stellte die Tasche in den Flur und trat vor Luca in den Laden. »Griaß di, Daniel. Ich hab dir deinen Freund mitgebracht.«

Die beiden Männer gingen aufeinander zu und begrüßten sich herzlich.

»Ich lass euch jetzt allein. Ich sag dir schon mal Servus, sicher fährst du morgen in aller Frühe«, sagte Katharina zu Daniel. Sie umarmten sich.

»Sieh dich vor bei dem Schlawiner. Er hat es faustdick hinter den Ohren«, warnte Daniel grinsend.

»Ich hatte bereits die Gelegenheit, seine Qualitäten kennenzulernen«, antwortete Katharina mit einem Seitenblick zu Luca. »Aber keine Sorge, ich weiß mich zu wehren. Ich wünsch dir schöne Ferien. Erhol dich gut, und hab viel Spaß.« Katharina wollte schon den Laden verlassen, da fiel ihr noch etwas ein. »Sag, hast du Alex in letzter Zeit gesehen?«

»Nein«, gab Daniel kopfschüttelnd zurück. »Und bei Sylvia hab ich das Gefühl, dass sie auch abgehauen ist«, fügte er in Lucas Richtung hinzu, wie Katharina mit Erstaunen bemerkte.

»Wieso abgehauen?«, fragte sie verdutzt.

»Nun, sie ist jedenfalls nicht in ihrer Wohnung. Und auf das Geld für mein Teeservice darf ich jetzt auch warten, dabei hätt ich's für den Urlaub dringend benötigt. Eine Frechheit, so was«, bemerkte Daniel finster.

»Also das versteh ich nicht, das ist doch eigentlich gar nicht ihre Art. Klar, Alex ist spontan, aber Sylvia gibt doch Bescheid, wenn sie verreist.«

»Irgendwie hab ich das Gefühl, dass sie sich schlicht verdünnisiert hat.«

»Ach, Daniel, du siehst immer alles so negativ. Wirst sehen, in einer Woche ist sie wieder da. Vielleicht hat sie ja auch eine Nachricht für mich hinterlassen.«

»Träum weiter«, murmelte Daniel.

»Also, pfüat di, und schreib mal«, bat Katharina abschließend.

»Ich schau heute Abend noch bei Ihnen vorbei«, meldete sich Luca.

»Schon recht«, Katharina nickte. Dann verließ sie den Laden mit dem hübschen Erker. Draußen öffnete sie ihren Postkasten, doch da lag keine Nachricht, weder von Alex noch von Sylvia. Merkwürdig. Alles schien ein wenig aus dem Ruder zu laufen. Zum Glück schien Daniel mit ihrem neuen »Boss« wohlbekannt zu sein. Wenigstens etwas.

Mit ihrem Gepäck stieg sie die Stufen hinauf. Vor der Wohnung von Sylvia und Alex blieb sie stehen, klingelte und klopfte, doch nichts rührte sich. Also waren die beiden wohl tatsächlich fort. Am Abend würde sie es nochmals versuchen. Natürlich besaß sie einen Schlüssel zu der Wohnung, doch den würde sie natürlich nicht benutzen – es sei denn, es handelte sich um einen Notfall.

Sie stieg die Treppe hinauf zu ihrer Wohnung unter dem Dach. Irgendwie schienen die wohltuende Ruhe und Ordnung von vor wenigen Tagen gestört. Zwei ihrer Mieter waren verschwunden, ohne zu sagen, wohin. Das war mehr als ungewöhnlich.

Am Mittag läutete es an der Tür. Sie öffnete und stand Luca gegenüber.

»Ich hoffe, ich störe nicht. Ich wollte nur sagen, dass Daniel bereits am Vormittag abgereist ist. Und somit steht unserem Arrangement nichts mehr im Wege.«

»Welchem Arrangement?«

»Dass Sie mich in den nächsten drei Monaten von vorne bis hinten bedienen?«, klärte er sie freundlich auf.

»Träumen Sie weiter!«

»Wollen Sie mich nicht hineinbitten, hier draußen lässt es sich nicht so gemütlich plaudern.«

»Nein«, erwiderte sie kategorisch. »Apropos, Daniel wollte doch eigentlich erst morgen abfahren.«

»Er hielt es nicht aus vor Sehnsucht nach seinem Freund, hat mir nur alles rasch erklärt, seine

Koffer waren gepackt, und so konnte er früher abreisen. Aber wo waren wir stehen geblieben? Ach ja, bei unserem kleinen Arrangement«, erinnerte er sie und blickte sie an, als warte er darauf, dass sie im nächsten Moment das Häschen aus dem Zylinder zauberte.

Es war an der Zeit, Klartext zu reden.

»Lieber Herr Winter«, begann sie. »Das, was gesagt wurde, war großer Schmarr'n. Ich werde Ihnen noch heute das Geld für den Aufenthalt erstatten, und ich denke, damit sind wir quitt. Und zu dem Arrangement ... Sie sehen doch selbst ein, dass das Schwachsinn ist.«

Ein Lächeln breitete sich über sein Gesicht aus. »Sie haben recht. Dieser Schwachsinn ist natürlich dem Alkohol zuzuschreiben.«

»Mit anderen Worten: Könnten wir uns nicht wie normale Menschen verhalten? Ich zahle, wir sind quitt, und wir lassen die Spielchen vom Chef und seiner Bediensteten.«

Er seufzte theatralisch, lachte dann lauthals und lenkte ein: »In Ordnung. Ich wollte Sie nur ein wenig ärgern. Und gestern Abend hatte ich tatsächlich so die Nase voll ... Ich war nicht nur wütend auf Sie, sondern auf alle Frauen, auf das Leben.«

Sie atmete erleichtert auf. »Dann können wir heute wie zwei normale Erwachsene miteinander umgehen?«

»Von mir aus gern. Und falls Sie nichts dagegen haben, können wir uns sogar duzen. Ich heiße Luca.«

»Ich weiß. Ich heiße Katharina«, gab sie schmunzelnd zurück.

»Ich weiß«, er grinste.

»Und als Zeichen meines guten Willens lade ich dich hiermit zum Essen heute Abend ein.«

»Ich komme gern. Wann?«

»Sagen wir um sieben«, entschied sie. »Und vorher bringe ich ein Stück Kuchen runter.«

»Ich freu mich.« Er drehte sich um und stieg die Treppe hinunter. Sie ging in ihr Wohnzimmer und streckte sich seufzend auf der Couch aus.

Luca schien ganz nett zu sein, wenn er nüchtern war.

10

Alex ahnte nichts von den Aufregungen, die seine Auszeit mit sich gebracht hatte. Er war für eine Woche nach Innsbruck gefahren – in sein Zweit-Refugium, wie er die Stadt gern nannte. Nach Thaur, einen beschaulichen Nachbarort, zog er sich gern zurück, um zu wandern. Er war kein begnadeter Bergfex, sondern liebte die Wanderungen, wie sie sich in der Region um die Tiroler Landeshauptstadt anboten. Hier gab es zahllose unbeschwerliche Wege ohne große Steigungen, welche parallel zum Inntal verliefen und trotz der Stadtnähe in der Regel völlig abgelegen waren. Doch wenn ihm nach Gesellschaft war, fuhr er in die Stadt und überließ sich müßigen Spaziergängen durch die Laubengassen, kehrte in Cafés ein oder genoss das gute Essen in einer der urigen Gaststätten.

Heute war es an der Zeit, sein wahres Refugium aufzusuchen, das Zimmer, in dem er malte oder las oder nichts anderes tat, als die zahlreichen Radler am gegenüberliegenden Ufer zu beobachten und dabei dem Ruf der Vögel zu lauschen. Oder Theresa schlicht beim Kochen zuzuschauen.

Die dreistündige Fahrt zur Waldecker Schlinge bewältigte er mit einer Pause, in der er sich einen

Kaffee und eine Wurstsemmel genehmigte. Am Mittag hatte er den Kiosk erreicht, den Theresa betrieb.

»Dass'd dich auch mal wieder blicken lässt«, war ihre einzige Begrüßung, als sie ihm kräftig die Hand schüttelte. Er hielt ihre ein wenig länger fest, als notwendig gewesen wäre.

Nur mit Mühe konnte er die Tränen zurückhalten, denn trotz des einwöchigen Urlaubs in Innsbruck, bei dem er gehofft hatte, so viel innere Ruhe zu finden, dass er Theresa nicht als heulendes Elend in die Arme fallen würde, übermannte ihn mit aller Macht seine seelische Not, die er in den vergangenen Monaten so tapfer unterdrückt hatte.

Wie gut es tat, sie wiederzusehen. Gott noch mal, er liebte diese Frau! Noch nie war es ihm so klar gewesen wie in diesem Moment. Was war er nur für ein Hornochse gewesen, dass er das nie bemerkt hatte.

In all den Jahren war er ihr kein einziges Mal zu nahe getreten, hatte sie nicht einmal auf die Wange geküsst, wie es in den letzten Jahren so modern geworden war. Er hasste dieses Gebussele und hatte deswegen einen heftigen Disput mit Sylvia gehabt, die diese Geste nett und charmant fand. Ihn nervte es, fast wildfremde Menschen abküssen oder auch nur umarmen zu müssen. Seine eigene Frau hielt ihn für gefühlskalt und verklemmt. Zum Glück gehörte Theresa nicht zu diesen Menschen, obwohl ihm jetzt nichts lieber gewesen wäre, als sie in seine Arme zu reißen.

Theresa war kein Modepüppchen wie Sylvia, sondern eine bodenständige Person, die ihr Leben fest im Griff hatte. Sie würde sich nie verändern, stellte er beruhigt fest. Auch jetzt schien sie ganz die Alte. Nur ihre Wangen liefen rosig an, als sie ihn begrüßte, aber vielleicht kam das nur von der Sonne. Seit fast einem Jahr hatte er sie nicht mehr gesehen – eine lange Zeit für seine Verhältnisse. Kurz vor der Hochzeit mit Sylvia war es gewesen: Drei Tage vorher hatte er die letzte Nacht in dem Schifferhaus ganz in der Nähe verbracht, um Theresa mitzuteilen, dass er heiraten würde.

Es war ein Schock für sie gewesen, wie für fast alle, die er kannte. Bisher hatte es in seinem Leben nur Gefährtinnen für Monate oder ein, zwei Jahre gegeben. Mal verließen sie ihn, mal trennte er sich von den Frauen. Gott allein wusste, warum es so war. Erst Sylvia hatte ihn fest an sich binden können, was aber mehr an seinem Alter und nicht an ihrer glühenden Leidenschaft lag. Er fühlte sich einfach zu alt, um wie so oft nur für eine kurze Weile in einer festen Beziehung zu leben. Und um sicherzugehen, dass er nicht wieder das Weite suchte, hatte er sie so schnell geheiratet.

Es hatte eine Zeit gegeben, da war er sicher gewesen, dass Theresa in ihn verliebt war. Doch er mochte sich täuschen, denn sie hatte ihre Gefühle gut im Griff. Nur zweimal hatte er sie weinen sehen: bei der Beerdigung ihrer Eltern, die bei einem Unfall auf der A3 ums Leben gekommen waren – viel zu früh, beide waren keine fünfzig gewesen – und auf dem Begräbnis ihrer geliebten jüngeren

Schwester Gisela. Jene zarte Frau, in die er sich anfangs glühend verliebte, die sich jedoch nicht für ihn, sondern einen handfesten Burschen aus der Nachbarschaft entschieden hatte. Hans, Sohn vom Zeitler-Michi, dem letzten Fischer neben Karl, Theresas und Giselas Vater, wohnte ebenfalls auf der Halbinsel, fünf Gehminuten von Theresas Haus entfernt.

Gisela war an einer Blutvergiftung gestorben, die sie alle unterschätzt hatten, kurz nachdem ihre Eltern umgekommen waren. Hans hatte sehr rasch nach dem Tod seiner Verlobten eine andere geheiratet. Doch die Fischerei hatte er aufgeben, das Schifferhaus für einen sündhaften Preis an einen Industriellen aus München verkauft und war nach Waldeck gezogen. Theresa hatte die Fischerei zwar immer geliebt, doch in den drei Jahren, als sie ihrem Vater zur Seite stand, hatte sie erkannt, dass sie wohl später nicht davon würde leben können. Und so hatte sie eine Hotelfach-Lehre begonnen, bei der sie jedoch nie recht glücklich gewesen war.

Kurz bevor ihre Eltern und die Schwester starben, hatte ihr Freund Michael – der Einzige, soweit Alex wusste – sie gedrängt, mit ihm nach Amerika auszuwandern. Doch sie hatte sich geweigert, zu sehr fühlte sie sich der Heimat verbunden, nicht zu vergessen natürlich der Familie. So hatte sie ihm seinen Kiosk abgekauft, der am gegenüberliegenden Ufer stand. Alex hatte nie den Mut aufgebracht, sie zu fragen, warum sie ihrem Freund damals nach dem Tod der Eltern und

Schwester nicht nachgefolgt war, denn es waren ja nur wenige Wochen seit seiner Abreise vergangen.

Von ihrem Kiosk-Geschäft konnte sie recht gut leben, machten doch die Radler und auch die Spaziergänger mit Vorliebe bei ihr Rast. Zwar gab es nur zwei einfache Holzbänke und einen Tisch, doch hatte sie regelmäßig köstliche Kuchen, herzhafte Frikadellen, Leberkäs-Semmeln und Kaminwurzen im Angebot, manchmal auch panierte Schnitzel und Koteletts hinzu. Und noch etwas verkaufte sie: seine Miniaturen, Bilder, die er für genau diesen Zweck herstellte. Landschaftsidyllen, kleine Aquarelle, nie größer als zehn mal zehn Zentimeter, sodass sie auch in das kleinste Radlergepäck passten. Und sie gingen weg wie Theresas Leberkäs-Semmeln. Eigentlich hatte er es nicht nötig, diese Miniaturen zu malen, doch sie hatten sich als Anreiz für die Radler und Fußgänger herausgestellt, sodass er sie eigens dafür anfertigte. Aber es machte ihm Spaß, auch wenn er sein Geld vor allem mit den großen Bildern verdiente, die sein Agent weltweit an den Mann brachte.

Er strahlte sie an, und ihre braunen Mandelaugen funkelten lebhaft wie früher, als sie jünger gewesen war und ihm nach der Fischereiarbeit mit ihrem Vater beim Malen zugeschaut hatte. Ganz still hatte sie auf dem Boden oder einem übergroßen Holzscheit gehockt. Ja, sie hatte schweigen können – im Gegensatz zu Sylvia, die ihn mit ihrem ununterbrochenen Plaudern und ihrer Fragerei zu seinen Werken manchmal ganz irremachte.

Heute war Theresa nicht mehr so schlank wie früher, doch mehr denn je strahlte sie eine Kraft aus, die ein Gefühl von Sicherheit und Wärme vermittelte.

Dass er sie oben in dem Zimmer unter dem Dach des Schifferhauses, wo sie nach dem Tod der Eltern und der Schwester wohnen geblieben war, sehr oft malte, davon ahnte sie nichts. Er war sicher, dass sie nicht in dem Schrank schnüffelte, wo er die Bilder seit seiner Hochzeit aufbewahrte. In Kirchdorf hatte er sie nicht lassen können, Sylvia war leider das ganze Gegenteil von Theresa: Bei ihr waren Geheimnisse und Privatsphäre so sicher wie E-Mails im Internet. Natürlich malte er Theresa auch nur, wenn sie nicht dabei war, sonst mochte sie ja wer weiß was denken.

Auf sein letztes Werk war er besonders stolz: Er hatte sie im Stil der Renaissance gemalt – das beste Bild bisher, befand er. Im Gegensatz zu seinen Landschaftsbildern und denen, auf denen er interessante Menschen bei der Arbeit verewigte – eben jene Werke, die er durch seine Agentur verkaufte –, bildete er Theresa nur in Porträtform ab. Ihr Gesicht war einfach zu faszinierend. Das wellige Haar war von weißen Strähnen durchzogen, besaß aber immer noch jene Fülle, die ihn manches Mal fast dazu gebracht hatte, es zu berühren. In der Vermutung, dass dies eine saftige Ohrfeige zur Folge haben würde, konnte er damals jedoch stets diesem Drang widerstehen. Theresas kritischen oder ärgerlichen Gesichtsausdruck, wenn sie von unfreundlichen Kunden erzählte, die sie wie eine

Bedienstete behandelten, hatte er ebenfalls eingefangen. Und natürlich ihre aufgewühlte Miene nach einer besonders heftigen Diskussion über Gott und die Welt, denn bei aller Sympathie: Einer Meinung waren sie durchaus nicht immer.

Am meisten liebte er es natürlich, wenn der Humor in ihren Augen aufleuchtete. »Indianeraugen« nannte er sie, denn sie waren nicht sehr groß, keine blauen Kulleraugen wie bei Gisela, sondern eher schmal, braun und mandelförmig. Und wenn Theresa schalkhaft lächelte oder in ungehemmtes Lachen ausbrach, dann blitzte es in ihren Augen, sodass ihm das Herz aufging.

Ihre Hände waren für eine Frau recht groß, stark und sehnig, ebenso wie die Füße. Seltsam, dass er sich an die erinnerte. Oder vielleicht auch nicht, denn zumeist war er im Sommer hergekommen. Nach der Arbeit, sei es auf dem Fischerboot ihres Vaters oder später im Kiosk, hatte Theresa oft die Schuhe von sich geworfen und war barfuß herumgelaufen. Noch heute hielt sie es so.

Aus einem Grund, den er nicht analysieren konnte, hatte er ihr diese Bilder bisher vorenthalten. Bei seinen Landschaftsbildern oder den Porträts von Personen, mit denen sie beide vertraut waren, kannte er diese Hemmung nicht. Diese Abbildungen jedoch waren sein Geheimnis. Noch ein Geheimnis in seinem Leben, neben diesem Refugium, von dem sein Eheweib keine Ahnung hatte.

Sein Lieblingsplatz war die Bank unter einem Schatten spendenden Apfelbaum, der im vorderen

Teil des weitläufigen Gartens unweit des Bootshauses stand, das hinter dichten Holunderbüschen versteckt war und an dessen Rückwand die saftigsten Spalierbirnen wuchsen, die man sich vorstellen konnte. Von dort aus hatte man einen wunderbaren Blick auf den Fluss mit dem undurchdringlichen Bannwald am gegenüberliegenden Ufer, der sich wie auch diesseits steil und uneinnehmbar erhob. Mit einem trockenen Rotwein bewaffnet, saß Alex oft hier und schaute dem gemächlichen Treiben der Spaziergänger und Radler auf dem schmalen Weg gegenüber zu, nachdem er die tägliche Arbeit an der Staffelei verrichtet hatte.

Unweit des Kiosks gab es ein großes Hotel hinter der Flussbiegung, zum Glück weit genug entfernt, dass es vom Schifferhaus nicht sichtbar war. Riesengroß und hässlich, bescherte es Theresa jedoch Tag für Tag in der Saison Kunden, die sich für ihre Radtouren entlang des Flusses mit Süßigkeiten, Getränken oder Theresas kleinen Leckereien eindeckten.

Nun war er endlich wieder hier.

»Ja, viel zu lang ist's her. Ich … ich werde mich endgültig von meiner Frau trennen«, fiel er mit der Tür ins Haus.

Sie riss die Augen auf. »Sag bloß, du bist schon wieder geschieden?«

»Noch nicht. Doch ich werde die Sache in Angriff nehmen, wenn ich mich ein bisschen von ihr erholt hab. Ach, Theres', wie ich dich vermisst hab!« Jetzt nahm er sie doch in die Arme, so fest, dass ein recht betagtes Ehepaar, welches sich gemächlich dem Kiosk näherte, leise lächelnd stehen blieb, als es die beiden erblickte.

Er bemerkte, dass ihre Augen verdächtig zu glänzen begannen.

Sie fuhr ihm durch die Haare und löste sich nach einem verlegenen Blick auf das grauhaarige Ehepaar, das jetzt langsam weiterging, während der Mann laut feststellte: »Ja, ja, schön ist sie, die junge Liebe.«

»Jetzt nimmst erst einmal das Boot und fährst rüber. Du weißt ja sicher noch, wo der Schlüssel liegt.« Theresas Stimme klang ein wenig tiefer als gewöhnlich.

»Freilich.«

»Ich würd ja jetzt schon zumachen, aber in einer Viertelstund' kommt noch eine Radlertruppe aus Waldeck, denen muss ich ihre Packerl mitgeben, die sie gestern Abend vorbestellt haben«, sagte sie mit allen Zeichen des Bedauerns.

»Macht nix, ich wart hier auf dich. Ich kann ja schon mal mein Gepäck im Boot verstauen und das Auto wegbringen.« Für gewöhnlich stellte er den Wagen immer auf den riesigen Hotelparkplatz, wie er es mit dem Hoteldirektor ausgemacht hatte, den er mittlerweile gut kannte. Das war nur ein Fußweg von fünf Minuten, und so stand das Auto sicher, während er im Schifferhaus wohnte.

Heute und ab Montag würde sie die Nachmittage für eine oder zwei Wochen geschlossen halten, informierte ihn Theresa. Sicher wegen mir, dachte er glücklich. Ab Mitte April hatte sie durchgehend von neun bis eins und von drei bis sechs geöffnet, bis auf den Mittwochnachmittag, an dem sie neue Ware einkaufte. Im Winter hingegen blieb ihr Geschäft komplett geschlossen, seit sie im April letzten Jahres sechzig geworden war. Da war wenig los, und sie konnte es sich mittlerweile leisten, nur noch von Mitte April bis Oktober zu arbeiten. Eigentlich hätte sie den Kiosk völlig schließen können, denn natürlich hatte sie in all den Jahren so eifrig gespart, dass sie einen anständigen Ruhestand genießen könnte. Im letzten Jahr hatte sie, wie sie Luca bei seinem letzten Aufenthalt verraten hatte, lange überlegt, ob sie zumachen sollte, doch da sie sich weder um einen Mann, noch um Kinder sorgen musste, arbeitete sie weiter. Nun sogar mit fast noch mehr Freude als bisher schon, denn sie wusste, dass sie nichts und niemand dazu zwang. Selbst grausliche Kunden, die es zum Glück nur selten gab, konnten ihr jetzt nicht die Petersilie verhageln. Sie musste sie ja nicht mehr ertragen.

»Bleibst also länger?«

Er strahlte. »Möchte man so sagen. Wenn du nichts dagegen hast. Jedenfalls zieht mich nichts mehr zurück zu meiner holden Gattin, die sie hoffentlich schon bald nicht mehr sein wird.«

Theresa nickte stumm, doch er kannte sie gut genug, um ihre Freude zu bemerken.

»Also wirst du mich eine lange Woche oder gar zwei ertragen müssen.«

»Nichts lieber als das.«

Vergnügt nahm er seinen Koffer und die Reisetasche und verstaute alles auf dem Boot. Seine Malersachen musste er nicht mitschleppen, denn drüben im Schifferhaus standen immer genügend zur Verfügung.

Wenig später steuerte Theresa das Boot über den Fluss.

Nein, es war nicht gerade der Duft nach Äpfeln und Nüssen, der an diesem Tag in der Luft lag, dachte Alex schmunzelnd. Im Gegenteil. Der Dieselgestank des Außenborders beleidigte seine Nase, der Nieselregen durchnässte die Kleidung, und der lockere Südwestwind bereitete ihm Kopfschmerzen. Dennoch genoss er die Fahrt durch die malerische Flusslandschaft mit einem Glücksgefühl wie lange nicht. Eine letzte Biegung, dann lag das Paradies vor ihm.

Beim Anblick des Schifferhauses ging ihm das Herz auf. Wie prächtig sich dieses Kleinod in die Landschaft einfügte, und wie wunderbar, dass es dank seiner Lage am Fuße des dichten Schluchtwaldes selbst heute noch nur mit dem Boot zu erreichen war! Das schlichte zweigeschossige Steinhaus mit durchgehendem Balkon und einem hölzernen Giebel umgaben greise Obstbäume und eine Wildblumenwiese, die Theresa – oder er, wenn er denn da war – nur zweimal im Jahr schnitt.

Theresa vertäute das Boot im Bootshaus. Gemeinsam trugen sie die Lebensmittel in den Schuppen, in dem zwei riesige Kühlschränke und ein Gefrierschrank standen, dessen Ausmaße einem das Überwintern ermöglicht hätten, ohne dass man einen Fuß in die Stadt zum Einkaufen setzen musste. Dann nahm Luca sein Gepäck, und sie gingen zum Haus.

Der Flur duftete wie immer nach einem Potpourri aus getrockneten Wildblumen. Unten zweigten die Küche, in der auch gegessen wurde, und das Wohnzimmer ab. Hinter der Küche gab es einen kleinen Wirtschaftsraum, in dem Obst und Gemüse aus dem Garten gewaschen und die Fische ausgenommen wurden, die Theresa auch heute noch dann und wann fing. Oben lagen drei in der Größe identische Zimmer: zwei Schlafräume und »seine« Kammer.

Bereits im ersten Jahr, als er Theresas Schwester Gisela kennengelernt hatte, hatte er die Kammer angemietet, worüber alle sehr erfreut waren. Als die Eltern von Theresa umkamen und die Kammer in ein Bad mit Dusche umgebaut wurde, sodass er das größere Zimmer beziehen konnte, hatte er Theresa eine Mieterhöhung aufgezwungen, die sie nur sehr ungern annahm. Dafür kochte sie für ihn Gerichte, die mit jenen in einem feinen Restaurant konkurrieren konnten.

Während Theresa den Salat zubereitete, schnitt Luca das Brot und verteilte die übrig gebliebenen Frikadellen, Schnitzel und Koteletts auf einen Holzteller. Dazu gab es für jeden eine Flasche Bier. Er stellte das Radio an, weil er wusste, dass Theresa es immer so hielt. Seit einer Woche hatte er keine Nachrichten mehr gehört. Politisch ohnehin nicht sonderlich interessiert, lauschte er schon normalerweise nur einmal täglich im Radio den Kurzversionen der Grausamkeiten in der Welt. Doch in seinen Auszeiten war sein Gehör komplett darauf geeicht, bei den Nachrichten abzuschalten.

»Beim Nachtisch kannst du wählen, ich hab noch Käsekuchen und Apfelstrudel. Die Leute haben sich heut' zurückgehalten. Lag wahrscheinlich am Wetter«, sagte sie.

»Für mich bitte noch nicht. Ich warte mit dem Kuchen lieber bis zum Nachmittag«, antwortete er.

»Ist recht.«

Schweigsam, wie so oft in den ersten Stunden nach seiner Ankunft, ging das Mittagessen vorüber. Alex brauchte eine Verschnaufpause, ehe er loslegen und Theresa davon unterrichten konnte, was ihm widerfahren war. Auch sie hielt sich zurück mit Erzählungen. Doch hatte das Schweigen etwas Kameradschaftliches, Zufriedenes, einer Pause in beider Lebenswelten gleich, als müssten sie sich erst sammeln. Erst am Abend, bei einem Bier oder Glas Wein kamen sie meist richtig ins Gespräch, Alex kannte das schon.

»Magst du noch eine Tasse Kaffee, bevor du dich zur Mittagsruhe hinlegst?«, bot er an.

»Gern, danke.«

Er stand auf und bereitete zwei Tassen Filterkaffee zu, den sie beide schwarz tranken, wie immer.

»Ich muss sagen, ich bin froh, dass ich jetzt nur halbtags im Kiosk bin. Ich hoffe, du bist nicht traurig, aber ich wollt gleich noch zu meiner

Freundin hinüber. Die wartet schon auf mich«, sagte sie in die gemütliche Stille hinein. »Wir haben uns so viel zu erzählen.«

»Geht es ihr immer noch so schlecht?« Als er Theresa angerufen hatte, hatte die ihm berichtet, dass sie möglicherweise nicht zu Hause, sondern bei der Freundin sein könnte, von der er noch nie gehört hatte. »Was ist das überhaupt für eine Freundin?«

Theresas Blick wanderte zum Fenster, das zum Fluss wies. »Ach, du kennst sie nicht. Eine alte Bekannte, von früher. Wir haben uns nach vierzig Jahren das erste Mal vor zwei Wochen wiedergesehen.«

»Na, das ist ja fein. Und wie krank ist sie nun?«

»Nichts Schlimmes. Nur eine Magen-Darm-Geschichte«, erwiderte sie abwesend. »Es könnte spät werden, aber du weißt ja, wo du was Essbares findest. Hier im Kühlschrank ist noch ein Krautsalat. Von den Schnitzeln sind noch genügend da.« Sie stand auf, räumte den Tisch ab und stellte das Geschirr in die Spülmaschine.

Er war ein wenig enttäuscht, dass er gerade an seinem ersten Tag hier auf sie verzichten musste. Aber er würde einfach abends auf sie warten, er hatte ja Zeit und war ausgeruht. »Ist recht.« Er stellte das Radio lauter, um den Wetterbericht für morgen anzuhören. »Jetzt schlaf schön. Soll ich für vier noch einen Kaffee machen?«

Sie zögerte einen Moment. »Nein, besser schon für drei. Oder lass, mach ihn nur für dich. Ich bin ja mit Michaela verabredet. Tut mir leid.«

»Oh, schade. Aber wir haben ja noch Zeit genug für uns«, antwortete er munterer, als ihm zumute war. Ausgerechnet heute musste sie sich etwas vornehmen. Früher war das nicht vorgekommen, aber er hatte sich ja auch schon fast ein Jahr nicht mehr bei ihr blicken lassen. Er schaltete das Radio aus. Das Wetter würde besser werden. Gut für seine Malerei, mit der er sich die Nachmittagsstunden vertreiben wollte.

Am Abend lag Alex bis elf wach, und Theresa war noch immer nicht daheim. Langsam begann er, sich zu sorgen. Als er endlich gegen halb zwölf die Tür hörte, schlief er beruhigt ein.

11

Am folgenden Morgen erwachte er gegen neun und ging nach einer ausgiebigen Dusche hinunter in die Küche, wo ihn bereits herrlicher Kaffeeduft erwartete.

Die beiden frühstückten recht schweigsam. Obwohl sie beim Essen immer wenig redeten, lag diesmal eine Spannung in der Luft, die nicht greifbar schien. Aber das lag sicher an ihm, dachte Alex. Heute wollte er ihr die entscheidende Frage stellen.

Wie gewohnt machte sich Theresa auf zu ihrem Kiosk, und er sorgte für das Mittagessen um zwölf. Sie lobte den Schweinebraten und die Knödel, die er perfekt hingekriegt hatte.

Schließlich holte er tief Luft. Es war so weit. »Sag, hättest du einen Sekt, damit wir unser Wiedersehen feiern könnten?« Heute war der Tag der Wahrheit. Er würde ihr sein Herz öffnen, und er hatte keine Lust, damit bis zum Abend zu warten.

Erstaunt sah sie ihn an. »Sekt am Mittag?«

Er lachte. »Es ist gleich eins, und wir haben ein ordentliches Mittagessen als gute Grundlage, findest du nicht?«

»Du hast recht. Ich geh und hol uns eine Flasche.«

Rasch stand Alex auf. »Bleib sitzen, das besorge ich schon. Hol du die Gläser. Und geh ins Wohnzimmer, die Küche ist nicht der rechte Ort für ein Glas'l Sekt.«

Er ging hinaus, schließlich kannte er sich ja gut genug aus in ihrem Schuppen, und hatte kurz darauf den eisgekühlten Sekt in der Hand. Im Wohnzimmer hatte sich in den vierzig Jahren nichts geändert, nur die Tapeten waren entfernt worden und die Wände weiß gestrichen. Die dicken, rotweißen Gardinen waren gegen einen leichteren Voile-Stoff ausgetauscht worden. Das Sofa war weich und bequem wie immer, ebenso die tiefen Sessel.

Er setzte sich in einen der Sessel, Theresa nahm auf dem Sofa Platz. So, wie sie es in ihrer Vertrautheit zu ihm immer gehalten hatte, schwang sie ungeniert die Beine aufs Polster. Er goss den Sekt in die Gläser, und sie tranken sich zu.

»Theres', ich möchte dich etwas fragen«, begann er ein wenig hölzern und mit unnatürlicher Stimme, wie ihm schien. Aber das, was er jetzt sagen wollte, war ja auch nicht einfach. Bei Sylvia war es kein Problem gewesen, da waren ihm die Worte aus dem Mund geflossen, doch Theresas kluger Blick ließ ihn seine Worte mit Bedacht wählen. »Es ist wirklich nicht so leicht«, seufzte er.

Sie schmunzelte. »Nur heraus damit. Wir sind ganz unter uns.« Den einen Arm schlang sie bequem über die Sofalehne, als sie einen weiteren Schluck vom süffigen Sekt nahm.

»Liebe Theresa … ach, ich weiß nicht, wie ich es sagen soll.«

»Du hast dich von deiner Frau getrennt, oder du hast es jedenfalls vor«, versuchte sie, ihm den Einstieg zu erleichtern.

»Ja, aber das ist es nicht … Himmel, Theres', wie kann man nur so blöd sein und mit der wichtigsten Sache in seinem Leben vierzig Jahre warten?«

»Keine Ahnung«, erwiderte sie trocken.

»Jetzt tu nicht so, du weißt doch, was ich meine!«, rief er hilflos.

Sie ließ den Sekt im Glas kreiseln und hielt den Blick darauf gerichtet, als würde sie ein spannendes Experiment verfolgen, dann hob sie den Kopf und lächelte ihn milde an. »Alex, du sprichst in Rätseln.« Sie trank das Glas halb leer.

»Ich will doch nur sagen – Herrgott, nun mach es mir doch nicht so schwer. Ich bin dabei, dir einen Heiratsantrag zu machen, und du merkst es nicht einmal«, fuhr er sie verzweifelt an.

Einen Moment herrschte völlige Stille, schon brach es aus Theresa heraus, und sie lachte so schallend, dass ihr die Tränen kamen.

»Na, so witzig find ich das jetzt nicht«, maulte er verwirrt. Eigentlich hatte er sich eine andere Reaktion erhofft.

»Ach, Alex, da kommst du in der Tat seit Jahren – um genau zu sein, seit fünfundvierzig Jahren – regelmäßig über den Fluss zu mir rüber, hättest alle Zeit der Welt gehabt, um mich zu deiner Frau zu machen, und nun fällst du mit der Tür ins

Haus, kurz nachdem dich deine Frau sitzen gelassen hat. Soll ich mich jetzt geehrt fühlen, oder was? Du bist wirklich ein Unikum, das muss ich schon sagen.« Sie blickte ihn kopfschüttelnd und mit leichtem Spott in den schmalen Augen an.

Es geschah das, was ihm selten passierte: Er wurde verlegen. Und das so sehr, dass ihm einen Augenblick die Worte fehlten. »Nicht *sie* hat *mich* verlassen, sondern umgekehrt! Das wollen wir doch mal klarstellen«, murrte er dumpf. »Ich war in diesen Jahren einfach ein Riesentrottel. Aber ... ich hab das jetzt erkannt und ... und ich wollte dir damit nur sagen, dass ich erkannt hab«, wiederholte er, »dass ich dich ... na ja, dass ich dich liebe. So, jetzt weißt du's«, schloss er beinahe bockig, verschränkte die Arme vor der Brust und blickte sie finster an. Es war ihm klar wie die Glasprismen, die an den Fenstern hingen, dass er justament dabei war, die ganze Sache zu versemmeln, doch er hatte keine Ahnung, was er anderes unternehmen sollte.

Vor ihr auf die Knie fallen? – Idiotisch!

Aufstehen und sich über sie beugen, ihr tief in die Augen schauen, ihre Hand ergreifen und diese küssen? – Wie blöd sah das denn aus!

Er fühlte sich hölzern wie Pinocchio. Ja, er hatte es vergeigt, anders konnte man es nicht nennen.

Sie kicherte, und er hätte zu gern gesehen, dass sie dabei glücklich aussah wie eine strahlende Braut, doch sie wirkte lediglich erheitert, als hätte er einen Witz erzählt, woran die drei Schlucke Sekt völlig unschuldig waren, so viel stand fest.

»Auch wenn ich dir jetzt wie der größte Depp vorkomme, meine Worte sind vollkommen ernst gemeint«, bemerkte er mit feierlicher Stimme.

Sie lachte nicht mehr, doch der Schalk in ihren Augen tat nichts dazu, dass er sich selbstsicherer fühlte, im Gegenteil.

»Ach je. Weißt du eigentlich, wie lange ich auf diese Worte gewartet habe?«

Endlich! Ein Lichtblick, ganz sicher. Er löste die verschränkten Arme, beugte sich zu ihr hinüber und ergriff nun doch ihre Hand. »Wie lange denn?«, fragte er schüchtern.

»Exakt fünfundvierzig lange Jahre lang.«

»Dann hattest du ja viel Zeit, dir zu überlegen, wie du antworten würdest«, versuchte er zu scherzen. Doch seine Miene blieb ernst. Er stand auf und öffnete das Fenster. Die Regenwolken vom Vorabend hatten sich verzogen. Die Sonne schien vom blanken Himmel, die Vögel zwitscherten, und der Fluss strahlte beinahe blau, was Alex normalerweise dazu animiert hätte, auf der Stelle zu den Pinseln zu greifen.

Er drehte sich um, trat ans Sofa, neigte sich zu ihr und legte eine Hand an ihre warme Wange. »Weißt du, Theres'«, er war der Einzige, der sie dann und wann so nannte, »ich hab mich einfach nie getraut, dich zu fragen. Du warst immer so stark, so selbstbewusst. Man konnte nie erkennen, dass du einen Mann brauchtest.« Eigentlich war ihm dieser Gedanke gerade erst gekommen, doch er merkte, dass es in der Tat so war.

»Dann verstehst du nicht viel von Frauen, Alex.«

Sanft schob er ihre Beine vom Sofa, was sie erstaunlicherweise akzeptierte, und setzte sich neben sie. Er faltete die Hände im Schoß, denn ihr den Arm um die Schultern zu legen, das wagte er noch nicht. »Ich war ein Schürzenjäger und immer auf der Suche. Wenn ich eine Frau endlich überredet hatte, sich mit mir zusammenzutun, dann hab ich's im gleichen Moment wieder bereut. Ich war all die Jahre nicht in der Lage, eine stabile Beziehung einzugehen.«

»Und du meinst tatsächlich, nachdem du dich scheiden lassen wirst, wärst du in der Lage dazu?«

Da war er wieder, der allzu bekannt spöttische Ton in ihrer Stimme. Er errötete. »Ja, das glaube ich ganz fest. Ich bin sogar völlig überzeugt davon. Allerdings würde ich es nur mit dir noch einmal versuchen. Du bist einfach die Richtige, nur dass ich Hornochse das nie erkannt oder mich nicht an dich herangetraut habe, ach ... ich weiß es doch auch nicht. Aber diesmal ... in den vergangenen Tagen und Wochen ist mir erst klar geworden, dass du die einzige Frau bist, die ich länger als ein paar Monate ertragen kann.«

»Das scheint dir nur so, weil du bei mir immer wieder die Möglichkeit hattest, dich zu verdünnisieren«, erwiderte sie sanft und blickte ihm tief in die Augen.

Sie hatte sicher recht, doch das konnte und wollte er jetzt nicht zugeben. »Also noch mal im Ernst, Theresa: Willst du meine Frau werden?«

Die Sekunden, die sie schwieg, schienen ihm wie eine Ewigkeit. Er blickte in ihr Gesicht und entdeckte die Sommersprossen, die immer bei ihr auftauchten, kaum dass sich die ersten Sonnenstrahlen hervorwagten.

Lächelnd fuhr sie mit der Hand über sein Gesicht, und er war nahe daran, sie zu küssen, aber das traute er sich erst recht nicht. Nicht, bevor sie ihm nicht eine Antwort gegeben hatte.

»Als Michael nach Amerika ging«, begann sie mit einem Mal leise, »war ich am Boden zerschmettert. Dann kamst du, und ich verliebte mich in dich. Du bist ihm ein wenig ähnlich, jedenfalls äußerlich.«

Alex wusste nicht, ob er das als Kompliment nehmen sollte, doch er schwieg.

»Und im ersten Jahr bist du so häufig vorbeigekommen, dass ich sicher war, dass aus uns beiden etwas werden würde. Ich war vollkommen sicher, dass diese Gefühle auf Gegenseitigkeit beruhten. Aber die entscheidenden Worte, dass du mich liebst, die hörte ich nie. Irgendwann erkannte ich, dass du stattdessen in Gisela verliebt warst. Sie starb, und du bist trotzdem regelmäßig hergekommen. Wieder keimte die Hoffnung in mir. Doch mit sturer Regelmäßigkeit bist du immer wieder verschwunden – natürlich hast du nie vergessen, mir jedes Mal zu versichern, wie gut man mit mir reden könne. In Wahrheit, lieber Alex, hast *du* geredet, und ich hab zugehört.«

»Ich weiß, ich kann ein ziemlicher Egoist sein.«

Sie nickte. »Du bist ein Egoist. Aber damit kann ich umgehen. Ich wusste immer, dass ein Mann, der beteuert, dass er mit mir *gut reden* kann, nicht der sein kann, der mich ein Leben lang begleiten wird. Dennoch hab ich dich geliebt.«

Alex spürte, wie sich seine Nackenhaare aufstellten. Er räusperte sich und stieß dann mit bebenden Lippen hervor: »Du *hast* mich geliebt?«

»Ja, sehr sogar. Noch vor zwei Wochen war ich dieser Meinung, dass es für mich nur dich geben könnte.«

Es war aus! Dennoch versuchte er, die Fassung zu bewahren. »Aber dann –?«, brachte er mühsam hervor.

»Dann ist Michael zurückgekommen.«

Alex hatte Mühe, sich so weit zu beherrschen, dass ihm nicht die Kinnlade entgleiste. »Michael! Dein alter Freund!«

Sie nickte lächelnd. »Mein ehemaliger Verlobter.«

Er schüttete seinen restlichen Sekt hinunter, sonst hätte er nicht sprechen können, so sehr schockierte ihn das Gesagte. »Es war gar nicht diese *Michaela*, du hast geflunkert!«

»Es gibt keine alte Freundin.«

»Michael, dein Ex-Freund. Also hab ich dich verloren«, sagte er leise. Er schaute kurz aus dem Fenster und fühlte sich verlassen wie noch nie.

Da schüttelte sie sanft den Kopf. »Ich hab noch keine Entscheidung gefällt. Michael ist seit zwei Wochen hier und hat mich gleich gefragt, ob ich ihn immer noch liebe. Ich stellte fest, dass meine Gefühle für ihn noch sehr stark sind. Aber ich wusste, dass du bald kommen würdest, und bat ihn, mir ein wenig Zeit zu geben.«

»Also besteht noch Hoffnung für mich?«, fragte er hilflos wie ein Baby.

»Ja, du Dummer«, entgegnete sie zärtlich.

Da riss er sie in seine Arme und küsste sie stürmisch. Einen Moment spürte er, wie sie sich ihm hingab, bevor sie ihm die Hände auf die Brust legte und ihn etwas von sich schob. »Aber auch dich muss ich bitten, mir ein wenig Zeit zu geben. Ich bin völlig durcheinander. Das verstehst du doch sicher, Alex?«

Er blickte sie zärtlich an. »Alle Zeit der Welt geb ich dir, wenn du nur ja sagst.«

»Es ist alles so plötzlich gekommen. Die letzten zwei Wochen waren wie ein Rausch. Ich muss dir ehrlich gestehen, die Sache mit Michael … Als wir uns gegenüberstanden, ist die alte Leidenschaft fast auf der Stelle spürbar gewesen.«

Ihre Stimme klang versonnen, und ihm war, als schüttete seine Theres' einen Eiskübel über ihm aus.

»Ich hatte gleich das seltsame Gefühl, dass auch du diesmal endlich aus dir herausgehen würdest, nachdem du angedeutet hast, dass du deine Frau verlassen wolltest«, fuhr sie fort.

»Ich *habe* sie bereits verlassen«, verbesserte er sie mit erhobenem Finger.

Theresa nickte. »Wie dem auch sei. Gib auch du mir Zeit. Ich muss zu mir kommen, ehe ich eine Entscheidung fälle, das verstehst du doch?«

»Natürlich, das hab ich doch bereits gesagt.«

»Und wenn ich demnächst, sagen wir, alle zwei Tage, zu meiner Freundin verschwinde«, sagte sie mit spitzbübischem Lächeln, »bist du mir nicht böse?«

Er biss die Zähne zusammen und schüttelte den Kopf. »Das hab ich zu akzeptieren. Aber … bitte lass mich nicht zu lange warten«, bat er.

»Ich bin ein spontaner Mensch, wie du vielleicht in den vergangenen Jahrzehnten erkannt hast.«

Das hatte er mitnichten, doch er nickte.

»In einer Woche geb ich euch Bescheid.« Sie stand auf. »Und jetzt, lieber Alex, darfst du mich ein bisschen durch die Gegend chauffieren. Es ist wunderbares Wetter, und ich hätte Lust auf einen Ausflug.« Sie bedachte ihn mit dem bezauberndsten Lächeln, das er je an ihr gesehen hatte.

Sein Herz begann zu flattern. Mit weichen Knien stand er ebenfalls auf. »Heut werd ich dir einen Ausflug bescheren, den du nie vergessen wirst, ich versprech's«, rief er aufgeregt wie ein Siebzehnjähriger.

»Dann los!«, sie lachte, und an dem Leuchten in ihren Augen erkannte er, dass sie glücklich war.

12

Katharina besuchte Luca am Nachmittag, um ihm Kaffee und Kuchen hinunterzubringen. »Ich will auch gleich wieder los«, sagte sie, als sie ihm eingeschenkt hatte.

»Hast du keine Lust, mit mir Kaffee zu trinken?«

Er passte gut in das Geschäft, durchzuckte es sie. Wie elegant er aussah in der engen Jeans und dem weißen Hemd, das er gegen den Pullover getauscht hatte. Es wirkte so, als sei ihm der Laden auf den Leib geschneidert.

Sie schwankte einen Moment, wehrte aber dann ab: »Nein, danke. Diesmal nicht. Ich bin nebenan bei Oliver in der Werkstatt. Er ... hat mich wie üblich zum Tee eingeladen.« Das war geflunkert. Normalerweise besuchte sie ihn ohne ausdrückliche Einladung, doch er schickte sie auch nicht wieder fort.

»Aha, beim Musiker.«

»Er baut Holzblasinstrumente. Oliver ist eine Koryphäe auf seinem Gebiet«, antwortete sie so stolz, als hätte sie ihn höchstpersönlich ausgebildet.

»Ist er dein Freund?«

»Äh ... nein, wieso?«

»Weil deine Augen glänzen wie das Silber der zwanzig Teekannen hier im Laden.«

»Einbildung«, murmelte sie mit hochrotem Kopf.

»Ruf ihn doch herüber, dann setzen wir uns zusammen«, bot er freundlich an.

»Oh, nein«, erwiderte sie hastig. »Er ist ein wenig eigen. Ich schätze, er hat keine Lust auf andere Menschen. Ein menschenscheuer Geselle, wenn du verstehst.«

»Verstehe.« Luca nickte.

Das glaubte sie eigentlich nicht, aber das war auch egal, denn sie wollte Oliver einfach nicht mit diesem Mann teilen, der einen so leicht aus der Fassung bringen konnte. Luca würde sofort sehen, dass sie in Oliver verknallt war, und sie wieder aufziehen. »Vielleicht ein anderes Mal.«

»Sicher. Ich hab ohnehin vor, eine kleine Einweihungsparty zu starten. Nicht heute, aber in den nächsten Tagen, damit wir uns besser kennenlernen.«

»Gute Idee«, gab sie knapp zurück und blickte gehetzt aus dem Fenster.

Sie hatte gesehen, dass sich Moni näherte, und sie wollte unbedingt vor ihr bei Oliver sein, denn es gab nur einen Stuhl zusätzlich. Als sie einmal etwas später zu ihm gekommen war, um mit ihm Tee zu trinken und zu reden, war dieser Stuhl bereits besetzt gewesen – von Moni, die nicht einmal aufgestanden war. Gut, ansonsten war die Konkurrentin recht nett, Montag- und Mittwochnachmittage waren ihre festen Besuchszeiten, aber sie erschien leider auch immer häufiger zur Arbeitszeit.

»Wer, wenn ich fragen darf, sind die anderen Mitbewohner?«

»Daniel, den du ja bereits kennst, dann Oliver – der Musiker – und Sylvia und Alex Jäger. Doch sie und ihr Mann Alex sind momentan … abgängig.«

»Abgängig? Was heißt das denn?«

»Na ja, er ist einfach verschwunden. Wir vermuten, dass er sich irgendwohin verkrümelt hat, Genaues weiß man nicht. Und Sylvia hat es ihm nachgemacht oder ist ihm einfach gefolgt, wohin auch immer.« Katharina schaute erneut hinaus und sah, dass sich Moni dem Haus näherte. »Aber darüber können wir ja noch heute Abend plaudern. Bis dann.«

Hastig verschwand sie aus dem Geschäft und kam gerade noch rechtzeitig, um vor Moni den einzigen Stuhl neben Olivers Hocker zu besetzen. Als sich die später Eintreffende jedoch ungeniert auf die Kante der Werkbank gesetzt hatte und mit Oliver beinahe allein das Gespräch beherrschte, machte Katharina sich bereits nach zehn Minuten missmutig auf den Weg hinauf in die Wohnung.

Da sie immer noch keine Idee für ihr Buch hatte, durchsuchte sie ein wenig gelangweilt ihr Bücherregal nach Lesestoff. Sollte der Roman eben warten. Für so etwas musste sie inspiriert sein, und das war momentan einfach nicht der Fall. Sie hatte genug Zeit, irgendwann würde sich schon eine zündende Idee einstellen. Den Artikel über das Hotel hatte sie längst abgeschickt, und der Chef schien zufrieden mit der Reportage. Ein kostspieliges Abenteuer, dachte sie seufzend, da sie keine

Rechnung hatte vorweisen können, und fläzte sich behaglich mit einem alten Krimi, dessen Ausgang sie vergessen hatte, auf dem Sofa. Dann fiel ihr ein, dass sie das Geld für die Hotelübernachtung besser heute schon übergeben sollte, damit Luca nicht auf den Gedanken kam, sie wollte das Bezahlen unnötig hinauszögern.

Eine halbe Stunde später hatte sie das Geld vom Bankautomaten abgehoben, was ihre Finanzen in ein saftiges Minus gestürzt hatte. Aber was sein musste, musste sein – und außerdem wäre das Konto mit den Mieteinnahmen vom nächsten Monat wieder wunderbar ausgeglichen.

Sie gab das Geld in einen Umschlag und band eine Schleife darum.

Um sechs begann sie mit den Vorbereitungen für das Abendessen, es sollte ein Lamm-Curry mit Reis und zum Nachtisch einen saftigen Mandel-Kirsch-Kuchen geben.

Der Abend gestaltete sich sehr anregend, anders konnte man die Stunden, die sie mit Luca verbrachte, nicht nennen. Nur dass er so verschlossen war, was sein Privatleben anbelangte, verdross sie, denn sie war mit diesen Dingen offen wie ein Buch. Wie sehr sie Oliver anhimmelte, verschwieg sie Luca allerdings, wenngleich sie auch nicht sicher sein konnte, ob sie dieses Geheimnis nicht doch unfreiwillig preisgegeben hatte. Viel zu oft berichtete sie dem Fremden, als den sie Luca immer noch betrachtete, über Olivers Leben, das allerdings an Besonderheiten nicht viel hergab. »Er ist halt ein sensibler Musiker«, schloss sie zum hundertsten Mal.

Luca schmunzelte nur.

Irgendwann kamen sie auf Alex und Sylvia Jäger zu sprechen.

»Alex ist verschwunden, und keiner weiß, wohin. Und seine Frau ist nun auch fort. Das ist doch furchtbar, findest du nicht?«, regte sich Katharina auf. Tatsächlich war Sylvia auch um kurz vor sieben nicht in der Wohnung anzutreffen gewesen, sodass die Vermutung, sie könnte auf Reisen sein, sich zu bestätigen schien.

»Eigentlich schon. Aber vielleicht weiß sie ja doch, wohin er gefahren ist, und ist ihm womöglich gefolgt. Liegt doch nahe«, gab Luca zu bedenken.

Katharina schüttelte heftig den Kopf und nahm sich eine der Pralinen, die sie zu Kaffee und Kirschkuchen gereicht hatte. »Nein, glaub ich nicht. Oliver meint, die beiden hätten Eheprobleme gehabt, und Alex sei einfach abgehauen, um seine Ruhe zu haben.«

»Und du glaubst das nicht?«

»Vielleicht ist es so. Vielleicht steckt aber auch ein Verbrechen dahinter«, gab sie düster zur Antwort. Diese Möglichkeit war ihr gerade eben erst in den Sinn gekommen, doch eigentlich gar nicht so abwegig. »Seine Bankpost kommt ja noch hierher. Wenn er fortgezogen wäre, hätte er, wenn schon nicht uns, so doch sicher der Bank Bescheid gegeben.«

Luca, der nebenbei im Gemeindeblättchen des Ortes geblättert hatte, hob alarmiert den Kopf. »Kontrollierst du etwa auch die Post deiner Mieter?«, fragte er mit dunkler Stimme.

Katharina wurde rot. »Für wen hältst du mich? Ich hab den Brief vor Kurzem vom Briefträger in die Hand gedrückt bekommen und selbst in den Kasten geschmissen, weil der Postbote es mehr als eilig hatte, er vertraut mir. So eine Bankpost fällt auf, weil sie so betont unauffällig daherkommt. Also wirklich!«, entrüstete sie sich.

Doch dann fiel ihr ein, dass sie ihrer Mutter versprochen hatte, während der elterlichen Reise die Wohnung der Jägers wöchentlich weiter zu reinigen. Da konnte man sich doch einfach einmal ganz unverbindlich umschauen, ob es nicht irgendetwas Verdächtiges gab, das die Vermutung auf ein Verbrechen widerlegen konnte. Und wenn das Gegenteil eintraf … Allein bei dem Gedanken an Blut auf dem Boden wurde ihr übel. Doch sie würde sich ein Bild machen und auch die Schränke in Augenschein nehmen. Es konnte doch tröstlich sein, wenn die Kleidung der beiden verschwunden sein würde, sodass der Gedanke an eine Reise nahelag. Doch mit diesen Überlegungen würde sie Luca verschonen, er würde sonst noch die Befürchtung hegen, dass sie auch bei ihm herumschnüffelte. Was sie natürlich niemals täte.

»Dann ist es ja gut. Ich denke, wenn man nur eine Weile eine Auszeit nehmen möchte, sieht man davon ab, bei den Behörden seine Adresse zu ändern.«

»Auch wahr.«

»Wie dem auch sei, ich gehe jetzt schlafen. Der Tag war lang, und ich will morgen gleich in den Laden, um mir ein genaueres Bild zu machen. Mir scheint, bei Daniel geht alles ein bisschen drunter und drüber.« Er stand auf und nahm den Umschlag mit der hübschen Schleife. »Dein Essen war vorzüglich. Ich danke dir, dass du deine Schulden beglichen hast. Ich denke, jetzt sind wir quitt. Also einen schönen Abend noch.«

»Dir auch. Wenn du Lust hast, kann ich morgen wieder für uns kochen«, bot sie spontan an.

Er nickte offenbar erfreut. »Gern. Wieder um sieben?«

»Selber Ort, gleiche Zeit.«

»Und um vier Kaffee bei mir im Laden?«

Sie zögerte, doch dann schüttelte sie den Kopf. Es galt, Oliver nicht aus den Augen zu lassen. »Nein, tut mir leid, da kann ich nicht.«

»Oliver?«

»Oliver!«

»Da kann man nix machen.«

»Genau«, antwortete sie, bevor sie sich verabschiedeten, und es tat ihr beinahe wirklich leid, Luca eine Absage zu geben, denn er war ein interessanterer Gesprächspartner als Oliver. Leider aber auch ein wenig geheimnisvoll.

13

Der folgende Tag hatte bis auf ein pikantes Zwischenspiel am frühen Morgen recht unauffällig begonnen. Katharina hatte am Vormittag vor dem PC gesessen und sich Gedanken über ihren Roman gemacht – ohne große Ergebnisse. Also war sie aufgestanden und traf schon einmal Vorbereitungen für das Abendessen. Es sollte Böfflamott mit Semmelknödeln geben, ein herrliches Fleischgericht, das ihre Mutter früher öfter und in allen möglichen Variationen zubereitet hatte.

Dazu briet Katharina die in Rotwein und Weinbrand marinierte Rinderschulter in Öl an und garte sie dann bei niedriger Temperatur in der Marinade und dem Gemüsefond. In den letzten dreißig Minuten gab sie ihre Lieblingsgewürze hinzu – Piment, Zimt, Anis, Lorbeerblatt, Wacholderbeeren, Ingwer, Orangen- und Zitronenschale. Ein feines Essen.

Und da sie schon dabei war, bereitete sie auch sogleich den Teig für die Semmelknödel zu. Die altbackenen Semmeln waren noch von den Tagen vor ihrem Hotelaufenthalt übrig. Sie schnitt sie in Scheiben, gab drei Eier, Salz, Pfeffer und die passende Menge Milch hinzu. Dann ließ sie den Teig ruhen. Allein beim Zubereiten lief ihr das Wasser im Munde zusammen.

Mittags erschien Luca kurz, um mit ihr zu plaudern, denn um diese Zeit hatte das Geschäft geschlossen. Sie bereitete ihnen beiden eine Brotzeit zu, und nach einer Weile verschwand er hinunter in seine Wohnung.

Sie schaute auf die Uhr. Eigentlich konnte sie auch das Putzen der Kellertreppe und der Wohnung von den Jägers rasch erledigen. Sie wollte gerade den Schlüssel zu Sylvia Jägers Wohnung vom Schlüsselbrett in ihrer Diele nehmen, wo sämtliche Zweitschlüssel für die einzelnen Wohnungen aufbewahrt wurden, da bemerkte sie, dass er fehlte. Hatte sie ihn wieder in Gedanken irgendwohin verlegt? Sie trat in den Hausflur und klingelte bei den Jägers, doch es reagierte niemand. Nun stand fest, dass Sylvia tatsächlich auch verschwunden war.

Später erschien Luca erneut bei Katharina und bat sie um etwas Zucker. Als er gegangen war, überlegte sie soeben, was sie als Nächstes tun sollte, da bemerkte sie, dass der Schlüssel, den sie morgens gesucht hatte, auf dem Boden unter dem Schlüsselbrett lag. Sie nahm ihn seufzend, bewaffnete sich mit den Putzutensilien und verließ die Wohnung.

In der Wohnung der Jägers roch es muffig, sodass sie als Erstes einige Fenster öffnete. Bereits seit einer Woche hatte niemand die beiden mehr gesehen. Was sollte man davon halten?

Während sie putzte, gab sie sich ihren Gedanken hin.

Eigentlich verlief dieser Tag ganz gut, was der Vormittag in der Früh nicht hatte vermuten lassen.

Sie bezweifelte, dass die für heute im Horoskop versprochenen Glücksfälle ihren Lauf ausgerechnet im Waschkeller nahmen; es sei denn, das Horoskop entstammte der esoterischen Feder eines Mannes. Welche Frau betrachtete es schon als Glücksfall, wenn die Pumpe der Waschmaschine um halb sieben in der Früh den Geist aufgab, das Abpumpprogramm nicht funktionierte und die noch halb mit Wasser gefüllte Trommel somit per Notablass zu entleeren war. Im Normalfall hatte das keine saftige Überschwemmung zur Folge, doch da Katharina den für den Notablass vorgesehenen Gummischlauch nicht korrekt gehalten hatte, war eine Menge Wasser auf ihr Pyjamaoberteil gespritzt. So hatte sie sich kurzerhand im Keller entblättert, während das restliche Wasser in den Abfluss lief.

Dass ihr Horoskop tatsächlich von einem Mann erstellt worden war, wurde für Katharina zur Gewissheit, als Oliver Waldmüller – ausgerechnet er! – gerade an diesem Morgen auf die absonderliche Idee kam, selbst Hand anzulegen und die hauseigene Waschmaschine zu benutzen. Normalerweise nahm er dazu die Dienste seiner Mutter in Anspruch, was diesmal, aus welchem Grund auch immer, wohl nicht funktioniert hatte.

Katharina kam gar nicht erst der Gedanke, ihren peinlichen Aufzug im Waschkeller zu erklären – im Gegenteil, sie genoss die Situation schon fast. Es war einfach köstlich, zu sehen, wie Olivers verschlafener und leicht mürrischer Gesichtsausdruck sich veränderte, als er seine Vermieterin dort unverhofft um sieben Uhr morgens nahezu unbekleidet antraf. Das war auch nur geschehen, weil sie nicht schlafen konnte und sich aus purer Langeweile gegen fünf entschieden hatte, Wäsche zu waschen. Nach anderthalb schlaflosen Stunden war sie erneut aufgestanden, um die Maschine zu leeren.

Entgeistert riss er die Augen auf und ließ prompt den Berg Wäsche fallen, den er vor seiner dekorativen Brust hertrug – ob vor lauter Schreck oder möglicherweise vor Freude, seine Mitbewohnerin nicht nur barfüßig, sondern auch barbusig zu erwischen, war dank seiner blitzartigen Flucht nicht zu erkennen. Dabei hatte sie die seidene Pyjamahose einer inneren Stimme gehorchend anbehalten und sich lediglich mit dem Hochkrempeln der Hosenbeine begnügt. Katharina, die diese kleine Begebenheit einigermaßen für den unerfreulichen Beginn dieses grauen Morgens entschädigte, fiel in lautes Gelächter.

Vielleicht hatte der männliche Esoteriker aus der Zeitung es ja bereits als Glücksfall erachtet, dass Katharina gestern intuitiv in ihren teuersten Pyjama geschlüpft war, den sie sich bei ihrem Verschönerungs-Ausflug im hauseigenen Geschäft für Dessous geleistet hatte.

Nachdem sie sich angezogen und mit dem Installateur telefoniert hatte, teilte sie Oliver von leichter Schadenfreude erfüllt mit, dass die Maschine nicht vor übermorgen repariert werden würde.

»Aber du kannst die Wäsche ja Mittwoch Moni mitgeben, falls deine Mutter sie dir nicht waschen kann … oder nicht möchte.«

»Vielleicht kümmere ich mich ja jetzt immer selbst um meine Wäsche«, sinnierte er mit einem verschmitzten Lächeln, während er den Blick bedeutungsvoll an Katharinas Körper auf- und abwandern ließ.

»Was dir durchaus nicht schaden könnte«, gab sie zur Antwort, drehte sich um und stieg die Treppe wieder hinauf, um ihre Tätigkeit als zukünftige Bestsellerautorin in Angriff zu nehmen.

Punkt ein Uhr erschien Luca auf der Matte. Sie hatten sich auch für das Mittagessen verabredet, diesmal auf seinen Vorschlag hin bei ihm, doch sie hatte abgelehnt, denn der Imbiss war bereits vorbereitet. Liptauer Käse. Das Rezept kannte sie auswendig, denn sie und ihre Familie genossen diese einfache Speise häufig, wenn sie einmal keine Lust zum Kochen hatten. Dazu gab man einhundert Gramm Butter in ein Pfund mageren Quark, mischte eine Röhre gehackte Kapern und fein gewürfelte Zwiebel darunter, schmeckte mit Salz, Pfeffer und Paprika ab und stellte ihn zum Durchziehen drei Stunden kalt. Die aufgebackenen Laugenbrezeln waren tiefgefroren gewesen, doch das verriet sie Luca nicht. Tatsächlich erhielt sie ein Lob von ihm, da er dachte, die Brezeln seien durch ihre Meisterhand entstanden.

»Deine Kochkünste sind erstaunlich gut.« Gut gelaunt nippte Luca an dem alkoholfreien Bier, das sie dazu gereicht hatte.

»Ich weiß«, erwiderte sie ohne falsche Bescheidenheit.

»Und, wie laufen die Geschäfte?«, unterbrach sie das kurze Schweigen, als sie nach dem Essen noch bei einem Kaffee saßen.

»Es geht so«, er blieb vage.

»Also nicht viel los.«

»Kann man so sagen.«

»Kein Wunder, es sind ja nicht so viele Touristen mehr im Ort. Daniel weiß schon, warum er jetzt in den Süden düst.«

»Und du? Wie hast du den Vormittag verbracht?«

»Ich? Oh, ich habe gearbeitet. Gewaschen, geschrieben, ich habe –«

»Dein Roman wächst und gedeiht?«

»Nun ja, das nicht gerade. Ich sortiere noch meine diversen Ansätze.«

»Was bedeutet das?«

Sie seufzte. Musste er so in die Tiefe dringen? Musste er Fragen stellen, auf die es noch keine Antworten gab? »Das bedeutet, dass ich keine Ahnung habe, wie die Geschichte aussehen soll, die ich schreiben möchte«, gab sie unumwunden zu.

»Das ist kein guter Ansatz.«

»Nein«, erwiderte sie dumpf und stützte das Kinn in die rechte Hand. »Ich weiß eben nicht, ob ich einen reinen Liebesroman schreiben soll oder doch lieber einen Krimi.«

»Dann schreib doch eine Mischung aus beiden«, schlug er vor.

Sie nippte am Kaffee. »Hab ich auch schon überlegt. Aber ehrlich gesagt, hab ich momentan nicht den Funken einer Eingebung – weder zu einem Liebesroman noch zu einem Krimi.«

»Vielleicht bist du zu verkrampft.«

Sie zog die Brauen zusammen. »Ich bin nicht verkrampft.«

»Vielleicht doch. Dann fließt es nicht.«

»Bei mir fließt es, keine Sorge«, knurrte sie mürrisch. Verkrampft! Sie! Unsinn!

»Oder es geht dir schlicht zu gut. In deinem Leben passiert ja nichts.«

Katharina wandte langsam den Kopf in seine Richtung. »Ich würde sagen, mein Abenteuer der letzten Tage war nicht gerade langweilig. Ich wurde des Diebstahls bezichtigt, gezwungen, für einen Fremden Frondienst zu leisten und … und …« Sie schwieg, denn mehr fiel ihr nicht ein.

»Frondienst? Was für ein Quatsch, das haben wir doch schon einen Tag später zu den Akten gelegt. Und Diebstahl schon gar nicht, deine Verfehlung war schlichtweg Gaunerei«, stellte Luca richtig.

Sie seufzte erneut. »Wie auch immer, ich finde nicht den richtigen Einstieg.«

»Du bist ja noch jung. Aber jetzt werd doch mal genauer – wovon hast du denn in der letzten Zeit gelebt? Ich meine, Tantiemen flossen ja wohl noch nicht so reichlich, wenn ich das richtig verstanden habe.«

Ihr trat der Schweiß auf die Stirn. Sie konnte ihm doch nicht erzählen, dass sie als Journalistin arbeitete! Eine Journalistin, die das Hotelgeschehen hatte ausspionieren wollen … Nein, das ließe sie in einem unangenehmen Licht erscheinen. Außerdem hatte sie mit dieser Enthüllung bereits viel zu lange gewartet, jetzt war es dafür zu spät. »Ich hab hier im Haus kostenfrei gelebt und … äh … gegessen.«

»Und Taschengeld bezogen?« Er wirkte ehrlich erstaunt.

»Nein. Zeitweise hab ich im Supermarkt um die Ecke die Milchtheke bestückt.«

»Und dir dabei Gedanken über deinen Bestseller gemacht.«

Sie schaute ihn an und erkannte, dass er sie wieder einmal auf den Arm nahm. Nun ja, wer wollte es ihm verdenken. Künstlerisch gesehen, war sie momentan eine Null, das konnte man drehen und wenden, wie man wollte.

»Ich bin gerade dabei, auf unanständige Art und Weise zu altern. Was auch zu verstehen ist, denn ich mache mir Sorgen. Jetzt ist nicht nur Alex fort, sondern seine Frau ist ebenfalls verschwunden – ohne ihre Schulden bei Daniel zu zahlen«, sagte sie, um vom Thema Schriftstellerei abzulenken.

»Was häufiger vorkommen soll, nicht wahr?«

»Musst du immer darauf rumhacken?« Vorwurfsvoll sah sie ihn an. »Jedenfalls stimmt da was nicht. Im Kühlschrank hatte sie nur vergammelte Wurst und saure Milch.«

»Nicht, dass du schnüffelst bei deinen Mietern.«

»Ich schnüffele nicht, ich hab mir nur ein Bild gemacht, als ich ihre Wohnung geputzt habe. Schließlich könnte sie ja auch einem Verbrechen zum Opfer gefallen sein.«

Entgegen ihrer Erwartung lachte Luca sie nicht aus. »Ein paar Tage Abwesenheit müssen noch nicht auf einen Mord schließen lassen. Ich würde sagen, für die Polizei ist es noch zu früh«, überlegte er.

»Trotzdem komisch«, wandte Katharina ein. »Sonst hat sie immer Bescheid gegeben, wenn sie zu ihrer Schwester oder in den Urlaub gefahren ist. Diesmal nicht.«

»Nun, du warst ja auch drei Tage nicht da.«

»Jedenfalls werde ich die Augen offen halten. Mir kommt die ganze Jäger-Geschichte mittlerweile seltsam vor. Ich weiß auch nicht, mein Gefühl sagt mir einfach, dass hier etwas nicht ganz koscher ist.«

Er neigte den Kopf. »Deine Fantasie spielt dir sicherlich einen Streich.«

Sie zuckte wortlos die Schultern.

»So, ich mach mich mal wieder an die Arbeit«, er klatschte in die Hände. »Ich habe freie Hand, hat Daniel gesagt. Ich werde also mal schauen, was ich an neuem Material anschaffen kann. Sein Angebot ist ein wenig … einfallslos.«

»Gute Idee.«

»Bis heute Abend dann.«

Als er ihre Wohnung verlassen hatte, verbrachte Katharina den Nachmittag mit einer Freundin, die vor Kurzem erst ein Baby bekommen hatte, und sie machten einen ausgedehnten Spaziergang.

Um halb vier bereitete sie Luca Kaffee und ging dann hinüber zu Oliver.

»Na, heute schon so früh? Moni kommt heute doch gar nicht«, empfing er sie.

»Ich kann auch einfach wieder gehen«, sagte sie verärgert.

»War nicht so gemeint, bleib ruhig.« Er legte den winzigen Schraubenzieher zur Seite, mit dem er eben eine versilberte Klappe abmontiert hatte, und kam mit dem Hocker zu ihr herübergerollt. Sie goss Tee in Olivers Tasse, sein Blick bat um Verzeihung. Versöhnt, schließlich war ihr Herz weich wie Butter, nahm sie das Friedensangebot an, setzte sich ihm gegenüber und beobachtete, wie er mit einer winzigen Feile irgendeine Unebenheit von einem Teil der Klarinette beseitigte.

»Moni ist überhaupt nicht dein Typ«, rutschte ihr heraus. Die temperamentvolle, zierliche Schwarzhaarige war ihr auf den ersten Blick sympathisch gewesen, wenn diese nicht gerade Oliver belästigte. Dass diese beiden eigenwilligen Menschen – und sie rechnete Moni dazu, das sah doch jedes Kind – nicht zueinander passten, war für Katharina eine ebenso unverrückbare Tatsache wie die Tonleiter für den Komponisten. Dieser Mann, der jetzt in sich gekehrt mit schlanken Fingern eine halb fertige Klarinette liebkoste, war unbestreitbar egozentrisch und konnte zudem ganz schön ruppig sein, wie Katharina jetzt wieder am eigenen Leib erfahren hatte – melodische Stimme hin oder her.

Nichtsdestotrotz mochte sie Oliver – aber sie war ja auch nachgiebig wie selten eine Frau und in der Kunst der Diplomatie gewieft wie keine Zweite. Dazu trug allein seine sensible Ausstrahlung bei. Er besaß Humor, jedenfalls dann und wann – wenn auch nicht so viel wie Luca, musste sie zugeben. Diese beiden Eigenschaften waren aber so ziemlich die einzigen Tugenden, die man an ihm entdecken konnte, wenn man es mit neutraleren Augen als ihren besah.

Obwohl, streng genommen gab es doch noch das ein oder andere, das ihn auszeichnete, sinnierte sie, während sie ihn mit zusammengekniffenen Augen in dem Versuch größtmöglicher Objektivität betrachtete. Er war auch ziemlich gut im Trösten – gesetzt den Fall, ihm war danach zumute. Anerkennenswerterweise fand sie in ihm einen wunderbaren Zuhörer.

Jene Eigenschaften, natürlich auch sein vorzüglicher Tee, plus Toast mit Ingwermarmelade, führten sie regelmäßig nachmittags zu ihm hinunter. Hier in seiner gemütlichen Höhle fühlte sie sich richtiggehend geborgen und konnte ganz sie selbst sein. Normalerweise hatte sie das Gefühl, dass ihm das recht gut gefiel. Nein, Moni passte nicht zu ihm, sie war viel zu offenherzig und extrovertiert, sie würde seinen sensiblen Charakter nie verstehen.

Ihre Gedanken glitten hinüber zu Luca. Es war der beunruhigende Fall eingetreten, dass ihr ein

Schauer über den Rücken rieselte, wenn sie ihn sah. So wie heute Mittag, als er sie beim Kaffeekochen beobachtet hatte. Sie hatte Mühe gehabt, sich zu konzentrieren – so sehr, dass sie das Kaffeepulver im Kühlschrank gesucht hatte, wo sie es nie aufbewahrte. Was nur daran liegen konnte, dass sie so lange abstinent gelebt hatte. Nein wirklich, verliebt war sie nicht. Luca war einfach nur sehr attraktiv – bei ihm traf tatsächlich das unmännliche Wort schön zu. Oh ja, sie flog auf Männer mit dunklen, leicht gewellten Haaren. Im Gegensatz zu jenen von Luca waren Olivers Haare zwar auch dunkel, aber längst nicht so glänzend schwarzbraun, sondern aalglatt und weniger füllig.

Aber es war nun einmal eine schlichte Tatsache, dass sie für Luca Winter keinesfalls ein Objekt der Begierde war, wie er ihr ja im Hotelzimmer bewiesen hatte. Aber auch wenn sie sicher war, dass ihr Sex-Appeal an ihm seine Wirkung verfehlte: Luca, der Geheimnisvolle, hatte nun einmal ihr Interesse in einem Maße geweckt, dass sie nicht umhinkam, jeden seiner Schritte zu verfolgen, die er in diesem Hause tat.

»Apropos – Sylvia ist tatsächlich verschwunden«, unterbrach Katharina die Stille in der Werkstatt.

»Hm?« Ungerührt nahm Oliver ein winziges Stück Kork und hielt es ihr unter die Nase. »Schau mal, das ist die Kunst: herauszufinden, welche Stärke der Kork haben muss. Ist er zu dick, schließen oder öffnen sich die Löcher nicht richtig. Ist er zu dünn, gibt's beim Musizieren Nebengeräusche.«

»Jaja, interessant«, sagte Katharina abwesend. Sie war heute nicht in der Stimmung, seinen Erklärungen zu folgen. Oliver liebte es, ihr die Kniffe und Feinheiten des Klarinettenbaus zu erläutern, und normalerweise verfolgte sie interessiert seine Ausführungen. Sie war davon überzeugt, dass sie mittlerweile beinahe selbst in der Lage gewesen wäre, eine Klarinette komplett von Grund auf zu überholen.

»Weißt du, der Luca, das ist schon ein undurchsichtiger Typ«, begann sie.

»Inwiefern?«

»Nun ja, ich weiß so gar nichts über ihn. Er ist einfach … geheimnisvoll. Heute Morgen zum Beispiel ist mir doch was Seltsames aufgefallen. Ich habe die Treppe zum Waschkeller geputzt und wollte eigentlich danach bei den Jägers putzen. Doch ich fand den Schlüssel nicht am Schlüsselbrett – was an sich nicht komisch ist, denn ich verlege oft mal Schlüssel«, gab sie ein wenig verlegen zu. »Nachdem ich also unten die Treppe geputzt hab, höre ich, bevor ich hochgehe, die Tür von den Jägers. Aber als ich später bei ihnen klingelte, war niemand zu Hause, wie schon gestern nicht. Und später, nachdem Herr Winter unter einer fadenscheinigen Begründung kurz vorbeigekommen war, finde ich auf der Erde unter dem Schlüsselbrett den Schlüssel von den Jägers, den ich morgens nicht bemerkt habe. Das ist doch merkwürdig, findest du nicht?« Sie schnipste eine Fluse von ihrem schwarzen Leinenrock.

»Nicht im Geringsten. Er kann doch heruntergefallen sein.«

»Zuerst dachte ich das auch. Aber irgendwie habe ich das Gefühl, dass sich Luca, also Herr Winter, in die Wohnung der Jägers geschlichen hat.«

Oliver ließ die Röhre, an der er arbeitete, sinken und blickte Katharina verdutzt an. »Warum um alles in der Welt hätte er das tun sollen?«, fragte er.

»Weiß ich doch nicht. Es ist nur so ein Gefühl.«

»Du hast zu viel Fantasie.«

»Leider immer noch nicht genug. Mit meinem Roman komme ich einfach nicht voran«, gestand sie, was leicht untertrieben war. »Jedenfalls hab ich bei den Jägers nicht feststellen können, dass Sylvia irgendeinen Koffer gepackt hat. Ihr Kleiderschrank ist immer noch bis obenhin voll mit Klamotten. Ich denke, es ist durchaus möglich, dass ihr etwas zugestoßen ist.«

»Schon mal was von Privatsphäre gehört?«, unterbrach Oliver sie und wandte sich der Drehbank hinter sich zu.

»Tut mir leid, aber meine Sinne funktionieren perfekt«, erwiderte sie mit einem Anflug von Trotz in der Stimme. Sie räusperte sich kurz. »Ich bin durchaus nicht neugierig, weißt du«, flunkerte sie, »aber in diesem hellhörigen Haus bekommt man nun mal alles mit.«

»Dieses Problem ließe sich lösen, wenn man seine Ohren auf Durchzug stellte.«

»Möglicherweise hat Luca dann ihre Privatsphäre ebenfalls missachtet.«

Er erwiderte nichts darauf. Sie nippte an ihrem Tee und betrachtete melancholisch die trostlosen nackten Röhren auf dem Arbeitstisch, die darauf warteten, gewachst und poliert zu werden, um sich dann dank Olivers Fingerspitzengefühl wieder in wertvolle Instrumente für Profis zu verwandeln. »Gestern wollte er ganz sicher in die Wohnung«, nahm sie den Faden wieder auf. »Ich hab gesehen, wie er vor ihrer Tür stand, als ich gerade loswollte, um bei den Jägers die Blumen zu gießen. Da steht er mitten im Flur und dreht sich wie ertappt zu mir um. ›Ich wollte nur rasch sehen, ob Frau Jäger nicht doch zurückgekommen ist. Wegen des Geldes, das sie Daniel schuldet‹, hat er gehaspelt. Und die Verlegenheit troff aus all seinen Poren.«

»Bei dir trieft manchmal noch viel mehr aus den Poren.«

»Meinst du etwa, ich schwitze übermäßig, nur weil du mich im Waschkeller oben ohne angetroffen hast?«, protestierte sie. »Und wenn, wen stört's? Ist doch nur natürlich. Jedem ist manchmal zu … heiß.«

»Reg dich ab, so mein ich es doch gar nicht. Ich spreche von deiner überbordenden Fantasie.«

»Trotzdem ist das alles irgendwie komisch«, schloss sie besänftigt, »findest du nicht?«

»*Trotzdem* geht es weder dich noch mich etwas an«, maßregelte Oliver streng, wie er dann und wann sein konnte.

»Luca ist mir nicht geheuer.« Die Worte waren ihr unbewusst über die Lippen gekommen, doch als sie ausgesprochen waren, wurde Katharina erst richtig klar, dass sie genau das störte. Diese unbestimmte Anziehungskraft, die Luca auf sie ausübte, konnte nur daher stammen, dass er ihr tatsächlich unheimlich war.

»Was heißt das schon? Du bist mir auch manchmal nicht ganz geheuer.« Oliver grinste, während er hingebungsvoll eine der abgeschraubten silbernen Klappen reinigte.

»Übrigens, du musst unbedingt was wegen der Sache mit dem Fenster bei mir im Bad tun. Es zieht wie Hechtsuppe, irgendwas scheint undicht. Beim nächsten Sturzregen wäre das ein Dilemma.«

»Jaja, ich kümmere mich darum«, gab sie geistesabwesend zurück.

»Das Haus ist schließlich ein recht alter Kasten, der will gepflegt werden.«

»Wir sind ja dabei«, flunkerte sie, denn ihre Eltern waren durchaus nicht dabei zu renovieren, alle Ersparnisse waren für die Europareise vorgesehen gewesen. »Außerdem klingt ›alter Kasten‹ gar nicht nett. Das Haus hat Format – was nicht zu verachten ist. Alte Häuser besitzen eine Seele.«

»Jawohl, es ächzt und stöhnt an allen Ecken, wenn nur eine leichte Brise aufkommt.«

Katharina musste lachen. Er hatte schon recht. Trotzdem, so konnte sie das nicht stehen lassen. »Sei nicht so gefühllos. In diesem Haus wurde geliebt, wurden Kinder gezeugt –«

»Nicht von mir, jedenfalls nicht, dass ich wüsste«, warf er schmunzelnd ein, »und schon gar nicht von Daniel.«

»Wer weiß das schon immer so genau? Na, wie auch immer. Hier wurden Feste gefeiert, unten ist das hübsche Antiquitätengeschäft, und du liebst deine Werkstatt. Dieses Haus steckt voller Leben. Es ist«, sie überlegte eine Sekunde, »wie ein wertvolles Instrument.« Ihre Stimme klang richtig heiser, so sehr begeisterte sie sich an ihren eigenen Worten. „Es vibriert förmlich. Es klingt, es singt –«

„Es hallt, dass es nur so in den Ohren dröhnt«, fiel er ihr ins Wort.

»Jetzt übertreibst du! Es ist die Stradivari unter den Häusern – und eine Stradivari hat schließlich auch schon einige Jahre auf dem Buckel. Man muss nur dann und wann eine neue Saite aufziehen, ehe man ihr erneut die wundervollsten Klänge entlockt.« Sie schwieg erschöpft und biss in eine süße Toastscheibe.

»Du lieber Himmel«, stöhnte ihr musikalischer Wohnungsnachbar unbeeindruckt, während er konzentriert mit dem Schraubenzieher eine neue, blinkende Klappe anmontierte. »Kennst du Gernot Palmer?«, wechselte er das Thema, ohne hochzuschauen.

»Nein«, erwiderte sie knapp. »Also, ein altes Haus –«

»Ständig hat er Sonderwünsche. Er spielt oft neue Musik und jetzt will er eine zusätzliche Resonanzklappe. Der Mann hat Vorstellungen … Ich weiß nicht, wo ich ihm die noch anbringen soll«, brummte er, aber man merkte deutlich, dass es kein Problem gab, das er nicht aus der Welt schaffen konnte, solange es sich um Klarinetten handelte.

»Ein altes Haus«, fuhr Katharina mit lauterer Stimme fort, »strahlt Schwingungen aus, das müsstest du doch spüren!« Sie sah ihn bezwingend an, doch er arbeitete scheinbar gleichgültig weiter. »Es vibriert förmlich von den Schwingungen der verschiedenen Bewohner, es … es swingt wie … eine Ukulele.« Sie legte eines ihrer wohlgeformten Beine über das andere und blickte Oliver triumphierend an.

»Eine Ukulele swingt nicht«, verbesserte er sie pedantisch. »Kaum zu glauben …« Er schaute hoch und deutete mit dem Schraubenzieher auf die nächstliegende Klarinette, die in dem heillosen Wirrwarr auf dem Tisch, in dem sich nur jemand wie Oliver zurechtfand, auf seine geschickten Hände wartete. »Würdest du vermuten, dass ein Berufsmusiker, der dieses wertvolle Instrument, durch das jährlich einige Liter Kondenswasser fließen und das er täglich für mehrere Stunden in der Hand hat, aus reiner Sparsamkeit nur alle Jubeljahre für eine Überholung herbringt? Obwohl es regelmäßig gewachst werden muss, damit der Klang und das Holz nicht leiden?«

»Nein«, erwiderte Katharina mechanisch. »Ein Haus wie dieses –«

»Siehst du. Kommt auch selten vor, aber gestern hatte ich so einen Fall. Es ist wirklich nicht zu glauben.«

Genervt verdrehte Katharina die Augen. »Würdest du mir wohl ausnahmsweise einmal kurz zuhören?«

Er blinzelte sie verschmitzt an: »Tu ich doch die ganze Zeit.«

Katharina holte tief Luft und fuhr endlich in ihren Betrachtungen fort: »Ein altes Haus ist etwas ganz Besonderes. Dagegen ist ein viereckiger Neubau wie eine Klarinette aus Sperrholz«, führte sie ihre Darlegung zu einem verständlichen Ende, sodass sie selbst für ihn als Musiker begreiflich sein musste. »Das hier jedoch«, sie breitete die Arme zu einem weiten Kreis aus, »ist ein Kunstwerk. Ein Kunstwerk, das lebt. Und alles was lebt, muss erhalten werden.«

»Und *wie* es lebt! Dieses Kunstwerk vibriert, sobald einer es wagt zu husten«, stellte der Mann, der ein feinfühliger Künstler sein wollte, trocken fest.

Darauf gab es nichts zu sagen, denn es stimmte, wie Katharina sich widerwillig eingestehen musste.

»Und wenn man nicht endlich damit beginnt, es zu sanieren, wird dieses Haus über kurz oder lang nicht mehr zu retten sein«, brachte er es auf den Punkt.

Die Unterhaltung kam zum Erliegen – ein ungewohnter Zustand.

»Du bist heute richtig ungesellig«, maulte sie, »dabei tue ich dir gut. Ohne meine gelegentliche Gesellschaft entwickelst du dich zu einem … einem kauzigen Hagestolz, wenn dir dieses Wort was sagt.«

»Halt die Klappe!«, sagte er in einem Ton, der seinen rigiden Befehl zu seinem Glück entschärfte.

»Und unterschlag Moni nicht, die mich auch dann und wann mit ihrer Gesellschaft erfreut.«

Die Art, in der er mit ihr redete – nicht eben unfreundlich, aber doch ziemlich desinteressiert –, gefiel Katharina ganz und gar nicht. Seufzend stand sie auf. Wozu gab sie sich eigentlich so viel Mühe mit diesem Mann? Seinetwegen trank sie sogar Tee, obwohl doch nachmittags nichts über einen guten Kaffee ging.

»Übrigens ....«, nachdenklich blieb sie an der Tür stehen. »Hat sich Alex nicht wenigstens bei dir gemeldet?«

»Nein. Warum sollte er?«

»Na, ihr beide habt euch doch immer gut verstanden. Einfach so von heute auf morgen nicht mehr nach Hause zu kommen finde ich schrecklich. Je länger ich darüber nachdenke, desto mehr bin ich davon überzeugt, dass ihm, am Ende sogar ihnen beiden, etwas Schreckliches passiert ist.«

»Ich vermute eher, er hat sich klammheimlich aus dem Staub gemacht«, widersprach Oliver in sachlichem Ton, »glaub mir, sehr glücklich kann Alex in dieser Ehe nicht gewesen sein. Er kam oft zu mir in die Werkstatt, um bei mir einen zu heben und sich auszusprechen. Deine liebe Sylvia kann ein schrecklicher Drachen sein.«

»Zu mir war sie immer freundlich«, nahm Katharina Sylvia in Schutz. »Nein, da ist irgendwas nicht in Ordnung.«

»Du fantasierst zu viel. Ich schlage vor, du reagierst dich mal ab, indem du einen Krimi schreibst.«

»Was ich vielleicht sogar tun werde«, überlegte sie. »Jedenfalls werde ich aufpassen wie ein Luchs, ich werde aufs Sorgfältigste recherchieren und meine Lauscher überall haben. Oliver, du bist wirklich manchmal wahnsinnig gut.«

»Fein, dass du es endlich bemerkst.«

»Und keine Sorge, ich werde vorsichtig sein und auf mich aufpassen«, beruhigte sie ihn provisorisch, obwohl er nicht der geringsten Sorge Ausdruck verliehen hatte.

»Mich lass dabei aber aus dem Spiel. Und vergiss bei deinen Recherchen nicht: Der Lauscher an der Wand … du weißt schon«, fühlte er sich lediglich bemüßigt, sie zu erinnern.

»Ach, du wieder«, erwiderte sie resigniert und verließ die heute unwirtliche Stätte seines Wirkens.

14

Beflügelt stieg sie die Treppen hinauf zu ihrer geräumigen Dachwohnung. Obwohl die Tee-Viertelstunde mit Oliver ihr heute nicht so viel Kurzweil geboten hatte wie sonst, war die Zeit doch schnell verflogen. Es war erst vier Uhr, und sie verspürte bereits jetzt hartnäckiges Magenknurren. Im ersten Stock warf sie einen Blick auf die Tür von Alex' und Sylvias Wohnung, in der ein kleines Fenster eingelassen war. Alles schien ruhig.

Ihre große Wohnung war perfekt. Außer dem Sekretär aus rötlichem Mahagoni mit Glasaufsatz, einem edlen Designerstück aus Italien, dem sie nach Eingang ihres ersten Journalisten-Gehalts verfallen war, hatte sie sich nur einfache und praktische Möbel zugelegt.

Sie setzte sich an den PC und öffnete das Schreibprogramm.

Um halb sieben machte sie sich an die restlichen Essensvorbereitungen. Sie musste das feine Böfflamott nur aufwärmen. Sollte sie Oliver auch einladen? Doch dann sagte ihr das Bauchgefühl, dass dies möglicherweise unklug war, so ungesellig, wie er sich heute aufgeführt hatte. Nein. Luca war zwar ein undurchsichtiger Mensch, aber dadurch zweifellos sehr interessant. In seiner Nähe fühlte sie ein aufregendes Kribbeln, das bei Oliver nicht vorhanden war. Nicht mehr, verbesserte sie sich, denn anfangs hatte sie schon mächtig gezittert in seiner Nähe. Aber nach den vielen Gesprächen war er ihr mittlerweile so vertraut, dass die Verliebtheit sich nach und nach aufgelöst hatte. Ein normaler Vorgang nach zwei Jahren. Oder nicht? Sie gab das Blaukraut aus dem Glas in den Topf und legte die Knödel bereit.

Luca klingelte pünktlich um sieben. Sie trank eine leichte Weinschorle, während er bei Mineralwasser blieb. Sie unterhielten sich wie immer lebhaft und hatten viel zu lachen. Doch heute lehnte ihr Gast den Kaffee und den Nachtisch ab.

»Ich muss heute noch mal weg. Ein Auftrag von Daniel, den er vergessen hat«, sagte er und verabschiedete sich recht schnell.

Als sie die Küche aufgeräumt hatte, rief Katharina ihre Eltern an. Die beiden klangen zufrieden und hatten viel zu erzählen. Lächelnd legte sie auf. Sie überlegte, ob sie ins Bett gehen sollte und lesen, aber dann entschied sie sich doch für ein ausgiebiges Bad.

Sie goss reichlich Badeöl ins Wasser und stieg in die altmodische, tiefe Sitzbadewanne. Das Badezimmer war einer ihrer Lieblingsplätze in der Wohnung, was vor allem daran lag, dass man von der Wanne aus, ungestört von nachbarlichen Einblicken, auf die Berge schauen konnte. Das Allerschönste an der Wohnung waren sowieso die großzügigen Dachfenster, die auch auf den gegenüberliegenden Weiher den Blick freigaben.

Katharina glitt genüsslich seufzend tiefer in das heiße Wasser, spielte mit dem Schaum und strich sich dann und wann mit einem Waschlappen, den sie unter das kalte Wasser hielt, über die heißen Wangen. Mittlerweile war sie am ganzen Körper hummerrot. Sie zerschmolz förmlich vor Hitze, was ihr das behagliche Gefühl vermittelte, dass alle schlechten Gedanken aus ihr herausgepresst worden waren. Nach einem solchen Bad fühlte sie sich rein und frei von jeglichem seelischen Morast.

Wie gewöhnlich an jedem Abend, ließ sie auch jetzt den vergangenen Tag noch einmal vor ihrem inneren Auge vorbeiziehen. Oliver konnte sagen, was er wollte: Luca verbarg etwas. Sein Charakter schien völlig gegensätzlich zu sein: Einerseits gab er sich bunt schillernd wie ein Pfau, anderseits zog er sich auch schnell zurück. Neben all seinem Charme, den er zweifellos an den Tag legen konnte, blieb er undurchschaubar. Und er hatte Sylvias Wohnung durchsucht, davon war Katharina immer mehr überzeugt. Das allein reichte schon für einen Minuspunkt mehr auf der Liste seiner Frevel, die sie insgeheim gedanklich angelegt hatte.

Er hatte sie im Hotel nicht gerade mit Samthandschuhen angefasst. Und dass er Kellner war, konnte er seiner Großmutter erzählen, bei dem Auto. Zudem hielt er sich auffallend zurück, wenn sie ihn auf seine Vergangenheit ansprach. Das war nicht normal bei Männern, die nach ihrer Erfahrung sehr gern über ihre Erlebnisse, die Arbeit oder diverse Liebesaffären redeten. Und sie konnte nicht anders, sie mochte Sylvia und wollte nicht, dass man sich in deren Angelegenheiten mischte. Auch wenn Alex vielleicht unglücklich gewesen war, so musste Sylvia nicht allein die Schuld daran getragen haben.

Sie bemerkte, dass sie bereits in der Vergangenheit dachte, und ihr Herz klopfte immer stärker, während ihr heißer und heißer wurde. Katharinas Verhältnis zu Sylvia war immer persönlicher geworden im Lauf der letzten Monate. Katharina erledigte für sie kleinere Aufträge, sie brachte ihr etwas aus der Stadt mit und half ihr manchmal bei kleineren Dingen, in denen Sylvia sich ungeschickt anstellte, wie Näh- oder Bügelarbeiten.

»Wenn ich dich nicht hätte«, hatte Sylvia noch an dem Tag geseufzt, an dem Katharina sie gesehen hatte. Seit dem Verschwinden von Alex war Sylvia ganz allein gewesen, wie Katharina vermutete. Sie besaß keine Kinder oder Geschwister, und ihre Eltern lebten irgendwo in Norddeutschland.

Ein letztes Mal wischte sie sich mit dem feuchtkalten Waschlappen den Schweiß von der Stirn, zog den Stöpsel und stieg aus der Wanne. Nach dem Abtrocknen schlüpfte sie in schwarze Leggins und ihr geliebtes lila Sweatshirt und streifte die dicken Socken über, die ihre Schwester für sie gestrickt hatte. Auf dem Sofa lümmelnd, ging sie einer ihrer Lieblingsbeschäftigungen nach: dem Kreuzworträtseln. Es entspannte und bot dennoch Gelegenheit, eigenen Ideen nachzuhängen. Sie nippte an der Weinschorle und stellte ihren lokalen Lieblingssender ein.

»Bereits einen Tag nach dem Mord an der Ehefrau des Freyunger Industriellen konnte der Mörder gefasst werden«, triumphierte soeben der Sprecher. Katharina horchte auf. *»Bei dem mutmaßlichen Täter handelt es sich um einen Verwandten der Witwe, der, wie er zugab, erhebliche Schulden hatte.«*

Katharina schüttelte unwillig den Kopf. Immer ging es nur ums Geld! Der Mörder war hinter dem Geld der Witwe hergewesen, Daniel hatte Angst, von Sylvia geprellt zu werden – und so weiter und so fort.

»Wie ein Polizeisprecher soeben vermeldete, hat der Mann die Tat sofort gestanden«, unterbrach die Stimme Katharinas trübsinnigen Gedanken. Sie seufzte. Na bitte, Verbrechen lohnten sich eben doch nicht.

Dann und wann war das kleine Teufelchen in ihr sogar geneigt, arme Sünder zu bedauern, wenn diese eine der zahllosen übertriebenen Verordnungen, Verfügungen, Reglementierungen und Normen ignorierten und deswegen härter als nötig bestraft wurden. Wahrscheinlich lag selbst für die kleinste Flatulenz die passende Euronorm bereits in irgendeiner Schublade, in fiebriger Erwartung, endlich angewandt werden zu dürfen. Natürlich, bei Mord und Totschlag hörte der Spaß auf.

Sie zog die Schublade des Schreibtischs auf, in der sie neben allerlei Krimskrams ihre Süßigkeiten hortete, nahm die Ingwerschokolade heraus und öffnete das Fenster über dem Sofa. Tief atmete sie die frische Brise ein, die vom Weiher herüberwehte. Der Südwestwind, der ihr so oft

Kopfschmerzen bereitete, war nach Norden gezogen. Die Wolken, die den Himmel seit Wochen mit eintönigem Grau überzogen hatten, waren endlich verschwunden, und es zeigten sich vereinzelte Sterne.

Sie entfernte das Papier von der Schokolade und steckte sich ein Stück der süßen Köstlichkeit in den Mund. Unvermittelt meldete sich ungewohntes Fernweh in ihr. Sollte sie nicht auch einmal eine Reise durch Afrika machen, mit einem Motorrad, wie Freunde von ihr? Einmal das Kreuz des Südens sehen, in der Wüste übernachten, über sich nur das Dach unzähliger Sterne und neben sich höchstens das Kamel, das von irgendeiner Karawane zu Besuch kam und gemütlich an seinem Halfter kauend dabei zusah, wie man sich fernab menschlicher Besiedlung einsam träumend ein Süppchen kochte. Das Geld für solch eine Reise würde sie bald zusammengespart haben, den Mieteinnahmen ihrer Eltern sei Dank. Außerdem, so überlegte sie, müsste sie nur den Motorradführerschein machen.

Luca imponierte ihr Vorhaben ebenfalls, wie sie heute Abend von ihm erfahren hatte. Sie lächelte und schleckte sich gedankenverloren die Finger ab. Noch jetzt sah sie sein überraschtes Gesicht vor sich.

»Das ist nicht dein Ernst! Du willst mir doch nicht weismachen, dass du beabsichtigst, mutterseelenallein durch die Wüste zu fahren!?«, hatte er gerufen.

»Denk mal an, genau das habe ich vor.« Dieses Bestreben war neu, genau erst fünf Minuten alt, doch das musste sie ihm ja nicht aufs Butterbrot schmieren.

»Ohne männlichen Begleiter? Wird deine Libido da nicht verrücktspielen?« Lucas Augen funkelten spöttisch.

»Auf einen Mann kann ich verzichten. Und was meine Libido angeht – die muss dich gar nicht kümmern.«

»Was reizt dich denn an einem solchen Unternehmen?«

Sie hatte sehnsüchtig aus dem Fenster geblickt. »Einerseits natürlich das Abenteuer, andererseits die Landschaft, die endlose Weite, die Stille.« All diese Gedanken waren neu, nichtsdestotrotz begann sie, Gefallen an ihrer Idee zu finden. Eine solche Reise würde ihr zumindest einen Haufen Ansatzpunkte für einen Roman liefern.

»Ich habe dich gar nicht für so romantisch gehalten.«

Sie verspürte einen Stich, als sie zurückgab: »Nein, ich weiß. Du hältst mich für ein hirnloses, geldgieriges Etwas.«

»Das tue ich nicht.« Zum ersten Mal war in seine Miene ein ernster Zug getreten. »Es erstaunt mich nur. Eine Fahrt mit dem Motorrad über Sandpisten ist kein Zuckerschlecken. Ich finde das, was du vorhast, ausgesprochen mutig. Hast du gar keine Angst?«

»Doch, schon.« Ein wohliger Schauer rieselte ihren Rücken herab, sodass sie die verschränkten Arme an den Ellbogen umklammerte.

»Und trotzdem tust du's?«

»Genau. Ich mache oft das, wovor ich mich am meisten fürchte«, log sie. »Hab ich dir das noch nicht erzählt?«

»Nein, hast du nicht.«

Triumphierend sah sie ihn an. Auch ihr war dieser Gedanke neu. Dennoch, es stand immer lebhafter vor ihrem geistigen Auge: Dieser Wüstentrip konnte ein gewisser Eckpfeiler im Leben sein. Wenn sie diese Tour hinter sich gebracht hätte, würde sie nichts mehr aus der Bahn werfen – sofern sie den Trip überlebte.

Luca warf ihr einen nachdenklichen Blick zu. »Du erstaunst mich immer mehr.«

Mich selbst auch, dachte Katharina. »Den Motorradführerschein allerdings müsste ich erst noch machen. Oliver lässt mich bestimmt auf seinem Motorrad üben.« Das allerdings stimmte. »Natürlich auf einem Übungsplatz und natürlich nicht auf seiner kostbaren Maschine.« Dieser Schatz aus grauer Vorzeit, ein Motorrad von BMW, war sein Heiligtum. Das chromblitzende Motorrad polierte er mit noch größerer Hingabe als die Klarinetten seiner Musiker – falls eine Steigerung da überhaupt möglich war. Es stand im hinteren Keller des Hofes, dort, wo Oliver sich mit Freunden zu allwöchentlichen Jazz-Sessions traf, und er benutzte es nur für Ausfahrten am Wochenende.

»Wenn du willst, können wir ja einmal einen Ausflug machen. Ich habe ein Motorrad, wenn auch keine solche Maschine, aber es ist noch völlig in Ordnung. Ein so teures Ding wäre zum Üben viel zu gefährlich. Wenn du zu viel Gas gibst, geht die Kiste vorne hoch, und du überschlägst dich. Außerdem weiß ich nicht, ob es überhaupt gestattet ist, selbst auf dem Übungsplatz. Aber zu einem Ausflug würde meine alte Kiste schon reichen.«

»Das würde ich sehr gern«, hatte sie zögernd eingewilligt, denn bei dem Gedanken an ein schnelles Motorrad auf kurvenreicher Straße war ihr doch ein wenig mulmig geworden.

»Er erschlug die Frau mit einem goldenen Kerzenleuchter, um als einziger Erbe an ihr Vermögen zu gelangen«, holte die Radiostimme Katharina wieder ins Hier und jetzt zurück. *»Später wickelte er die Leiche in einen Teppich und verscharrte sie in der nahe gelegenen Kiesgrube, wobei er jedoch von einem Zeugen beobachtet wurde«*, fuhr der Reporter teilnahmslos fort.

Auf dem Sofa kniend, schaute Katharina aus dem Fenster und genoss zufrieden den zarten Schmelz der Schokolade. Damit war doch wieder einmal bewiesen worden, dass aufmerksame Mitbürger imstande waren, Verbrechen aufzudecken, wenn nicht sogar zu verhindern. Sie jedenfalls würde die Augen offen halten bezüglich des Verschwindens von Alex und Sylvia. Herzhaft biss sie erneut in die Schokolade und schaute verträumt hinaus in die Nacht.

Plötzlich erhellte ein Lichtschein das regendunkle Pflaster, als im Parterre die Tür geöffnet wurde. Von träger Neugierde erfüllt, sah sie blinzelnd hinunter. Die nun schon wohlbekannte

Gestalt von Luca erschien, vielmehr zuerst sein Hinterteil, denn er bewegte sich rückwärts, in gebeugter Haltung, wobei er einen anscheinend schweren Gegenstand aus dem Flur halb nach draußen zerrte.

Katharina stützte sich auf die Fensterbrüstung, die immer noch feucht vom Regen war, und lehnte sich weit hinaus, um zu sehen, womit Luca sich zu dieser spätabendlichen Zeit so abrackerte. Die Art und Weise, wie er sich zu beiden Seiten umwandte, hatte etwas Lauerndes, als müsse er sich vergewissern, dass niemand sein Treiben beobachtete.

Halt an dich, ermahnte sie sich streng, deine Fantasie geht mit dir durch.

Dennoch hatte sie das unbestimmte Gefühl, als wohne sie einer Theatervorführung bei, die im Hintergrund zusätzlich von einer Erzählstimme kommentiert wurde. Interessiert beobachtete sie das Schauspiel zwei Stockwerke unter sich. Als sie erkennen konnte, worum es sich bei dem Gegenstand handelte, schnappte sie nach Luft. Es schien, als hätte Luca nur auf sein Stichwort gewartet: Das, was er aus dem Flur geschleppt und gerade lieblos im Eingang fallen gelassen hatte, war ein Teppich.

Die heimliche Beobachterin spürte nicht, wie sich ihre Hände um die Brüstung krampften. Zu sehr war sie gefesselt von dem Szenario zu ihren Füßen.

Jetzt ging Luca zu dem Kastenwagen, mit dem Daniel die Antiquitäten beförderte, und öffnete schwungvoll die Hecktüren. Da die Entfernung zu groß war und die Straßenbeleuchtung nicht ausreichte, die andere Hälfte des Teppichs zudem noch im Eingang des Hauses verborgen war, konnte Katharina nicht erkennen, ob es sich um einen der kostbaren Teppiche aus Sylvias Wohnung handelte.

Nun ging Luca wieder zum Eingang und hievte den anscheinend schweren Teppich hoch. Unsanft beförderte er das eine Ende, aus dem helle Fäden hervorlugten, auf die Laderampe.

Katharina kniff konzentriert die Augen zusammen, um besser sehen zu können. Sollte er die Stirn besitzen, sich an Sylvias Teppich zu vergreifen, würde sie morgen ein Wörtchen mit ihm reden, das war sicher.

Plötzlich hatte sie das Gefühl, ihr Herz bliebe stehen. Sie keuchte beinahe vor Schreck. Schmerzhaft gruben sich ihre Zähne in die Unterlippen beim Bemühen, nicht laut aufzuschreien.

Haare! Das, was aus dem Teppich ragte, waren ganz eindeutig Haare!

Sie schlug eine Hand vor den Mund. *Das Helle, was dort herausschaute, war Sylvias Haar, ohne Zweifel!* Bebend fuhr Katharina zurück, als Luca die Hände auf das Teppichende legte, mitten in das weißblonde Gewirr. Erneut schaute er sich um, wobei das schlechte Gewissen aus allen Poren seines Körpers zu dringen schien. Dann schob er den Teppich mit brutaler Gewalt ganz in den Wagen und verschloss die Türen wieder.

Katharina spürte, wie ihr kalter Schweiß ausbrach. Oh Gott, sie hätte das Licht löschen sollen, damit er sie nicht zu Gesicht bekäme, aber die Stehlampe stand zu weit entfernt, und sie wollte ihren Posten auf keinen Fall verlassen. Bebend beobachtete sie, wie er sich die Hände an einem weißen Tuch abwischte, das hell wie ein Signal in der Dunkelheit aufblitzte, die vordere Wagentür öffnete und sich ins Auto schwang. Kurz darauf ließ er den Motor an und fuhr davon.

Katharina spürte die klebrige Süße der Schokolade im Mund und schluckte heftig, als Übelkeit sie übermannte.

Sie war Zeugin eines Mordes geworden! Oder zumindest Zeugin des Abtransports der Leiche.

Die Polizei! Oliver!

Keuchend sog sie die Luft ein und schloss mit nassen Fingern das Fenster.

15

Dass sie beim Zuschlagen der Wohnungstür nicht vergaß, ihren Schlüssel einzustecken, grenzte an ein Wunder. Ohne sich die Zeit zu nehmen, im Hausflur Licht zu machen, rannte sie hinüber, klingelte Sturm bei Oliver und hämmerte gleichzeitig mit der anderen Faust an die Wohnungstür.

»Oliver! Mach auf!«, rief sie, so laut sie konnte. Zu ihrer grenzenlosen Erleichterung wurde die Tür sofort geöffnet. »Gott sei Dank!«, stöhnte sie und warf sich ihm in die Arme.

»Hoppla!«, murmelte er.

Es war ihr völlig egal, ob er sich freute, sie zu sehen, oder nicht – immerhin stieß er sie nicht sogleich zur Seite, sondern fing sie mit kräftigen Armen auf. Er trug seine schwarze Motorrad-Lederjacke, die auch schon bessere Tage erlebt hatte. Anscheinend hatte sie ihn gerade noch abgefangen, ehe er zu irgendeiner abendlichen Veranstaltung oder einem Treffen mit Freunden verschwand.

»Schließ die Tür!«, stieß sie zähneklappernd hervor und genoss die tröstliche Wärme, die von ihm ausging.

»Was ist los?«, fragte er ernst, ließ sie ein und schloss die Tür.

»Ein Mord! Er ... er ... h-hat sie ermordet! Lu-Lu ... Luca«, brachte sie, stotternd wie die neurotischen Helden amerikanischer Serien, hervor. »Oh Gott, mir wird schlecht.« Sie hielt sich die Hand vor den Mund und sank in den hässlichen, aber bequemen Polstersessel vor dem noch hässlicheren Nussbaumtisch.

Oliver beäugte sie misstrauisch, trat zu ihr und beugte sich zu ihr hinunter. »Hauch mich mal an!«

Ihre zitternde Hand fuhr zum Hals. »Was? Wieso?«

»Hast du was getrunken?« Seine Miene erinnerte sie plötzlich an die eigene Teenie-Zeit, als der Vater ihr nach ihren häufigen Discobesuchen mit sturer Regelmäßigkeit dieselbe Frage gestellt hatte.

»Unsinn, Mann«, kreischte sie. »Der Kerl hat sie ermordet, und ich bin so nüchtern wie der Papst in der Christmette! Du musst sofort die Polizei rufen. *Sofort!*«

Sie holte tief Luft, um sich zu beruhigen – damit ihr Wohnungsnachbar nicht weiter die Annahme hegte, es mit einer volltrunkenen Person zu tun zu haben. »Luca, also, dieser Winter, hat Sylvia in einem Teppich auf Daniels Auto geladen. Ich hab's an den Haaren erkannt. Sylvias Haare schauten aus dem Teppich raus. Du kannst dir nicht vorstellen, wie er mit ihr umgegangen ist.« Sie spürte, wie sie heiser wurde, und hielt inne. Luca Winter, der Mann, der ihr so sympathisch geworden war, ein kaltblütiger Mörder.

Sie hatte weiß Gott in der Liebe kein Glück auf dieser Welt. Nicht für eine einzige längere Beziehung hatte es bisher gereicht. Ihr Pech war, dass sie sich immer in ältere oder verheiratete Männer verliebte, und die waren für sie tabu. Einer – ein verheirateter Fitness-Trainer mit zwei Kindern, wie sich herausstellte – hatte ihre Liebe erwidert und ihr angeboten, wenigstens per SMS mit ihr zu kommunizieren, wenn sie sich schon nicht mehr sehen könnten. Doch nach einer Weile hatte sie den Kontakt abgebrochen. Auch dies war eine Form von Untreue und machte sie im Grunde auch nicht sonderlich glücklich.

»Nun mal der Reihe nach«, ermahnte Oliver sie mit unerschütterlicher Ruhe und ergriff die Schachtel mit den filterlosen Zigaretten, die vor ihnen auf dem Tisch lag.

»Gib mir auch eine.«

Er zögerte. »Darf ich dich daran erinnern –«

»Jaja, ich weiß, was ich gesagt habe. Gib mir trotzdem eine«, forderte sie ein zweites Mal unwirsch. Sie hatte ihn im Kampf gegen die Nikotinsucht um Unterstützung gebeten, doch zum Teufel damit. Jetzt war der falsche Zeitpunkt, an die Gesundheit zu denken.

Oliver gab ihr Feuer. Katharina tat den ersten Zug seit beinahe einem Jahr. Mit bebender Hand, kaum in der Lage, den Glimmstängel ruhig zu halten, begann sie zu berichten, was sie gesehen hatte.

»… Und wenn wir nicht ganz schnell etwas unternehmen, ist der Mann über alle Berge«, schloss sie.

Während sie erzählte, hatte Oliver die Lederjacke ausgezogen und achtlos auf den Diwan unterm Fenster geworfen. Konzentriert betrachtete er Katharina durch den Rauch der Zigarette. »Und du hast nichts weiter gesehen als ein Büschel Haare?«

»Nichts weiter?«, schrie sie beinahe hysterisch. »Reicht das etwa nicht?« Aufgeregt drückte sie die Zigarette aus.

»Ich meine, bist du ganz sicher, dass es sich um Menschenhaar gehandelt hat?«

»Natürlich! Oder meinst du etwa, er hat Kater Braun im Teppich versteckt?« Sie spielte auf die von allen geliebte Nachbarskatze an, eine norwegische Waldkatze. »Blödsinn«, stieß sie hervor, »ich bin mir ganz sicher. Außerdem war es weißblond und nicht braun wie das von Kater Braun.« Oliver, der nun ihr gegenüber saß, strahlte den Gleichmut eines Yogis aus. »Also wenn du's nicht tust, werde ich dafür sorgen, dass der Mann gefasst wird.« Entschlossen stand sie auf und sah den Nachbarn herausfordernd an.

Er lehnte sich vor und schnippte Asche von seiner Zigarette in den Porzellanbecher auf dem Tisch. »Und was willst du jetzt tun? Zur Polizei gehen?«, fragte er mit nervtötender Gelassenheit.

»Klar, was sonst? Oder meinst du, ich warte, bis Luca zurückkommt, gehe dann seelenruhig zu ihm hin, um ihn zu fragen, ob er Sylvia umgebracht habe und wohin er, bitteschön, die Leiche verschleppt hat?« Sie schnaubte. »Ich überwinde mich zwar und stelle mich meiner Angst, aber ich bin nicht lebensmüde, weißt du!«

»Tu mir den Gefallen und setz dich wieder hin.«

Ihre Schultern hoben und senkten sich. »Nur, wenn du mir hilfst. Bitte, Oliver.« Beide Arme um den Oberkörper geschlungen, wirkte sie mit einem Mal sehr verletzlich. »Glaub mir, meine Augen täuschen mich nicht ... und mein Gefühl noch viel weniger«, fügte sie mit leiser Stimme hinzu und drückte ihre Zigarette aus.

»Ich werde dir helfen«, willigte er nach einem endlosen Augenblick ein, »aber wir sollten alles noch mal durchdenken. Sieh mal«, ernst sah er sie an, »wenn wir jetzt zur Polizei gehen, wird man dich oder uns beide fragen, ob Frau Jäger überhaupt vermisst wird. Wir werden das verneinen müssen, Sylvia ist ja noch nicht allzu lange verschwunden.«

»Aber wir haben auch keine Ahnung, wo Alex ist«, konterte Katharina. »Bisher hast du nicht mal eine Karte von ihm erhalten – und das bei eurem guten, ich möchte fast sagen freundschaftlichen Verhältnis. Ist doch seltsam, findest du nicht?«

»Vielleicht hasst er es zu schreiben.«

»Oder vielleicht ist er gar nicht mehr dazu in der Lage«, gab sie mit dumpfer Stimme zu bedenken.

»Ich schlage vor, wir warten bis morgen früh.«

»Na prima«, brauste sie auf. »Da hat Luca genug Zeit, die Leiche im Wald zu verscharren.«

Oliver schüttelte den Kopf. »Ich schwöre dir, mit dem dünnen Beweismaterial, das wir vorweisen können, wird man dich innerhalb einer halben Stunde wieder nach Hause geschickt haben. Oder glaubst du, die Leute senden eine Hundertschaft aus, um Winter mit seinem Wagen aufzuspüren?«

»Wenn sie klug wären, täten sie das.« Katharina ließ sich wieder in den Sessel fallen und dachte nach. Was Oliver sagte, hatte Hand und Fuß.

Ihre Beobachtung war möglicherweise zu dürftig. »Ich weiß, was ich tun werde.«

Olivers Augenbrauen hoben sich. »Das wäre?«

»Ich frage ihn morgen direkt, wohin er zu so später Stunde noch einen Teppich geliefert hat, und an seiner Reaktion erkenne ich, ob er lügt.«

Olivers Reaktion war nicht ganz so, wie sie sich erhofft hatte. Er wirkte ausgesprochen desinteressiert. »Wenn du jetzt deine Mordtheorie beiseiteschieben willst …«, er stand auf und zog sich die Lederjacke wieder an, »entschuldige mich bitte, ich hab heute noch was vor.«

»Jetzt noch?« Verdutzt schaute sie auf die Uhr. »Um zwanzig nach elf?«

»Eigentlich war ich bereits früher verabredet, aber du kamst mir dazwischen.«

»Entschuldigung, es handelt sich ja auch nur um einen kleinen Mord«, maulte sie gekränkt.

»Morgen früh sehen wir weiter«, versuchte er, sie zu beschwichtigen.

»Danke für deine Hilfe.«

»Katharina, wir wissen nicht, wo er steckt, und weil wir nicht einmal das Kennzeichen vom Kastenwagen haben, wird die Polizei ganz sicher nicht auf einen vagen Verdacht hin all ihre Leute herauspfeifen.«

»Stimmt schon«, gab sie leise zu. »Aber … könntest du nicht heute ausnahmsweise zu Hause bleiben?«

Er zögerte einen Moment, dann zog er sich mit einem Seufzen wieder aus. »Na gut, aber ich wüsste nicht, wie ich dir heute noch helfen könnte.«

Wenn er es nicht wusste – sie schon. Katharina legte allen Schmelz, zu dem sie in diesem Augenblick fähig war, in ihre Stimme: »Ich habe eine kleine Bitte.«

»Die wäre?«, fragte er ohne rechte Begeisterung.

»Würde es dir etwas ausmachen, mich heute Nacht bei dir schlafen zu lassen?«

»Hm?«

Er sah sie dermaßen verdutzt an, dass sie trotz allem beinahe lachen musste. »Krieg keinen Schreck. Versteh doch, ich will heute Nacht nur nicht allein sein. Ich würde mich auch mit dem Diwan hier begnügen. Außerdem erfährt keine deiner Freundinnen etwas davon.«

»Ich habe gar keine Freundinnen, wie du sehr genau weißt.«

»Du hast mich und Moni.«

»Stimmt. Ob Moni was dagegen hat? Was glaubst du?« Er blickte ihr in die Augen, was selten genug vorkam.

Katharina schnappte nach Luft. Und ob! War dieser Mann blind? Aber vielleicht war er das gar nicht, sondern nur unsicher, denn in seinen Augen las sie Verlegenheit und Unsicherheit. »Ob deine Moni was dagegen hat können wir heute wohl eher nicht mehr klären«, antwortete sie kühl.

»Sie ist nicht *meine* Moni«, knurrte er.

Noch nicht, dachte Katharina.

»Und außerdem braucht sie es nicht zu erfahren.«

Typisch Mann, dachte Katharina zähneknirschend.

»Also von mir aus kannst du bleiben. Aber nur diese eine Nacht.«

»Keine Bange, ich hatte nicht vor, dich länger zu belästigen«, beruhigte sie ihn ein wenig pikiert, schließlich war sie ja keine, vor deren Gestank man sich in Acht nehmen musste. »Das soll auch kein plumper Annäherungsversuch sein. Ich fühle mich heute Nacht ein bisschen unwohl, das verstehst du doch sicher.«

»Jaja, schon gut«, erwiderte er nachlässig, drehte ihr den Rücken zu und griff zum Telefonhörer.

Obwohl es die Höflichkeit verlangte, dass sie jetzt das Zimmer verließ, blieb Katharina sitzen.

Während er wartete, dass die Verbindung zustande kam, drehte er sich um, eine Hand auf der Hörermuschel: »Neugierig sind wir wirklich nicht, was?«

Der unmissverständliche Wink veranlasste sie dazu, aufzustehen. »Schon gut, ich gehe. Ich ziehe mich nur schnell oben um«, versprach sie und trollte sich.

»Ja, hallo, Greta. Du, es ist etwas dazwischengekommen …«

Den Rest verstand Katharina leider nicht. Erleichtert, dass Oliver ihrer Bitte entsprochen hatte, und ebenso erleichtert, dass er nicht mit Moni verabredet gewesen war, schloss sie ihre Wohnung auf, zog sich in Windeseile einen Pyjama an, um die Nacht auf dem Sofa ihres Nachbarn hinter sich zu bringen, sicher war sicher. Die seidene Nachtwäsche, die sie sich für die Hotelrecherche zugelegt hatte, verkniff sie sich in diesem Ausnahmefall.

Nach diesem Schock wollte sie ganz bestimmt nicht allein sein, und den Mut, zu einer ihrer Freundinnen zu gehen, hatte sie jetzt erst recht nicht mehr. So weit ging das Disziplinieren ihrer Angst, das sie sich neuerdings auferlegt hatte, nicht.

Ein ironisches Lächeln flog über ihr Gesicht. Sie hatte Oliver den Abend oder vielmehr die Nacht vermasselt, aber diese Freuden würde er schon wieder nachholen, da war sie ganz sicher. Wer wohl diese Greta war? In ihrem Freundeskreis und in der Nachbarschaft gab es keine Frau mit diesem Namen. Und da Oliver die meiste Zeit bei seinen Tröten verbrachte, erstaunte es sie doch sehr, dass er außer ihr und Moni überhaupt noch ein anderes Weibsbild kannte.

»So, da bin ich«, kündigte sie sich munterer an, als ihr zumute war, nachdem er auf ihr Klopfen die Tür geöffnet hatte. Die Ereignisse des Abends waren ihr schrecklich auf den Magen geschlagen. Unter dem Arm trug sie ihr Kopfkissen, das sie sich vorsorglich mitgebracht hatte, denn sie schlief gern hoch. Mit einem Liebesroman in der anderen Hand betrat sie Olivers Appartement.

»Ich hab dir den Diwan zurechtgemacht«, sagte er.

»Danke, das ist lieb. Apropos, schnarchst du?« Das war wichtig, schließlich war der Wohn- auch gleichzeitig der Schlafbereich. Sein Bett stand hinten an der Wand.

Er verzog abfällig das Gesicht. »Nein, natürlich nicht«, gab er von sich, während er energisch die

Decke seines Bettes zurückschlug und seinen Pyjama hervorzog.

»Prima, wenn doch, hätte ich nämlich noch schnell meine Ohrstöpsel geholt«, informierte sie ihn freundlich und legte sich auf das Liegesofa. »Ich schnarche übrigens auch nicht. Das nur zu deiner Beruhigung. Stört es dich, wenn ich noch lese?«

»Nein.«

»Ich bin noch so aufgeregt, dass ich unmöglich sofort einschlafen kann.« Sie merkte, dass sie nahe daran war, dummes Zeug zu plappern. In Wahrheit war sie nicht nur wegen der vergangenen Ereignisse aufgewühlt, sondern zugegebenermaßen auch ein bisschen, weil sie zusammen mit *ihm* in seiner Wohnung nächtigte. Sie kuschelte sich in die Decke und zog leise seufzend die Stehlampe näher zu sich heran.

Ihr Wohnungsnachbar war wieder einmal äußerst wortkarg und verschwand im Bad. Sehr erfreut, die Nacht mit ihr zu verbringen, schien er wirklich nicht, aber wenn sie ehrlich war, konnte sie es ihm nicht verdenken. Sie schlug das Buch ihrer Lieblingsautorin auf – eines jener Sorte, dessen Titel kein Literaturkritiker freiwillig in den Mund nahm, das jedoch wegging wie warme Semmeln.

Nach einer Weile legte sie das Buch auf den Boden. Es hatte keinen Zweck, sie war unfähig, sich zu konzentrieren. Glücklicherweise kam Oliver endlich zurück, so konnte sie wenigstens versuchen, ihn zu leichter Konversation zu ermutigen. Das Thema *Mord* würde sie tunlichst vermeiden.

Interessiert warf sie einen kurzen Blick in seine Richtung. Der Schlafanzug stand ihm wirklich gut. Das Rascheln der Decke, als er ins Bett stieg, gab Katharina postwendend ein Gefühl von Nähe und Vertrautheit. Er hatte ihr den Rücken zugewandt, was sie einerseits bedauerte, andererseits das Gefühl von Verlegenheit gar nicht erst aufkommen ließ. Sie seufzte. Es war eine gute Idee gewesen, die Nacht bei ihm zu verbringen. Nebenan hätte sie heute kein Auge zugetan. Sie zog ihre Decke bis zum Kinn hoch. »Übrigens, findest du schwarze Bettwäsche etwa schön? Also ich könnte unmöglich in so einer Farbe schlafen. Ich würde glatt Albträume kriegen.«

»Mein Schlaf ist in jeder Bettwäsche, und sei sie noch so absonderlich, ausgezeichnet – sofern man mich schlafen lässt. Und außerdem habe ich die Bettwäsche geschenkt bekommen.«

»Von Greta?«, fragte Katharina spitz. Sie erhielt keine Antwort. Ein Gentleman genießt und schweigt, dachte sie sarkastisch und löschte das Licht.

Sie lauschte. Im Flur und auf der Straße war es völlig ruhig. »Schläfst du schon?«

»Ja.«

Schade, dachte sie. Sie war hellwach und hätte sich gern noch mit ihm unterhalten. »Na gut, dann also gute Nacht.« Man hielt es kaum für möglich. Dieser sensitive Musiker, der er in Wirklichkeit war – da konnte er protestieren, so viel er wollte – schlief selbst dann wie ein Murmeltier, wenn nur wenige Meter unter ihm ein Mord passiert war. So viel also zum neuen sensiblen Männertyp. Dass sie nicht lachte!

Leicht verstimmt lauschte sie seinen regelmäßigen Atemzügen. Sie hatte noch keine Ahnung, was sie anstellen musste, damit sie Luca auf die Schliche kam. Wenn sie sich doch nur getäuscht hätte! Aber was sie gesehen hatte, hatte sie gesehen: den Abtransport einer Leiche. Und zwar der Leiche Sylvias. Schade, eigentlich schien Luca so ein netter Mann zu sein. Aber morgen würde sie die Polizei verständigen. Dann würde man schon sehen.

Ihre Gedanken drehten sich im Kreis, bis sie sich energisch zwang, an etwas anderes zu denken. Heute Nacht würde sie ohnehin keine Lösung finden. Entschlossen drehte sie sich auf die Seite, zog die Decke übers Ohr, und wurde vom Schlaf übermannt.

Gegen halb eins wurde sie wach. Und zwar so wach, dass mit einem Wiedereinschlafen in den nächsten zwei Stunden zu rechnen war, wie sie aus Erfahrung wusste.

Leise, damit sie Oliver nicht störte, stand sie auf, um sich ein Glas Wasser zu holen. Von ihren gelegentlichen Sonntagmorgen-Sektstündchen wusste sie, wo er die Gläser aufbewahrte – was ohnehin keine Schwierigkeit darstellte, denn auch in seiner Küchenecke war lediglich Platz für einen Hochschrank, eine Spüle und einen Vierplattenkochherd.

Sehr zu ihrer Verwunderung lud er sie dann und wann zu einem Glas Sekt ein, in der Regel sonntags nach dem Frühstück oder vor dem Mittagessen. Nur wenn sie ihn einlud, schlug er das meistens aus. Sie hatte keine Ahnung, warum er ihre Wohnung mied.

Zu Beginn hatte sie sich meist nach einer Stunde wieder verabschiedet, später dann die Besuche immer mehr ausgedehnt. Es waren angenehme, entspannte Stunden, die sie mit lebhaftem Plaudern oder angeregten Diskussionen über alles Mögliche verbrachten. Verbracht hatten, wenn sie es recht überlegte, jedenfalls in trauter Zweisamkeit, denn in den letzten Wochen hatte Moni sich regelmäßig zu ihnen gesellt.

Sie grübelte melancholisch, während sie das Glas mit Wasser füllte. Sie wollte es nicht so lange laufen lassen, damit es Oliver nicht störte. Sie nahm einen Schluck und verzog angewidert die Lippen – das Wasser war lauwarm.

Plötzlich hörte sie im Flur ein Geräusch, und ein Schauer rieselte ihr über den Rücken. Auf leisen Sohlen schlich sie zur Tür und bemerkte den Lichtstrahl, der durch die milchige Glasscheibe aus dem Flur in die Wohnung drang. Aha, Luca war zurückgekehrt. Na bitte, wenn das kein Beweis war. So hatte er mittlerweile Zeit genug gehabt, die Leiche im riesigen einsamen Wald zu verbuddeln. Sie nahm einen weiteren Schluck vom warmen Wasser.

»Was, zum Teufel, schleichst du hier herum?«, scholl es plötzlich durch das Zimmer.

»Pst! Schrei doch nicht so«, zischte Katharina. »Luca ist gerade erst nach Hause gekommen.«

Das Licht im Flur erlosch, und das Treppenhaus lag ruhig wie zuvor.

»Na und?«

»Na und?« Sie stellte das halb volle Wasserglas mit vernehmlichem Knall in die Spüle, sodass es schwappte, ging zum Sofa und schlüpfte wieder unter die Decke. Sie zitterte wie Espenlaub. »Das könnte für die Beweisaufnahme sehr wichtig sein. Wie viel Uhr ist es exakt?«

»Kurz nach halb eins. Zeit, zu schlafen«, kam die brummige Antwort.

»Meine Güte, du kannst auch immer nur ans Schlafen denken. Geht dir der Mord denn kein bisschen nahe?«

»Wenn's denn einer war.« Oliver klang so, als entstammte die ganze Angelegenheit ihrer überreizten Fantasie.

»Ja, was denn sonst? Alles spricht dafür. Ach«, seufzte Katharina, »auf dich kann man sich wirklich nicht verlassen.«

»Auf mich kann man sich sehr wohl verlassen, schließlich liegst du jetzt in meinem Zimmer und nervst, anstatt die Nacht in deinem Bett zu verbringen.«

»Jaja, ich bitte um Entschuldigung. Schlaf weiter!«

»Man lässt mich ja nicht.«

»Ich weiß, du Armer. Wird nicht wieder vorkommen.« Ganz sicher nicht. Sie drehte sich unwirsch auf die Seite. Nein, Oliver war kein Mann für sie, so viel stand fest. Und Luca, dieser attraktive Mörder, schon gar nicht.

Mit weit aufgerissenen Augen lag sie da und lauschte mit angehaltenem Atem. Es war völlig still im Haus. Totenstill. Ihr war kalt, trotz der warmen Decke, und auf einmal kroch erneut nackte Angst in ihr hoch. Von Oliver war keine Hilfe zu erwarten. Sie musste vorsichtig sein. Luca war von einem anderen Kaliber als dieser Mann neben ihr, an dessen Herumwälzen sie erkannte, dass er jetzt auch nicht mehr einschlafen konnte. »Übrigens, wenn du willst, besorge ich uns morgen früh die Brötchen.«

»Wenn schon, dann *heute* früh«, murmelte er schlaftrunken.

Sie schlug die Augen zur Zimmerdecke. »Klar doch. Dann könnten wir zusammen frühstücken und uns über den Fall unterhalten«, schlug sie gutnachbarlich vor.

»Ich will nicht essen, sondern schlafen, du Nervensäge.«

»Kannst du ja. Um acht also bei mir. Einverstanden?«

»Von mir aus.«

»Fein. Also, gute Nacht.«

Als Antwort kam ein unverständliches Knurren, aber sie gab sich zufrieden, denn sie war, wie gesagt, jemand, der nichts so leicht übel nahm. Kein Wunder, dass ihr Lieblingsnachbar missmutig war, fuhr es ihr friedfertig durch den Kopf, denn sie hatte sein geregeltes und furchtbar langweiliges Leben durcheinandergebracht, wenn auch nur für eine Nacht.

Um neun fegte der schrille Ton eines altertümlichen Weckers über ihre angegriffenen Nerven hinweg, und ein fester Griff am Oberarm ließ Katharinas Herzschlag zu einem Trommelwirbel werden. Sie fuhr erschrocken hoch. »Au!« Sie rieb sich den Kopf und blinzelte. »Meine Güte, hast du einen harten Schädel.«

»Wem sagst du das«, erklang seine erstaunlich muntere Stimme über ihr. »Was ist mit deiner Frühstückseinladung um acht? Jetzt ist es neun, und du schläfst immer noch.«

»Wieso, welche Einladung?«, fragte sie schlaftrunken und gähnte ausgiebig. Endlich war sie in der Lage, die Augen ganz zu öffnen. Morgens wurde sie erst nach einer Tasse Kaffee richtig wach.

Oliver stand gestiefelt und gespornt in schwarzen Jeans und schwarzem Rollkragenpullover offenkundig völlig ausgeschlafen neben dem Sofa, rieb sich kurz das Kinn und blickte sie aus klaren Augen an.

»Was sagst du? Neun Uhr schon? Verdammt, ich muss mich beeilen. Geh zur Seite!«, befahl sie mit verschlafener Stimme und schlug die Decke zurück. Wusste der Himmel, wie sie das anstellen sollte, aber sie musste sich auf Mörderjagd begeben!

»Das ist doch mal eine freundliche Begrüßung«, gab er zur Antwort, klang dabei jedoch keineswegs beleidigt.

»Ich bin eben nicht Moni oder Greta.« Schnuppernd hob sie die Nase. »Träume ich, oder hast du tatsächlich Kaffee gekocht?«

»Du träumst nicht. Ich dachte, ich warte besser nicht, bis du von allein wach wirst, und hab schon mal Frühstück gemacht.«

»Gute Idee.« Sie schwang die Beine von dem kleinen Sofa und ließ sich wie er an dem hässlichen Nussbaumtisch nieder, dessen zerkratzte Oberfläche ihr durch zwei Sets erspart blieb. Und dann kam es zu einer ihrer Spontanhandlungen, die sie schon mehr als einmal in die Bredouille gebracht hatten, doch wenn es sie überkam, dann konnte nichts und niemand sie stoppen. »Übrigens, wo wir schon miteinander geschlafen haben –«

»Wir haben nicht miteinander geschlafen!«

»Jetzt sei doch nicht schon am frühen Morgen so pingelig!« Sie betrachtete ihn über den Tisch hinweg. Manchmal war Oliver wirklich unverbesserlich. »Also: da wir nun schon einmal die Nacht gemeinsam in einem Raum verbracht haben«, begann sie erneut, »könnten wir uns doch zusammentun.«

»Ich verstehe nicht«, erwiderte er vorsichtig. »Meinst du, wir sollen ein Detektiv-Büro aufmachen, oder was?«

Unwillkürlich musste sie lächeln. »Ich meine, du und ich … Gott, Oliver, du musst doch bemerkt haben, dass ich … na ja, dass ich dich ganz nett finde.«

Er sah sie mit einem kindlichen Blick an, der sie ihren Fehler auf der Stelle bereuen ließ. Na prima, da versuchte sie, dem Mann auf nüchternen Magen zu verstehen zu geben, dass sie sich in ihn verliebt hatte, was er in seinem unterzuckerten

Zustand doch noch gar nicht begreifen würde. Närrischer konnte man die Sache nicht in Angriff nehmen.

Sie kicherte, in einer Art, die es nicht mehr verwunderlich erscheinen ließ, dass das Theater sie abgelehnt hatte. »Entschuldige, ist mir nur so rausgerutscht. Keine Sorge, du sollst mich nicht heiraten.« *Fein, Katharina, weiter so. Jetzt steht er auf, wirft sich dir vor die Füße und macht dir einen Heiratsantrag. Du bist aber auch blöd, also wirklich.*

»Da bin ich aber erleichtert.«

Und das meinte er ernst, wie ihr auf der Stelle bewusst wurde.

»Ich meine, wir sollten uns … aufgrund unserer gegenseitigen Sympathie«, fügte sie vorsichtshalber hinzu, »zusammentun und versuchen, herauszufinden, was da mit Sylvia und Alex abgelaufen ist.«

»Nein, Katharina. Die ganze Sache sollten wir endlich auf sich beruhen lassen. Irgendwann kommt Alex zurück, und möglicherweise auch Sylvia. Oder beide, und die zwei werden ihre Angelegenheiten schön unter sich regeln. Und Luca, da bin ich mir ganz sicher, wird die Sache mit der Leiche schon irgendwie aufklären«, fügte er mit einem Grinsen hinzu.

Er war ja so was von blöd, durchzuckte es sie böse. Er verstand wirklich gar nichts. Doch anstatt mit ihm zu schimpfen, behielt sie ihren Zorn für sich. »Hast recht«, sagte sie seufzend. Obwohl hoffnungslos unbegabt, hatte sie dennoch eine

Neigung zum Schauspielern. Oliver war aber auch so ein typischer Mann, dem konnte man sich vor die Füße werfen, und er merkte es nicht einmal! Oder er hatte es gemerkt und schauspielerte nur besser als sie. Doch ihre Gereiztheit hielt nicht lange, denn sie hatte auf der Stelle einen neuen Plan. Mit neu erwecktem Appetit stürzte sie sich auf das Frühstück.

Sie würde Petra anrufen. Petra war eine gute Freundin. Sie war eine Frau. Eine patente Frau. Klar doch, sie würde ihr helfen.

»Was ist mit einer Runde Sekt?«, bot Oliver an. »Bist du dabei? Moni kommt auch.«

Moni kommt auch, Moni kommt auch … Natürlich kam Moni auch. »Nein, danke, heute hab ich was Besseres vor.«

»Besseres. Soso.«

»Ja, denk an, so etwas gibt's.«

»Dann nicht«, erwiderte er kurz.

Sein Bedauern hielt sich in Grenzen, befand Katharina und wunderte sich, wie wenig sie das momentan tangierte.

16

Nach dem Frühstück verabschiedete sie sich rasch von Oliver, der als Zukünftiger für sie endgültig gestorben war. Sie eilte in ihre Wohnung, und ohne sich zu duschen, rief sie ihre Freundin an.

»Hallo Petra, gut, dass ich dich gleich erwische. Petra, hör zu!«, begrüßte Katharina sie und begann ohne Umschweife. »Es geht es um etwas sehr Wichtiges.«

»Leg los.«

»Setz dich besser hin«, bat Katharina, »es könnte dich umhauen. Sitzt du?«

»Ja.«

»Also, ich brauche deinen Rat. Es … es geht um einen Mord!« Sie wartete. Petra reagierte wie erwartet.

»Mord!? Wer ist ermordet worden? Etwa dein süßer Musiker?«

»Sylvia ist ermordet worden«, flüsterte Katharina und spürte, dass ihr Puls schneller ging. »Und ich habe einen Verdacht«, flüsterte Katharina immer noch, so als stünde Luca mit gezogenem Messer hinter ihr. Sie erzählte der Freundin alles – angefangen von ihrem Aufenthalt im Hotel –, ohne jedoch auf Details einzugehen. »Kannst du mir einen Rat geben, wie ich weiter vorgehen soll?«

Einen Moment herrschte Stille, dann sagte Petra: »Das kann ich. Hör gut zu. Ich hab einen Cousin, der ist Polizist. Den ruf ich jetzt an, der weiß sicher Rat.«

»Das wäre ja super«, rief Katharina laut. »Oh, Petra, du bist wirklich die Beste.«

»Warten wir's ab«, sagte Petra, und schon war die Leitung unterbrochen.

Seufzend legte Katharina den Hörer auf die Gabel. Wenn es darauf ankam, war auf Petra Verlass, was man von ihrem Nachbarn nicht gerade behaupten konnte. Künstler – und Oliver war ein Künstler, selbst wenn er nicht dieser Ansicht schien – waren eben doch zu nichts Gescheitem zu gebrauchen, ihre Mutter hatte ganz recht mit dieser Einstellung. Mit ihr hatte Katharina natürlich über Oliver gesprochen. Kathrin hatte nur den Kopf geschüttelt und ihrer Tochter geraten, ihre Energien auf andere Männer zu verwenden.

Auf dem Weg zur Dusche blickte sie kurz aus dem Fenster. Daniels Kastenwagen stand am Straßenrand – hoffentlich auch dann noch, wenn der Polizisten-Cousin hier antanzte.

Sie duschte und zog sich an. Eine halbe Stunde später erschien Petra unten vor dem Eingang. Katharina hatte sich die ganze Zeit aus dem Fenster gelehnt, und ihr fiel ein Stein vom Herzen. Petra war das, was man gemeinhin ein »Vollblutweib« nannte: mollig, mit umwerfenden Kurven, die sie geschickt betonte, und die Acht-Zentimeter-Absätze souverän beherrschend.

Katharina riss die Tür auf, rannte hinunter und umarmte Petra stürmisch. Mit ihren dreiunddreißig Jahren wirkte die Freundin wie Anfang zwanzig. Ihre zerzauste Frisur, der man nicht ansah, dass sie sie stets selbst schnitt – mit einer Nagelschere –, umrahmte perfekt ihr weiches, rundliches Gesicht. Ihre hellblauen Augen strahlten.

»Meinen Cousin hab ich angerufen, er ist auf dem Weg hierher. Also, jetzt erzähl noch mal von Anfang an.«

Und das tat Katharina oben dann auch. Sie ließ nichts aus. Die entsetzten Augen der Freundin versöhnten sie mit Olivers Reaktion, der sich selbst als die größte Enttäuschung herausgestellt hatte. Wenigstens Petra nahm sie ernst.

Doch der Schein trog.

»Und? Ist das alles?« Petra schüttelte langsam den Kopf. »Sicher, du schilderst es so, dass es grauenvoll klingt, aber vielleicht entspringt tatsächlich alles nur deiner Fantasie.«

»Petra!«

»Vielleicht war doch alles nur … ein Versehen«, gab ihre Freundin zu bedenken.

»Ein Versehen?« Katharina war erbittert, dass selbst ihre beste Freundin an ihr zweifelte. »Weißt du, er ist so widersprüchlich! Einerseits kann er wunderbar sein, andererseits hab ich das Gefühl, dass bei ihm was faul ist. Ich rieche es zehn Meilen gegen den Wind, wenn jemand Steck am Drecken … Dreck am Stecken hat. Er hatte alle Zeit der Welt, die …«, das Wort »Leiche« bekam sie einfach nicht über die Lippen, »Sylvia zu verbuddeln. Außerdem kam er erst sehr spät wieder zurück.«

»Vielleicht hatte er sich ja mit einer Frau getroffen?«

»Ja, klar. Und mit ihr ein Schäferstündchen auf dem Teppich draußen im finsteren Tann verbracht. Bei Eiseskälte. Ich bitte dich!«

»Es war zwar nicht sehr warm, aber bestimmt auch keine Eiseskälte.«

Katharina blickte ihr Gegenüber wortlos an, sodass selbst Petra, die manchmal ziemlich naiv war, verstand, was sie von ihr in diesem Moment hielt. Dann goss sie Wasser in die Gläser und trank ihres in einem Zug leer, bevor sie begann, die Nacht mit Oliver zu schildern.

»... Und er findet es nicht nötig, auch nur den kleinen Finger zu rühren, um der Sache auf die Spur zu kommen. Ich bin richtig enttäuscht von ihm«, beendete sie den Bericht. Und ich bin nicht nur von ihm enttäuscht, sondern auch von dir, liebe Freundin, dachte sie angesichts Petras fehlendem Enthusiasmus, was die kriminalistische Seite dieser Angelegenheit anging.

»Du hast die ganze Nacht mit ihm verbracht, ohne dass etwas passiert ist?« Petra schien fassungslos.

Katharina verdrehte die Augen. »Du hast aber auch immer nur das Eine im Sinn.«

»Stimmt«, entgegnete die Freundin ungerührt. »Vor allem, wenn ich an Oliver denke. Dass du ihn dir immer noch nicht an Land gezogen hast, kann ich einfach nicht verstehen. So eine Nacht ist doch *die* Gelegenheit.«

»Die ich auch nicht einfach so habe vorübergehen lassen«, erklärte Katharina mit erhobenem Finger. »Genauer gesagt, hab ich meinen Angriff auf den heutigen Morgen verschoben, denn gestern Abend war ich nicht in der Stimmung für so was.«

»Toll, erzähle!«

»Also, toll war es nicht.« Katharina seufzte. »Und ich bin nicht sicher, ob ich es nicht hätte bleiben lassen sollen – aber egal, es hat die Sache in gewisser Weise geklärt. Ich hab ihm also vor dem Frühstück kundgetan, dass ich ihn ganz nett fände, und regte an, dass er und ich uns eigentlich zusammentun könnten.«

»Was?«, prustete Petra mit einer Mischung aus Erstaunen und Heiterkeit. »Du hast gesagt, du fändest ihn *nett*? Das klingt aber wirklich hinreißend«, spöttelte sie.

»Na ja, es mag Menschen geben, denen eine Liebeserklärung flüssiger über die Lippen kommt«, gab Katharina zu. »Er führte sich denn auch auf, als hätte ich ihm gesagt, ich sei von ihm schwanger. Ich hab grade noch mal so die Kurve gekriegt, sodass er mich nicht aus der Wohnung geschmissen hat. Mit dem bin ich durch, aber so was von«, erklärte sie mit dumpfer Stimme.

Endlich erklang die ersehnte Türklingel. Katharina öffnete und spürte, dass ihre Beine zu zittern anfingen. Helmut Gernstl war ein blonder Riese, dessen gutmütiger Gesichtsausdruck mit den babyblauen Augen, die genauso leuchteten wie Petras, in Katharina kurzfristig Bedenken auslöste, ob er der Aufgabe, es mit einem Mörder aufzunehmen, gewachsen war. Sie und Petra konnten ihm bei der Festnahme keine große Hilfe sein, selbst wenn es zu Katharinas Prinzipien gehörte, sich den eigenen Ängsten zu stellen.

Doch gleich mit den ersten Fragen, die er an sie richtete, verflüchtigten sich diese Sorgen; er würde es mit jedem aufzunehmen wissen, das stand fest. Er hatte Verstand, besaß ein unerschütterliches Selbstvertrauen und schien zudem gut trainiert zu sein, wie Katharina mit fachmännischem Blick feststellte. Sein sanftes Gesicht täuschte darüber hinweg, dass er sich in riskanten Situationen gewiss zu wehren wüsste – ein Pluspunkt, ohne Zweifel.

Katharina schilderte ihre Beobachtungen und ließ auch die Geschichte vom Verschwinden des Ehepaares nicht aus. Helmut Gernstl entschied, zunächst allein mit Luca zu sprechen. Es war besser, Katharina außen vor zu lassen – sicher war sicher. Dann verließ er Petra und Katharina und ging hinunter.

Die beiden Frauen warteten währenddessen oben in der Wohnung auf das Ergebnis seiner Ermittlungen. Das Fenster hatten sie weit geöffnet, um zumindest die Vorgänge draußen mitverfolgen zu können.

Tatsächlich erschienen die beiden nur wenige Minuten später auf der Straße. Luca stieg in den Kastenwagen, während Helmut Gernstl seinen unauffälligen Golf links liegen ließ und zu dem Verdächtigten in den Wagen stieg.

Aufatmend ließen sich die Freundinnen zurück in die Sofapolster sinken.

»Gib mir einen Schnaps, ich glaub, mir wird schlecht«, krächzte Petra mit heiserer Stimme.

Katharina goss ihr einen Blutwurz ein, jenen herben Kräuterschnaps, den sie für Notfälle stets parat hatte. Es gab selten derart schwerwiegende Gründe, dass sie zu dem herben Kräuterschnaps griff – doch dieser hier gehörte wahrlich dazu. »Aber nur einen, du weißt, dass du keinen Alkohol verträgst. Ich müsste dich sonst nach Hause tragen, und dazu werde ich nach der Identifizierung wirklich nicht mehr in der Lage sein. Und Helmut wird keine Zeit haben, sich um dich zu kümmern«, prophezeite sie düster. »Am besten wäre es, du bliebst bis morgen bei mir, falls dein Cousin ihn nicht sofort überführen kann. Zu meiner Sicherheit. Der Mann riecht es doch meilenweit, dass ich ihn verraten habe.«

Petra schüttelte energisch den Kopf. »Ausgeschlossen. Ich bleib doch nicht im Haus eines Mörders!«

»Na, du bist mir ja vielleicht eine Freundin. Hast du denn gar kein Mitgefühl?«

Petra, deren soziales Empfinden ebenso stark entwickelt war wie das einer Plastiktüte, murmelte eine halbherzige Entschuldigung.

»Ich will ja nicht hoffen, dass der Kerl das Haus noch einmal betritt. Zumindest nicht ohne Polizeischutz«, stieß Katharina hervor.

»Sicher nicht, und wenn doch, hättest du immerhin noch deinen Oliver.«

Katharina verzog geringschätzig die Mundwinkel. »*Mein* Oliver ist eine ebenso große Hilfe wie Kater Braun.«

»Er ist schließlich Instrumentenbauer und kein Detektiv.« Petra hob einen Finger, nachdem sie das Schnapsglas in einem Zug geleert hatte. »Holzblasinstrumentenbauer! Seine Fähigkeiten liegen auf ganz anderen Gebieten, mehr auf … ach, ich weiß auch nicht.« Ihre Augen bekamen einen verträumten Glanz. »Jedenfalls ist dein Oliver ein göttlicher Sahnebonbon unter lauter sauren Drops. Ich glaube, jetzt, da du ihn aufgegeben hast, sollte ich mich vielleicht einmal um ihn kümmern.«

Katharina fuhr sich durch die Haare. »Ach, Petra, kannst du nicht einmal an was anderes denken? Außerdem ist Moni schon mit mir auf Kriegspfad.«

»Ich mein ja nur.« Petra schnappte sich den Blutwurz und füllte erneut ihr Glas.

Katharina lehnte sich mit geschlossenen Augen zurück und zog die angewinkelten Beine zu sich heran. »Ich wünschte, die ganze Sache wäre schon überstanden.«

»Und ich erst«, stimmte Petra ihr aus vollem Herzen zu. »Lass uns den Fernseher anmachen. Wer weiß, wann Helmut zurückkommt.«

Ohne rechte Begeisterung zappten sie von einem Programm zum nächsten und einigten sich schließlich auf einen heiteren Liebesfilm, der sie einigermaßen ablenkte. Kurz vor eins erklang endlich die sehnlich erwartete Türklingel.

»Oh, da sind sie.« Petra schaute verängstigt zur Tür.

»Da liegst du falsch. Das ist dein Sahnebonbon – ich erkenne ihn am Schritt.« Katharina stand auf und öffnete die Tür. Sie hatte sich nicht verhört.

»Hallo zusammen. Ich wollte nur wissen, ob der Mörder bereits gefasst ist«, erklang die muntere Stimme des Mannes, mit dem sie die vorherige Nacht verbracht hatte.

Katharina drehte sich wortlos um, setzte sich wieder neben Petra und bemerkte, dass diese sich lasziv durch die Haare fuhr, während sie Oliver einen seelenvollen Blick zuwarf. Petra war offenbar tatsächlich in Oliver verknallt, schoss es Katharina durch den Kopf, und sie wusste nicht, ob sie das so gut fand, wo sie doch gerade den Entschluss gefasst hatte, ihm zu entsagen. »Du brauchst gar nicht so ironisch daherzukommen. Unser Kommissar, der sich im Gegensatz zu dir für den Fall sehr interessiert, befindet sich noch im Einsatz.«

»Interessant. Hast du also einen Dummen gefunden?« Ohne Katharinas Einladung abzuwarten, ließ Oliver sich in den Sessel dem Fenster gegenüber fallen.

»Jawohl. Sogar einen echten Kommissar.«

Genau in diesem Moment klingelte es erneut. Alarmiert hob Katharina den Kopf. »Sie sind da!«

»Mach auf«, befahl Petra kreidebleich.

»Ich kann nicht.« Katharina spürte, wie sich ihr ganzer Körper verkrampfte. Sie suchte Olivers

Blick. Der Nachbar sah sie mit neugierigem Interesse an, in dem jedoch kaum unterdrückte Heiterkeit lauerte. »Bitte öffne du«, flehte sie.

»Aber sicher doch.« Die Heiterkeit in seinen Augen schlug sich in seiner Stimme nieder, wie Katharina beinahe dankbar bemerkte. Wenn er so war, normalisierten sich selbst Momente scheinbar höchster Gefahr.

Schwungvoll öffnete Oliver die Wohnungstür.

Katharina, die nicht wusste, ob sie erleichtert oder enttäuscht sein sollte, sah, dass Helmut Gernstl allein war. Bei seinem Anblick hielt es sie nicht mehr auf dem Sofa: »Das ging aber schnell. Was ist mit Sylvia? Haben Sie sie gefunden? Und wo ist Luca? Haben Sie ihn auf der Wache abgeliefert?« Aufgeregt strich sie sich die Mähne aus dem Gesicht.

Das hübsch-harmlose Gesicht des Polizisten war rosig angehaucht, und er lächelte, wie Katharina verwirrt konstatierte.

Er postierte sich mitten im Raum und verschränkte die Arme vor der Brust. »Ihr seid mir vielleicht zwei Hobby-Detektivinnen.« In seiner Stimme schwang nicht das geringste Zeichen von Erregung.

»Was soll das heißen?« Katharina räusperte sich. Es schien nicht so, als hätte es eine Leiche gegeben. Das Zimmer schwankte leicht. Das würde bedeuten, dass sie sich als der größte Depp der Nation herausgestellt hätte. Oder dass Luca noch cleverer war, als sie alle dachten. »Wie … was ist mit Sylvia?«

»Zumindest steckt sie nicht in dem Teppich.« Helmut Gernstl machte eine Pause.

Katharina spürte, wie ihre Spannung aufs Unerträglichste anstieg. Die Leiche steckte nicht im Teppich! »Wo ist sie dann?« Sie hatte es doch geahnt. Luca hatte den Vorsprung kaltblütig genutzt, um Sylvia zu verbuddeln. Er war schließlich kein Trottel und wartete, bis die Polizei anrückte.

»Keine Ahnung. Der Mopp, der aus dem Teppich rausschaute, hatte zumindest keinerlei Ähnlichkeit mit dem Kopf bzw. den Haaren einer Leiche.«

»Mopp?«, wiederholte Katharina konfus. Sie verstand kein Wort. Irgendwie reagierten alle anders, als man in einem Mordfall annehmen sollte. »Haben Sie überhaupt nicht nach der Leiche gesucht?«

»Helmut, setz dich doch erst mal hin«, mischte sich Petra ein, »und dann erzähl der Reihe nach.«

»Da gibt's nicht viel zu erzählen«, gab er zurück, ohne auf den freundlichen Vorschlag seiner Cousine einzugehen. »Die Haare, die deine Freundin als die ihrer Nachbarin erkannt haben will, waren aus Wolle. Das, was aus dem Teppich herausschaute, war ein schöner weißer Mopp, vielmehr die wolligen Schlaufen eines solchen. Herr Winter hat aufgrund eines Anrufes seines Freundes den Teppich noch am Abend einem Kunden geliefert, der sehnlich darauf wartete. Er hatte tagsüber nur vergessen, das gute Stück auszuliefern. Einschließlich dem Mopp, den der Käufer im Geschäft entdeckt hatte. Einen aus Baumwolle, also eines der alten Modelle, den man gut für seinen wertvollen Parkettboden gebrauchen kann, da der den Holzboden nicht ruiniert, im Gegensatz zu den modernen Wischbezügen. Ich fuhr mit eurem Mörder also zum Kunden, und so klärte sich die ganze Geschichte auf.«

»Das gibt's doch nicht!«, schrie Katharina mit lauter Stimme, nahezu hysterisch, um das schallende Gelächter zu übertönen, in das ihr Nachbar und ihre Freundin ausgebrochen waren.

»Ich gebe zu, wenn man die Dunkelheit und die Entfernung mit einbezieht, könnte man das, was aus dem Teppich herausschaute, möglicherweise mit Menschenhaar verwechseln«, stellte der Polizist in einem Tonfall fest, in dem er wahrscheinlich auch seine Söhne und Töchter – die er mit Sicherheit in großer Zahl besaß – tröstete, wenn ihnen irgendeine närrische Geschichte widerfahren war. »Sofern man über viel Fantasie verfügt«, fügte er augenzwinkernd hinzu.

»Wie Katharina.« Oliver konnte sein unverhohlenes Grinsen nicht verbergen.

»Das kann doch nicht wahr sein!«, brach es aus Katharina heraus. Sie sank aufs Sofa und schlug die eiskalten Hände vors Gesicht.

»Nimm's leicht«, kicherte ihre Freundin, »und freu dich, dass Sylvia noch lebt.«

In diesem Moment war Katharina ehrlicherweise nicht sicher, ob sie nicht doch lieber das Gegenteil vorgezogen hätte.

»Kinder, seid nicht böse, ich muss zurück.« Die Worte Helmut Gernstls erreichten kaum Katharinas Kopf, der sich mit klebrigen Marshmallows angefüllt zu haben schien – zumindest fand in ihm kein vernünftiger Gedanke mehr Platz.

Die Gelackmeierte nahm die Hände vom Gesicht und stand auf. Sie streckte dem Mann, der sein Leben für sie eingesetzt hätte, da war sie ganz sicher, die Hand hin. »Es tut mir wirklich leid, dass es nicht geklappt hat. Und herzlichen Dank, dass Sie mich ernst genommen und die Sache aufgeklärt haben.«

Er bedachte sie mit einem barmherzigen Lächeln und gab zu: »Ich bin eigentlich ganz froh, dass es nicht geklappt hat, um mit Ihren Worten zu sprechen.« Dann wandte er sich an Petra. »Kommst du mit? Ich könnte dich bei dir absetzen.« Er war bereits wieder an der Tür.

Petra stand rasch aus dem Sessel auf und leerte im Stehen das Glas Mineralwasser. »Gern, danke. Ich ruf dich an.« Sie umarmte Katharina kurz und heftig, so, wie es ihre Art war, warf Oliver ein »Pfüat di'!« zu und verschwand hinaus aus dem Zimmer, mit Helmut, der sich mit einem abwesenden »Pfüat Gott« verabschiedete. Wahrscheinlich weilte er in Gedanken schon bei seiner Familie oder bei einem – möglicherweise weiteren – Mordfall.

Einen Moment herrschte friedvolle Ruhe. Katharina schloss die Tür hinter den beiden, wandte sich wieder zum Sofa und ließ sich in die tröstliche Tiefe des cremefarbenen Polsters sinken. Sie nahm das Kissen aus Kelimwolle, das ihre Schwester in kräftigen Farben für sie gewebt hatte, und hielt es sich vor den Bauch. »Jeder, ich schwöre dir, *jeder* hätte das, was ich gestern gesehen habe, für genau das gehalten, wofür ich es gehalten habe – nämlich für den Abtransport einer Leiche«, murmelte sie und wünschte, sie wäre allein in ihrem Bett, allein im Zimmer, allein auf der ganzen Welt. »Meinst du, ich müsste mir eine neue Brille zulegen?«

Zu ihrem Erstaunen stand Oliver, der sich von seinem Heiterkeitsausbruch erholt zu haben schien, vom Sessel auf und setzte sich neben sie. Und zu ihrem noch größeren Erstaunen legte er den Arm um sie und zog sie mit einer Geste, die allerdings ziemlich brüderlich war, zu sich heran. Sie ließ es in diesem Augenblick gern geschehen, denn sie war völlig durcheinander und am Ende ihrer Kräfte.

»Ein Sehtest könnte zumindest nicht schaden.«

»Selbst wenn sich herausstellt, dass ich blind wie ein Maulwurf bin, ist und bleibt Sylvia verschwunden. Und Alex auch«, meldete sich ein Rest von Trotz in ihr.

»Oder Sylvia badet irgendwo an der Adria, und Alex erholt sich von dem Drachen«, gab er mit sanfter Stimme zur Antwort, wobei er ihr den Arm beinahe zärtlich tätschelte.

»Ich wünschte, sie kämen zurück – gesund und munter«, murmelte Katharina.

»Hm, stimmt. Dennoch bleibt uns nur zu warten.«

Dass er »uns« gesagt hatte, freute Katharina, vermittelte es ihr doch das Gefühl, nicht ganz allein auf weiter Flur mit dieser Geschichte zu sein.

»Versuch, die Sache zu vergessen. Wenn dir danach ist«, erneut überzog ein Schmunzeln sein Gesicht, »komm einfach rüber. Onkel Oliver hat immer ein offenes Ohr für die Sorgen seiner Mitmenschen.«

Katharina hob eine Augenbraue. »Wie du letzte Nacht beim Schlafen bewiesen hast«, erwiderte sie spitz.

»Du bist überdreht, deine Nerven sind angespannt. Und deine Fantasie hat, wie schon gesagt, einen Hang zum Morbiden, das solltest du dir abgewöhnen.«

Seine warme Stimme gefiel ihr normalerweise sehr, jetzt provozierte deren allzu beruhigender Klang jedoch Katharinas Widerspruch. »Meine Nerven waren bis gestern keineswegs angespannt. Du tust gerade so, als hätte ich nicht alle Tassen im Schrank, als sei ich ein wenig überkandidelt.« Sie konnte es nicht leiden, wenn man so tat, als sei sie überspannt – aus dem schlichten Grund, weil sie es tatsächlich manchmal war. Das wusste sie, aber das ging niemanden außer sie persönlich etwas an, einen Oliver Waldmüller jedenfalls hatte es nicht zu kümmern.

»Du solltest heute vielleicht einfach ein bisschen früher ins Bett gehen«, murmelte er an ihrem Haar, wobei diese scheinbar zärtliche Geste im Widerspruch zu dem frechen Unterton in seiner Stimme stand.

Sie sog scharf die Luft ein. Am liebsten hätte sie seinen Arm abgeschüttelt, obwohl die Wärme seines Körpers sehr angenehm war; Oliver hatte etwas ungemein Tröstliches an sich, wenn er einmal seine Unnahbarkeit, die ihn bisweilen in ihrer Gegenwart zu umgeben schien, beiseiteließ. »Und wenn ich dir einen Rat geben kann: Geh zu Luca Winter und entschuldige dich. Denn der Mann weiß möglicherweise, wer ihn angeschwärzt hat.«

Katharina fuhr sich mit beiden Händen durch die Haare. »Oh, Himmel. Ich fürchte, das muss ich wirklich. Ich geh gleich und seh, ob er etwas ahnt.«

»Tu das. Also, pfüat di.« Mit diesen knappen Worten verschwand er – wohin auch immer, sie vermutete zu Moni.

17

Sie erwischte Luca, wortwörtlich kalt lächelnd – typisch für ihn – auf der Treppe.

»Ach, schön, dass ich dich treffe, ich wollte gerade zu dir«, begann er.

Katharina seufzte. »Das hab ich mir fast gedacht«, sagte sie leise.

»Fein.«

»Kannst du denn den Laden so einfach verlassen?«, erkundigte sie sich.

»Ich hab das *Geschlossen*-Schildchen an die Tür gehängt. Außerdem ist heute sowieso Sonntag.«

Und ich sollte in die Kirche gehen und Buße tun, dachte Katharina zerknirscht. »Richtig, hab ich beinahe vergessen.« Sie drehte sich um, öffnete die Wohnungstür und ließ ihn eintreten. »Bitte, nimm Platz!«, forderte sie ihn auf und merkte dabei, wie stark ihre Stimme zitterte.

Er setzte sich aufs Sofa direkt unters Fenster, von wo aus sie am gestrigen Abend seinen Abtransport der *Leiche* beobachtet hatte.

»Möchtest du eine Tasse Kaffee?«

»Aber gern, ich hab gestern Nacht wenig geschlafen und bin noch ein wenig müde, da wird mir ein starker Kaffee guttun.«

»Ach ja. Nun, dann werd ich schnell einen kochen.« Sie verdünnisierte sich, doch es hatte keinen

Zweck, er stand wieder vom Sofa auf und folgte ihr in die Küche, wo er mit gekreuzten Armen im Türrahmen stehen blieb.

Schweigend bereitete sie den Filterkaffee zu, schweigend schaute er ihr dabei zu. Sie fühlte sich wie im Spinnennetz gefangen. Und sie hasste Spinnen. Und erst recht, wenn man sie in ihrer jetzigen Verfassung bei ihrem Tun beobachtete. Genauso hatte sie sich bewegt, als sie das erste Mal zur Probe auf einer Bühne agiert hatte – hölzern und ungelenk wie eine jener Roboter-Maschinen-Menschen, wie man sie heute Kindern zum Spielen bot.

Sie wusste mittlerweile, wie er seinen Kaffee trank – mit Büchsenmilch wie sie – und goss kurz darauf das dunkle Gebräu in zwei Becher. Da sie ihn nur ihm zuliebe so stark gemacht hatte, gönnte sie sich zwei Teelöffel Zucker.

Er gab die Tür frei, und sie marschierte an ihm vorbei ins Wohnzimmer. Hatte sie sich schon einmal so gefühlt? Nicht als Kind, das hätte sie behalten. Nein, erst noch vor ein paar Tagen hatte sie sich in einer ähnlichen Zwickmühle befunden – zu viel für ihre Nerven.

Sie setzten sich, immer noch schweigend. »Machen wir's kurz«, begann sie, nachdem sie die Becher auf den Tisch gesetzt hatte. Sie war kein Typ, der erst um den heißen Brei herumreden musste, wenn es kein Auskommen gab. Wie es ihre Art war, begann sie unverzüglich. »Ich entschuldige mich in aller Form, dass ich dich eines Mordes bezichtigt habe.«

Da brach die kühle Fassade, und er schlug mit der Faust auf den Tisch. »Ja, sag mal, bist du denn von allen guten Geistern verlassen! Ich dachte heute Morgen, ich spinne, als der Kommissar mich bat, ihm zu beweisen, dass ich tatsächlich keine Leiche transportiert habe. Also weißt du, ich bin ja mittlerweile einiges von dir gewohnt, aber *das* war jetzt doch die Spitze all deiner Idiotien. Eigentlich, sei mir nicht bös, gehörst du eingewiesen«, schnauzte er so laut, dass sie geneigt war, das Fenster zu schließen.

Katharina blickte kurz in sein Gesicht, das vor Zorn ein leuchtendes Rot aufwies. »Es tut mir leid. Es ist einfach so … Ich habe das Gefühl, dass ich dich nicht richtig kenne, und …«

»Natürlich kennst du mich nicht richtig, ich bin dir Donnerstagabend das erste Mal begegnet – weiß der Teufel, warum überhaupt!«

»Und ich kann auch noch nicht wissen, ob man dir trauen kann, denn dass du ein Kellner bist, das kannst du deiner Großmutter erzählen«, konterte sie. Angriff war noch immer die beste Verteidigung.

»Nein, da hast du recht«, erwiderte er nach einer kurzen Schockpause.

Da, sie hatte ihn schockiert. Na also, hatte ihr Gefühl doch nicht versagt. Sie faltete die Hände im Schoß und blickte ihn erwartungsvoll an. »Ich höre.«

»Ich bin nicht … Also, ich bin kein Kellner mehr. Ich bin in Wahrheit der Juniorchef vom *Seeschlößl*. So, jetzt weißt du's.«

Ihr klappte halb der Mund auf, was ihr keinen intelligenten Gesichtsausdruck bescherte. *Ach du Schande.* Wenn sie diesem Mann jetzt die Wahrheit über ihren Beruf sagen würde, würde er sie erst recht zur Schnecke machen. »Na also! Mein Gefühl sagte mir, du lügst. Da kann man schon mal auf komische Gedanken kommen.«

Er verzog den Mund und schüttelte wortlos den Kopf.

»Warum hast du mir denn diese Geschichte aufgetischt?«

»Keine Ahnung. Ich bin schon zweimal auf eine Frau hereingefallen, die mich wahrscheinlich nur wegen meines Berufs als Hotelchef gemocht hat. Da wird man vorsichtig.«

»Ehrlich gesagt, könnt ich mir schon vorstellen, dass dich manch eine Frau auch einfach mag, weil du ein netter Mann bist.«

Sein Kopf ruckte hoch. »Ach, du findest mich nett?«

Sie wurde tatsächlich rot. »Ich will damit sagen, dass du nett sein kannst, mehr nicht.«

Die beiden schauten sich an … und begannen, schallend zu lachen.

Katharina streckte die Hand aus. »Also, alles vergeben und vergessen?« Einen Moment war sie versucht, ihm doch die Wahrheit über sich zu erzählen, aber dann sah sie davon ab. Sie waren gerade dabei, sich zu versöhnen, das wollte sie sich nicht verscherzen. Nein, sie hatte keine Veranlassung, ihm jetzt reinen Wein einzuschenken. Ganz bestimmt nicht.

Er schlug ein. »Vergeben und vergessen. Allerdings finde ich, ich habe dann bei dir auch was gut.«

Sie nickte. »Jederzeit.«

»Da fällt mir gleich etwas ein«, fuhr er fort.

Jetzt blickte sie ihn geschockt an. »Aber das hatten wir doch schon ...«

»Nicht ganz. Diesmal bitte ich dich einfach nur um Hilfe. Es ist ein bisschen knifflig.«

»Fang einfach an.«

»Also: Am nächsten Wochenende wird meine Oma fünfundachtzig. Die ganze Familie erwartet, dass ich mit Freundin erscheine. Ich hab es noch nicht fertiggebracht, ihnen anzuvertrauen, dass es wieder einmal nichts mit der großen Liebe geworden ist. Und da fiel mein Gedanke auf dich.«

»Was, ausgerechnet auf mich?«

»Ja, seltsam, ich weiß, aber ... jemand anders steht momentan nicht zur Verfügung. Ich möchte dich also bitten, für diesen einen Abend meine Freundin zu spielen.«

Wieder einmal war sie unfähig zu antworten. Dieser Mann war aber auch wirklich ein Unikum.

»Ich weiß, das muss komisch klingen, wenn man gerade erst als Mörder entlastet worden ist. Aber ich versichere dir, bei mir bist du völlig sicher. Ich bin im Grunde ein Harmonie suchender Mensch.«

»Ja, das merkt man«, flunkerte sie, denn dass er durchaus auch eine aufbrausende Seite besaß, hatte sie bereits im Hotelzimmer zu spüren bekommen.

»Nur was Frauen anbelangt, hatte ich bisher noch kein Glück«, gestand er.

»Was sicher nur an den Damen gelegen hat«, warf sie mit sonnigem Lächeln ein.

»Äh … nun, natürlich nicht nur.«

»Ich finde, ich bin dir tatsächlich einen Gefallen schuldig. Also: Ich werde nächstes Wochenende als deine Freundin auftreten. Ich kann gut schauspielern und –«

»Ich weiß.«

»… da wird man mir diese Rolle bestimmt abnehmen«, überging sie seine Worte. »Und weil wir schon so nett beisammensitzen, möchte ich dich für heute Mittag zum Essen einladen. Lass uns in ein Restaurant gehen.«

»Die Einladung nehme ich gern an.«

»Schön, dann sind wir uns also einig«, sagte sie seufzend. Plötzlich überkam sie eine große Müdigkeit. Sie hielt sich die Hand vor den Mund. »Entschuldige, aber auch meine Nacht war ein wenig kurz.«

»Mein Mitleid hält sich in Grenzen«, sagte er mit einem Grinsen.

»Es wird nie wieder vorkommen.«

»Was? Dass du mich bei der Polizei des Mordes bezichtigst, oder dass du nicht wieder gähnen wirst, wenn du mit mir redest?«

»Ersteres. Versprochen.«

»Dann bin ich ja beruhigt.« Er stand auf. »Wann wollen wir los?«

»Ich komme dann um halb eins zu dir runter. Können wir dein Auto nehmen? Das Restaurant ist nicht hier in Kirchdorf, sondern in Waldeck.«

»Kein Problem.« Er verließ ihre Wohnung, und hundemüde fiel sie zurück auf die Couch. Sie kuschelte sich in die Decke, die immer am Fußende der Couch lag, und fiel sofort in einen tiefen Schlaf.

18

Sonntagmorgen wurde Alex bewusst, dass er ein Problem hatte. Gegen neun war er zur Bank gefahren, weil er Theresa zum Essen einladen wollte und er fast kein Bargeld mehr hatte, doch seine Kreditkarte spuckte nicht wie üblich brav den geforderten Betrag aus. Das Konto schien leer. Er ließ sich die Auszüge ausdrucken, und da stand es schwarz auf weiß: Seine sämtlichen Konten waren abgeräumt.

Ihm brach der Schweiß aus. Aufgewühlt fuhr er zurück zum Schifferhaus, Theresa war heute Morgen leider nicht da, sondern bei seinem Konkurrenten. Wie gern hätte er jetzt mit ihr geredet! Er nutzte ihr Telefon und wählte die Nummer seiner Wohnung, doch niemand hob ab. Und da verfluchte er das erste Mal seine Entscheidung, sich kein Handy anzuschaffen, womit er seine holde Noch-Ehefrau möglicherweise hätte erreichen können, ohne dass sie Theresas Nummer erfuhr. Es blieb ihm keine Wahl, er musste nach Kirchdorf in die Wohnung fahren.

Als er seine Wohnung betrat, wurde ihm sofort bewusst, dass diese schon seit geraumer Zeit leer stand. Er sah, dass das Geschirr gespült und ordentlich eingeräumt war. Wenn Sylvia dagewesen wäre, hätte überall in der Küche das schmutzige Geschirr herumgestanden. Er schaute in ihre Kleiderschränke, und ihm wurde klar, dass Sylvia momentan überall sein konnte. Nur hier bei ihm nicht. Anhand der Kleidung hätte er nicht sagen können, ob etwas fehlte, doch ihre Louis-Vuitton-Koffer standen nicht am angestammten Platz – ein deutliches Zeichen dafür, dass seine Frau abgehauen war. Ohne diese Statussymbole war sie ein halber Mensch. Er setzte sich in der Küche auf einen Hocker und überlegte.

Sie war getürmt, kein Zweifel. Mit seinem Geld. Ohne eine Adresse zu hinterlassen. *Mist!* Vielleicht konnte die Nachbarin ihm weiterhelfen. Er verließ die Wohnung und ging die Stufen hinauf zu Katharinas Appartement. Eine Weile, nachdem er geklingelt hatte, öffnete Katharina ihm mit verschlafenem Blick. Aber auch sie konnte ihm nicht helfen, wusste sie doch ebenso wenig, wo Sylvia steckte. Er verabschiedete sich, denn ihm war etwas eingefallen.

Wie er vermutet hatte, lagen in seinem Sekretär die Schlüssel zum Safe, aber nicht etwa in der Schublade, wo ihr eigentlicher Platz war. Er ging zu dem Bild an der Wohnzimmerwand, hinter dem sich der Safe befand, und öffnete ihn. Seine böseste Ahnung hatte ihn nicht getrogen – der Safe, in dem er immer einige tausend Euro aufbewahrt hatte, weil er ungern zum Bankautomaten ging, war leer. Er wollte den Safe bereits schließen, da sah er einen weißen Umschlag, auf dem in ihrer Handschrift *Für Alex* geschrieben stand. Als er das Kuvert öffnete, fielen zwei Hundert-Euro-Scheine heraus. Auf dem beigefügten Zettel stand in Sylvias unordentlicher Schrift:

Lieber Alex!

Du weißt, dass es mit uns keinen Zweck mehr hat. Ich kriege keine Luft mehr neben dir. Ich ersticke in Langeweile. Darum werde ich ein neues Leben beginnen – ohne dich! Bitte leite die Scheidung ein. Wie du dir sicher denken kannst, brauche ich fürs Erste ein wenig Kleingeld. Darum die leeren Konten. Ich weiß ja, dass ich im Fall einer Scheidung keinen Cent von dir erwarten kann, darum bist du mir sicher nicht böse wegen des Geldes. Bis du wieder flüssig bist, hab ich dir zweihundert Euro dagelassen. Du wirst also nicht verhungern. Ich gebe dir beizeiten meine neue Adresse. Sei nicht allzu traurig, du weißt so gut wie ich, dass wir nicht zusammenpassen.
Entschuldige, dass ich es dir nicht ins Gesicht sag, aber du hast dich ja aufgemacht, ohne zu hinterlassen, wohin du gegangen bist. Mach dir keine Sorgen um mich. Alles Gute für dein weiteres Leben.
Sylvia

Er sank auf den Schreibtischstuhl. Sein Kopf war so leer wie seine Konten. Es war tatsächlich aus. Nach und nach spürte er, wie ihm eine Last von den Schultern fiel. Zuerst einmal musste er sehen, dass er tatsächlich an Geld kam. Sein Agent, der für ihn die Bilder verkaufte, würde ihm helfen, denn seine Familie um Geld anzubetteln, verbot sich von selbst.

Einen Moment überfiel ihn das schlechte Gewissen. Er hatte vielen Menschen gegenüber Fehler gemacht, und es war an der Zeit, Abbitte zu leisten. Spätestens beim Geburtstag seiner Mutter – dann, wenn sein Schicksal sich entschieden hatte: für ein Leben mit oder ohne Theres'.

Er atmete tief ein und aus. Zuerst also sein Agent. Er wählte die Nummer, die er auswendig kannte. Anton Zehringer wohnte nicht weit entfernt, und sie verabredeten sich zum Essen im *Klosterbräu* von Waldeck.

Anton, ein drahtiger kleiner Kerl mit vollem schwarzen Haar, dessen Energie reichte, im Umkreis von hundert Metern alle Sicherungen zu sprengen, reichte ihm einen dicken Umschlag mit Bargeld.

»Gleich morgen überweis ich dir die Tantiemen. Ich habe gerade deine Winterbilder verkauft. Nach Amerika! Du bist also nicht gerade arm«, sagte der Agent mit beruhigendem Blick.

Alex atmete auf.

»Du darfst noch nichts auf mein Konto überweisen, vorher muss ich ein neues einrichten, sonst zieht meine geliebte Ehefrau womöglich sofort alles wieder ab«, warnte er. »Ich fahre gleich morgen zur Bank und ruf dich dann an. Und außerdem werd ich mir ein Handy zulegen. Prepaid, ohne Vertrag. Die Nummer geb ich dir ebenfalls morgen.«

»Ha, bist du endlich auf den Geschmack gekommen und lässt zu, dass man dich immer und überall erreichen kann?«, erkundigte sich Anton mit einem Schmunzeln.

»Die Welt zwingt einen ja dazu.« Alex seufzte, steckte das Geld in sein Jackett, und sie aßen, während er erzählte.

»Sei nicht bös, aber ich habe mir von Anfang an gedacht, dass das mit dir und Sylvia nicht gut gehen kann«, Anton und schob sich eine schmackhafte Garnele in den Mund.

»Praktisch jeder hat mir das nach meiner Heirat gesagt«, antwortete Alex schulterzuckend. »Leider hab ich keinem von euch die Gelegenheit gegeben, mich vorher zu warnen.«

»Wir alle zahlen mal Lehrgeld.«

»Bei mir ist es schon ein dicker Batzen. Aber egal, ich war glücklicherweise nicht vollkommen blind und hab einen Ehevertrag aufsetzen lassen, sodass sie bei der Scheidung keinen Cent erhält. Aber sie hat sich selbst ausreichend bedient, dieses Luder.«

»Willst du die Polizei einschalten?«

»Nein. Noch nicht. Ich hoffe, dass sie nicht allzu gierig ist. Vielleicht meldet sie sich ja, und wir können reden, schließlich will sie ja auch die Scheidung.«

»Die Hauptsache ist, dass dich diese ganze Sache nicht bei deiner Arbeit behindert.«

»Bestimmt nicht«, entgegnete Alex finster.

Anton hob sein Glas mit dem Grauburgunder: »Auf dein neues, freies Leben.«

»Auf das Leben.«

Sie prosteten sich zu, und Alex dachte an Theresa. Hoffentlich hatte er bei ihr mehr Glück, und sie entschied sich für ihn. Er gab sich jedenfalls alle Mühe, sie zu überzeugen, dass er die bessere Wahl wäre. Doch Theresa war neutral wie die Schweiz und ließ sich nicht entlocken, wohin der Zeiger zeigte. Er musste sich bis Ende der Woche gedulden.

Nach einer guten Stunde fuhr er mit dem Boot, das ihm, wenn er Theresa besuchte, der Junior vom Hotel bei Bedarf stets zur Verfügung stellte, zurück zum Schifferhaus, wo er sehnsüchtig auf seine Geliebte wartete. Als sie am frühen Abend zurückkehrte, fiel er ihr beinahe in die Arme. »Oh, Theres', ich brauch dich so!«

»Was ist passiert?«, wollte sie wissen und strich ihm über den Kopf, was sein Herz noch mehr schmelzen ließ. Sie hakte sich bei ihm unter und zog ihn ins Wohnzimmer auf die Couch. Und dann berichtete er, was ihm widerfahren war.

»… Jetzt bin ich wahrlich frei für dich. Ich mein, das war ich auch schon vorher«, relativierte er seine Worte. »Aber jetzt hab ich's wenigstens schriftlich. Morgen geh ich zum Anwalt und leite die Scheidung ein. Und ich werde ein neues Konto einrichten, auf das Sylvia keinen Zugriff hat. Und ich wird mir sogar eines dieser Handys zulegen. Ich denk, manchmal sind diese Dinger vielleicht auch ganz nützlich.«

»Eine gute Idee!« Sie strahlte und wollte aufstehen, um das Abendessen vorzubereiten. Doch er hielt sie zurück.

Wenig später fuhren die beiden in das frisch renovierte Restaurant *Zum Postwirt* nach Kirchdorf, das mit hellen Landhausmöbeln ausgestattet war. Nach dem Essen überredete Alex die Dame seines Herzens zu einem Besuch im Tanzcafé, das seit Kurzem im Stil der Sechziger eingerichtet und bei Jung und Alt sehr beliebt war. Getanzt hatte er immer schon gern und beherrschte es somit gut. Und zu Theresas Erstaunen führte er sie so sicher, dass sie, die seit Jahrzehnten nicht mehr getanzt hatte, sich ebenfalls sehr wohl auf dem Parkett fühlte.

»Das war ein wunderschöner Abend. Ich dank dir, Alex«, flüsterte sie an der Tür zu ihrem Schlafzimmer, als sie um elf nach Hause zurückkehrten.

Zeit für einen ordentlichen Kuss, hoffte er, doch da hatte sie sich bereits umgedreht und war in ihrer Schlafkammer verschwunden.

Du warst zu langsam – wieder einmal, dachte er grimmig, doch als er schließlich im Bett lag, ging er noch einmal jede Minute des Tages mit Theresa durch, und da überwogen die glücklichen Momente.

19

Katharina berichtete von ihrer Begegnung mit Alex, als Luca sie abholte, um sich mit ihr auf den Weg zum Restaurant in Waldeck zu machen.

Aufgeregt tigerte Luca durchs Wohnzimmer und warf die Hände in die Höhe. »Und da hast du ihn nicht gefragt, wo er hin ist?«

»Nein, ich dachte doch, er bleibt hier«, rief Katharina ebenso aufgeregt.

»Er ist aber nicht da! Ich hab eben noch bei ihm geschellt.«

»Tut mir leid. Aber vielleicht kreuzt er ja bald wieder hier auf. Warum ist denn das so wichtig für dich?«

Endlich platzte Luca damit heraus, dass Alex sein Onkel sei, und die ganze Familie ihn dringend wegen wichtiger Familienangelegenheiten suchte. »Es geht um Kredite fürs Hotel. Wie du weißt, wollen wir renovieren. Darum hab ich mich sogar in seine Wohnung geschlichen.«

»Also hast du doch den Schlüssel genommen, ich hab's mir doch gedacht«, rief sie.

»Ja, entschuldige. Aber ich wollte dir doch nicht alles über mich und meine Familie verraten.«

»Ich schlage vor, wir sind ab jetzt immer ehrlich zueinander«, sagte sie und nahm sich vor, bei der nächsten passenden Gelegenheit zu beichten, dass sie Journalistin war und sein Hotel ausgekundschaftet hatte. Der Artikel war bereits erschienen und – wie alle bestätigt hatten – sehr gut geworden. Wenn Luca sah, wie wohlwollend und positiv sie sein Haus beurteilt hatte, würde er ihr auch nicht böse sein, dass sie mit dieser Information erst so spät herausgerückt war.

Das Mittagessen beim *Stangl* in Waldeck war delikat und die Stimmung wie immer, wenn sie zusammensaßen: gemütlich, anregend, kurzweilig. Und gelacht hatten sie viel, ohne einen Tropfen Alkohol zu trinken. Na gut, jedenfalls Luca als Fahrer rührte keinen Tropfen an, im Gegensatz zu Katharina.

Sie merkte mit jeder Faser ihres Körpers, dass sie sich immer mehr in ihn verliebte. Er war halt ein Traummann, bei dem man keine Sorge haben musste, dass er etwas Böses im Schilde führte. Wie hatte sie nur so schlecht von ihm denken können? Sie bestellte Wein, dem sie auch begeistert zusprach, denn er löste die Zunge. Mit jedem Schluck merkte sie, dass der Wein sie von ihrer anfänglichen Scheu befreite, die sie überfallen hatte, als sie Luca in der gemütlichen Zirbenholz-Stube gegenübersaß.

Sie hatten sich beide ein wenig fein gemacht und genossen die zurückhaltende Gastfreundschaft des Personals.

Als sie später zurückkehrten, blieb Luca einen Moment vor seiner Tür stehen. »Wenn du magst, könnte ich mit dir morgen vielleicht eine Spritztour mit meinem Motorrad machen«, begann er zögernd. »Ich muss zwar abends um acht wieder zurück im Hotel in Starnberg sein, aber wir hätten ja den ganzen Tag zu unserer Verfügung, da du Urlaub hast und der Laden geschlossen ist.«

Katharina spürte ihr Herz heftig gegen die Rippen pochen. Sie hielt einen Moment inne, ehe sie antwortete. In ihrem Kopf rotierte es, und ihr war ein wenig schwindlig.

»Was ist? Gefällt dir mein Vorschlag nicht? Der Wetterbericht sagt gutes Wetter voraus, sodass keine rutschigen Straßen zu befürchten sind.«

»Das ist es nicht.« Sie zögerte immer noch.

»Aber –?«

»Nichts *aber*. Es erstaunt mich nur, ich meine, ich wundere mich, woher dein plötzliches Interesse kommt.«

Er zwinkerte ihr zu. »Nimm's doch einfach hin. Ich muss dich schließlich besser kennenlernen, bevor ich dich als meine Freundin ausgebe.«

Sie sah die Lachfältchen um seine Augen und schaute schnell wieder zur Seite. »Also, dann gern. Ich hab aber noch nie auf einem Motorrad gesessen.«

»Es wird dir gefallen, und du brauchst keine Angst zu haben, ich bin ein zuverlässiger Fahrer. Ich besitze seit meinem achtzehnten Lebensjahr den Motorradführerschein und hatte noch nie einen Unfall.«

»Ich vertraue dir. Ist Nadine auch mit dir gefahren, ich meine früher?«, rutschte es ihr neugierig heraus. Er hatte ihr brühwarm erzählt, wie er auf seine Ex hereingefallen war.

In seinen Augen blitzte es. »Nicht ein einziges Mal.«

»Nicht?«

»Niemals.«

»Warum nicht?«

Er zuckte die Schultern. »Ich bin lange nicht gefahren. Aber es hätte sie auch nicht interessiert, sie war in keiner Weise sportlich.«

»Ich bin jetzt also deine erste Motorradbraut?«

Wieder erschienen die Lachfältchen um seine Augen. »Das nun nicht gerade, aber es ist doch schon ganz schön lange her, dass ich ein Mädchen hinten drauf hatte.«

»Auf dem Motorrad, meinst du.«

»Auf dem Motorrad. Wo sonst?«

»Natürlich, wo sonst.« Katharina fühlte, wie die Wirkung des Weines sich entfaltete, und hielt sich an der Hausmauer fest. »Ich glaube, ich sollte jetzt besser gehen. Ich möchte ja noch zu meiner Schwester.«

Er ergriff ihre Hand. »Dann bis morgen, Kathi, du schönste meiner Freundinnen.«

Kathi. Er nannte sie Kathi! Wie oft hatte sie sich gewünscht, dass Oliver irgendwann einmal die vertraute Kurzform ihres Namens benutzte. Trotzdem. »Noch sind wir nicht so weit.« Abwehrend wedelte sie in der Luft herum. »Keine vorschnellen Liebesschwüre.« Sie wandte sich zum Gehen.

»Wenn du das für einen Liebesschwur hältst, dann bist du arm dran. Da hab ich Besseres drauf«, raunte er leise hinter ihr.

Sie zog die Schultern hoch, als sein warmer Atem sie am Nacken kitzelte. »Aha.« Wie von unsichtbarer Hand geleitet, drehte sie sich erneut zu ihm. Plötzlich verspürte sie keinerlei Lust mehr, in ihre einsame Wohnung zu gehen.

Es schien ganz so, als hätte Luca sie heute zum ersten Mal richtig gesehen, so, als hätte er ihre burschikose Maske durchschaut, und wäre dem Kern ihres Wesens ein wenig näher gekommen. Ja, es war, als hätte er sie heute wirklich ernst genommen. Schon beim Essen hatte sie es gespürt. Er hatte sie nicht geneckt, wie so häufig, sondern sich ernsthaft über ihre schriftstellerischen Ambitionen mit ihr unterhalten. Sie hatten über ihre Familien gesprochen und gemerkt, wie stark ihr Band zu den Geschwistern und Eltern war.

»Apropos … Bist du gerade dabei, mir den Hof zu machen?« Die Worte waren heraus und nicht mehr zurückzunehmen. Der Mittagswein war schuld daran, dem sie so herzhaft zugesprochen hatte, weil sie sich plötzlich fast gehemmt gefühlt hatte. Nun, diese Hemmungen waren jetzt vorbei.

»Den …« Er hustete leicht. »Den *was*?«

»Den Hof! Ich will wissen, ob du dabei bist, mich zu umwerben.« Sie blickte ihn mit großen Augen an. »So, wie man es früher immer machte, du weißt schon«, endete sie leicht ungeduldig. »Nicht in echt, mein ich, sondern als Probe fürs nächste Wochenende.«

»Vielleicht …«, entgegnete er gedehnt, wobei sich seine Stirn in attraktive Falten legte. »Genauer betrachtet –«

»Das solltest du dir wirklich überlegen«, unterbrach sie ihn energisch, »denn ich bin kein Reh, das du mal so eben zur Strecke bringen kannst. Und scheu bin ich schon gar nicht, wie dir sicherlich bewusst ist. Und Spitzentaschentücher, die man früher dem Galan zu Füßen fallen ließ als Zeichen eines tieferen Interesses an ihm, sind aus der Mode. Leider, muss ich sagen. Ich fand die Idee immer süß. Die Dinger sind zwar wunderschön, vor allem die«, sie stellte den Kopf schräg und fixierte das riesige Matterhorn-Ölbild, das die Wand neben der Flurtür zierte, »aus der Schweiz – oder nein, die mit der Plauener Spitze, handgeklöppelt, die sind noch viel schöner. Ich liebe sie, doch sie sind viel zu umständlich zu bügeln. Hast du jemals Spitzentaschentücher gebügelt? Sicher nicht. Dauert Stunden, langweilige Stunden, die man viel besser für andere Dinge nutzen kann. Ich benutze entweder große Herrentaschentücher oder Papiertücher.« Sie holte tief Luft. »Warum lächelst du?«

»Darf ich dich nicht anlächeln?«

»Doch, darfst du.« Sie schenkte ihm einen letzten Blick, von dem sie nur hoffen konnte, dass er nicht allzu schmachtend ausfiel, sonst käme er möglicherweise auf falsche Gedanken. »Und jetzt pfüat di, schöner Nachbar.«

»Mach's mal gut, schöne Nachbarin«, sagte Luca mit einer Stimme, die ganz ungewohnt klang, und mit einem Ausdruck in den Augen, der selbst eine Frau wie Katharina in Verwirrung stürzen konnte.

Dieser Nachbar benahm sich seit heute Mittag so, dass man selbst als moderne Frau auf den absurden Gedanken kam, es müsste Spaß machen, sich in ihn zu verlieben, und ihm den Hof, oder besser noch, die Hölle heiß zu machen.

»Vergiss nicht, du wolltest dich nachher auf den Weg zu deiner Schwester machen«, fiel ihm noch ein.

»Gut aufgepasst, mein Lieber. Aber vorher muss ich mich ein halbes Stündchen aufs Ohr legen. Der Wein hat mich so müd' gemacht. Pfüat di.« Sie schaute von seinen wundervollen graugrünen Augen hinunter auf seinen Mund mit den vollen Lippen, die den ihren plötzlich so nah waren …

»Mach's gut, Kathi. Bis morgen dann.«

Und ehe sie wusste, wie ihr geschah, hatte er sie geküsst. Sehr sanft zwar, doch keineswegs brüderlich.

»Pfüat di«, brachte sie heiser hervor, doch er war bereits in Daniels Wohnung verschwunden.

Nach dieser umständlichen, konfusen, ja, um nicht zu sagen, närrischen Verabschiedung tappte sie wie auf Wolken hinauf in ihre Wohnung. Dort sank sie mit einem glücklichen Lächeln aufs Bett. Natürlich nicht, ohne die Schuhe und das Kleid – ihr schönstes, das aus karmesinrotem Samt – und die halterlosen Strümpfe, alles Artikel, die sie für ihren kurzen Hotelaufenthalt erstanden hatte, auszuziehen, die sie für dieses Mittagessen angezogen hatte. Die himmlische Unterwäsche aus cremefarbener Seide behielt sie an.

Am Nachmittag, sie hatte sich gerade frisch gemacht, klingelte es an der Tür. Neugierig öffnete sie, Moni stand vor ihr. Sie sah sehr aufgeregt aus, was sie noch hübscher aussehen ließ, stellte Katharina fest.

»Hallo. Darf ich dich kurz stören?«

»Aber sicher«, Katharina war froh, dass sie der Rivalin nicht im zerknitterten Zustand gegenübertreten musste. Neugierig, was Moni mit ihr bereden wollte, ließ sie sie herein.

»Setz dich doch. Möchtest du einen Kaffee?«

Moni setzte sich in den Sessel. »Nein, danke. Ich komme gerade von Oliver. Wir haben Tee zusammen getrunken.«

»Ach so.« Katharina gab sich Mühe, ihre Stimme ausdruckslos klingen zu lassen.

»Ich will's kurz machen«, fuhr Moni fort.

Katharina setzte sich auf die Couch und faltete die Hände im Schoß. »Leg los.«

»Wie du sicher bemerkt hast, sehen Oliver und ich uns in letzter Zeit ziemlich häufig.«

»Hab ich nicht bemerkt«, log Katharina.

»Aber wie du sicherlich genau bemerkt hast, hab ich mich in ihn verliebt. Und ich bin mir sicher, dass auch Oliver mich ganz gern mag.«

»Ich konnte mir denken, dass du so für ihn fühlst«, Katharina lächelte.

»Jedenfalls möcht ich dich fragen, ob … ob du dir auch Hoffnung auf ihn machst«, fuhr Moni tapfer fort. »Wenn ja, lass ich natürlich sofort meine Finger von ihm, denn ihr beide besucht euch ja schon länger regelmäßig. Also, wenn zwischen euch was läuft … dann bin ich raus«, endete sie aufatmend.

Katharina betrachtete die hübsche Frau. Dass es das heute noch gab … Eine Frau ließ einer anderen den Vortritt, weil sie meinte, die hätte ein größeres Anrecht. Sie überlegte, ob sie genauso fair wäre, ersparte sich jedoch die Antwort. Wie seltsam. Gerade heute hatte sie beschlossen, dass die Sache mit Oliver keine »Sache« mehr war, sondern ein verlorenes Spiel.

»Hättest du mich gestern dasselbe gefragt, hätte ich dir vielleicht eine andere Antwort gegeben. Aber mittlerweile hat sich alles geändert. Du kannst diesen Mann gern haben, Moni. Oliver war nie im Entferntesten an mir interessiert. Ich war diejenige, die ihn verfolgt hat.« Sie stand auf und öffnete das Fenster. Tief sog sie die Frühlingsluft ein. Dann drehte sie sich wieder um. »Und ich finde es anständig von dir, mich zu fragen. Also noch mal: Schnapp ihn dir! Ich hab doch längst gemerkt, dass er mit dir ganz anders umgeht als mit mir«, gestand sie.

Moni erhob sich und fiel Katharina um den Hals. »Ach, wie mich das freut! Weißt, ich hab schon manches Mal gedacht, dass da zwischen ihm und mir mehr ist. Aber ich glaub, er braucht einen Anstoß, er scheint ein wenig schüchtern.«

Katharina nickte. »Du musst die Sache selbst in Angriff nehmen. Er ist manchmal ein bisschen schwer von Begriff. Wobei ich glaube, dass das bei dir nicht der Fall ist.«

»Er hat mich für heute Abend zum Essen eingeladen.«

Katharina schluckte. »Na siehst du. Das hat er bei mir nie gemacht«, sagte sie herzlich.

Moni ging zur Tür. »Ich bin ja so aufgeregt!«

»Ich wünsch dir viel Glück.«

»Danke, das kann ich gebrauchen«, Moni lächelte. »Pfüat di, und nochmals lieben Dank für deine Offenheit.«

»Brauchst mir nicht zu danken, alles ist gut.«

Katharina schaute Moni nach, wie sie glücklich die Treppe hinunterschwebte. Aus den beiden würde sicher ein glückliches Paar werden, erkannte sie jetzt. Und die zupackende Moni passte perfekt zu Oliver, der immer in seinem Wolkenkuckucksheim zu leben schien. Als ihr das klar wurde, war ihr auf einmal beinahe leicht ums Herz. Sie überlegte einen Moment, dann ging sie ans Telefon, um ihrer Schwester abzusagen – mit der Begründung, dass sie an ihrem Roman zu arbeiten habe.

Auf ihren Lippen lag ein kleines Lächeln, als sie zehn Minuten später an ihrem PC saß und zu tippen begann. Zum ersten Mal gelang das, worauf sie so lange schon gehofft hatte: Sie musste nicht großartig überlegen, die Sätze strömten wie selbstverständlich aus ihr heraus. Die Geschichte lag so glasklar vor ihrem geistigen Auge, dass sie die Ideen nur noch in Wörter verpacken musste. Sie wusste auf Anhieb, worum es sich bei ihrem Roman drehen sollte: um einen Liebesroman mit kriminellem Flair, war doch klar.

Nach einer halben Stunde hatte sie die ersten kurzen Kapitel zusammengetragen. Ihre Finger flogen nur so über die Tastatur. Sie hatte sich endlich befreit, die Schreibhemmung war vollkommen verflogen.

Sie schrieb bis tief in die Nacht. Erst als ihre Augen vor Müdigkeit zu tränen begannen, fuhr sie den PC herunter. Gott, war sie glücklich!

Am folgenden Montagmorgen öffnete sie weit das Fenster über dem Sofa, bevor sie mit der morgendlichen Übung begann. Wie erfrischend die frische Morgenluft war! *Dreimal hintereinander die Fäuste ballen und sämtliche Muskeln des Körpers anspannen, vom kleinen Zeh bis zur letzten Stirnfalte, einschließlich Bauch und Po, und jeweils bis sieben zählen. Danach auf die Zehen stellen und so hoch recken, dass man an die obere Leiste des Fensters reicht.* – Diesen Tipp hatte sie von ihrer Schwester bekommen, um fit in den Tag zu starten. Okay, diese Übung sollte mit einer zwanzigminütigen Yogaübung komplettiert werden, doch darauf pfiff sie üblicherweise.

Erwartungsvoll zog sie sich an. Obwohl sie nur wenige Stunden Schlaf genossen hatte, war sie topfit. Sie freute sich auf den geplanten Ausflug mit Luca. Wenn nicht er es gewesen wäre, mit dem sie diesen Ausflug unternehmen wollte, so hätte sie viel lieber weiter an ihrem Roman gearbeitet. Doch die Aussicht, Luca umarmen zu dürfen – natürlich völlig ohne Hintergedanken, schließlich würde sie sich auf einem Motorrad befinden – war ziemlich erregend. Allein bei dem Gedanken kribbelte es in ihrem Bauch.

Heute würde sie also zum ersten Mal auf einem Motorrad sitzen, und zwar hinter Luca, was den Reiz noch verstärkte. Sie zog die Lippen nach und ging um zehn hinunter zu seiner Wohnung. Nahezu im selben Moment, als sie klingelte, öffnete er.

»Guten Morgen. Ich wollte dich gerade wecken«, begrüßte er sie gut gelaunt. »Gut geschlafen?«

Sie trat ein. »Danke. Wunderbar, wenn auch ein wenig kurz«, antwortete sie. Das Wohnzimmer war picobello aufgeräumt – im Gegensatz zu ihrem.

»Wieso? Was ist passiert?«

»Nichts – außer dass ich jetzt weiß, wie mein Roman aussehen wird. Ich habe bis fast vier Uhr geschrieben.«

»Respekt, das freut mich für dich. Du hast es verdient, Kathi. Ich hoffe, du fährst trotzdem mit mir.«

»Freilich. Von mir aus können wir sofort los.«

»Nicht, bevor wir dich anständig angezogen haben. Hier, probier die mal!«

Er überreichte Katharina eine Motorradkluft: ein Ungetüm, dessen Farbe sie an ein angebranntes Risotto erinnerte, die lederne Kluft war vom gleichen Sepia-Braun. Niemand würde sie dazu zwingen, diese Zumutung mit ihrem Körper in Berührung zu bringen!

»Niemals«, widersprach sie kategorisch.

»Stell dich sich nicht so an, oder willst du deine Haut in Fetzen vom Asphalt lesen, sollten wir aus irgendeinem Grund – den ich zu vermeiden wissen werde – zu liegen kommen?«

Ja, er konnte einem die grausame Wirklichkeit in anschaulichen Bildern drastisch vor Augen führen, wenn er es darauf anlegte. »Ich denke, du bist ein guter Fahrer?«, stichelte sie spitz.

»Bin ich auch, aber nicht alle sind so gut wie ich. Es gibt immer wieder Deppen, die sich uns Motorradfahrern gegenüber rücksichtslos benehmen. Also los, zieh das an!«

Katharina schmollte kurz, fügte sich aber dann in das Unvermeidliche, auch in den Helm, durch den ihre feinen Haare später sicher wie Pattex am Kopf kleben würden.

Ein paar Minuten später gingen sie hinaus, und Luca gab ihr letzte Anweisungen, als sie auf die Maschine stiegen. »Halt dich schön an mir fest und geh mit in den Kurven, das heißt, lehn dich bloß nicht dagegen. Auch wenn's schwerfällt, Kathi, immer schön mitgehen«, neckte er sie. »Hast du verstanden?«

»Alles klar, Chef.«

»Es wird eine Fahrt ins Blaue. Wird dir sicher gefallen. Lass dich überraschen«, sagte er, setzte seinerseits den Helm auf und startete die Maschine. Das heißt, er versuchte es. »Das gibt's doch nicht«, stöhnte er. »Bis hierher lief sie doch prima.« Ein neuer Versuch, dann röhrte der Motor endlich auf.

Katharina atmete tief durch – es konnte losgehen. Sie war wirklich aufgeregt. Luca fuhr langsam aus der Anliegerstraße hinaus auf die Hauptstraße.

Zum Glück jagte er nicht gleich los, sodass seine Mitfahrerin sich entspannen konnte.

Der Himmel war wolkenlos, und die Berge waren von einer unwirklichen Schönheit. Bäume in sattem Grün beschatteten die Frühlingsblumen in den Vorgärten, in denen die Krokusse und Narzissen noch nicht verblüht waren. Ein perfekter Tag für einen Ausflug, dachte Katharina selig.

Sie hatten kaum den Ort verlassen, da wurde die beschauliche Fahrt durch einen ohrenbetäubenden Knall jäh beendet. Katharina, die der Schreck beinahe vom Motorrad katapultiert hätte, hielt die Luft an. In einer lang gezogenen Rechtskurve kam die Maschine zum Stehen. Die plötzliche Stille wirkte beinahe gespenstig.

»Was ist passiert?«

Luca schob sein Helmvisier hoch und stieß einen nicht wiederzugebenden Fluch aus. »Klang ganz so, als wäre ein Ventil flöten gegangen.«

Katharina, die froh war, mit dem Leben davongekommen zu sein, hatte das Gefühl, dass sich seine Muskeln unter ihren Händen zusammenzogen, sie hatte mit einem Mal jedoch keine Angst mehr. »Und das bedeutet?«

»Nichts Schlimmes. Es bedeutet auf jeden Fall, dass unser Ausflug nicht ganz so endet, wie ich uns das gewünscht hätte.« Luca stieg ab und bedeutete ihr, es ihm gleichzutun. »Wir müssen schieben«, stellte er lapidar fest. »Heimwärts. Das war's dann mit dem Ausflug«, gab er finster von sich.

Er zog den Helm aus, und Katharina tat es ihm nach. Dann wendete er das Motorrad, und schiebend begaben sie sich auf den Rückweg. Zum Glück waren sie noch nicht weit gekommen, doch als Katharina beim Schieben helfen wollte, wies er sie ab.

»Da bleibt uns nachher nur noch das Radl«, sagte er. »Habt ihr welche?«

Katharina, die ebenfalls sehr traurig war, dass aus dem geplanten Ausflug nun nichts werden sollte, nickte erfreut. »Freilich. Im Keller. Das Wetter ist wunderbar, da kenn ich eine prima Rundtour am Fluss entlang«, schlug sie vor.

Luca nickte wortlos. Er schien immer noch enttäuscht. »Und sind die Räder auch in Ordnung? Keine Platten oder etwas in der Art?«, versicherte er sich.

»Nein, keine Sorge, ich fahre oft mit dem Rad, und meine Eltern auch.«

Eine Viertelstunde später erreichten sie das Haus, schoben das Motorrad in den Hof, zogen sich um und schwangen sich auf die Räder, die einwandfrei gewartet waren.

Katharina schlug den Höhenweg in Richtung Waldeck ein, den sie allerdings nicht in Waldeck gleich wieder verlassen wollte. Sie würden dem Fluss auf der Höhe zwanzig Kilometer folgen, dann hinunterfahren und die Brücke bei Hintersölln überqueren. Von dort würden sie zurückradeln, um sich dann hinter der Waldecker Schlinge mit der urigen Fähre, die vor allem die Radler nutzten, wieder hinübersetzen zu lassen und die Höhe hinauf nach Kirchdorf zu fahren.

Die Fahrt war wunderbar, der Weg ohne Höhenanstiege, und die zwei genossen die Zeit unter sich, denn sie waren völlig allein. Die Landschaft glänzte in allen Frühlingsfarben.

Wie gut der sanfte Wind tat! Katharina bedauerte nicht mehr, dass sie ihre Pläne hatten ändern müssen. Vor allem fühlte sie sich ohne die beengende Motorradkluft sehr viel wohler.

»Wir haben zwei Möglichkeiten zum Einkehren. Da wäre das *Radler-Hotel*, das ganz gute Gerichte hat. Aber ich kenne auch einen Kiosk kurz dahinter, da könnten wir Brotzeit machen. Es gibt wunderbare Kuchen, und manchmal sogar Schnitzel. Auf jeden Fall aber Würstl!«, rief Katharina, als sie gegen halb eins Hintersölln verlassen und bereits ein gutes Stück am Fluss entlang zurückgefahren waren.

»Ich bin für Letzteres«, Luca radelte neben ihr her. Auch er schien guter Dinge.

»Fein.« Sie erreichten das Hotel kurz vor der Waldecker Schlinge, und zwei Minuten später waren sie an Theresas Kiosk angelangt. Sie bestellten Wasser und Cola zu Schnitzel und Kuchen und freuten sich, als zwei Plätze am Picknick-Platz frei wurden.

»Entweder fahren wir jetzt weiter am Fluss entlang bis zur nächsten Brücke, aber das sind noch mal insgesamt vierzig Kilometer, oder wir nehmen die Fähre keine Viertelstunde von hier und fahren gemütlich heim. Da haben wir dann nur noch zwanzig.«

»Dann wären wir gegen halb vier wieder zurück«, Luca nickte. »Das würde mir gut passen, dann hätte ich noch Zeit, mich auf das Gespräch heute Abend mit meiner Familie vorzubereiten.« Er fuhr sich mit dem Handrücken über den Mund und trank den letzten Schluck Cola. »Es geht um die Umgestaltung des Hotels. Aber ich schätze, das können wir uns abschminken, wenn Alex nicht aufkreuzt. Allerdings hoffe ich immer noch stark, dass er spätestens am Geburtstag meiner Oma da sein wird«, seufzte er.

Sie standen auf, um die Fahrt fortzusetzen.

Da stutzte Luca. »Entschuldigen Sie, darf ich mir die Miniaturen einmal genauer ansehen?«, fragte er aufgeregt die Kioskbesitzerin, als er die Bilder von Alex entdeckte.

»Aber sicher«, nickte die Dame, keine Geringere als Theresa. »Die sind von einem einheimischen Künstler gemalt und sehr beliebt.«

Luca nahm eines in die Hand. »Alex Jäger, mein Onkel«, rief er begeistert. Er drehte sich zu Katharina um. »Schau doch nur, er verkauft hier seine Bilder!«

Sie trat näher und betrachtete die hübschen Miniaturen, die alle kleine Fluss- und Gebirgslandschaften zeigten.

Luca wandte sich wieder an Theresa. »Bitte, könnten Sie mir sagen, wie ich Herrn Jäger finden könnte? Ich bin auf der Suche nach ihm. Es … geht um eine wichtige Familienangelegenheit.«

»Das tut mir leid, da kann ich ihnen jetzt nicht helfen. Ich könnte höchstens versuchen, ihn später zu erreichen.«

»Könnten Sie ihn nicht per Handy anrufen?«

Sie verneinte. »Der Künstler lebt sehr zurückgezogen.«

»Wer wüsste es nicht besser als ich«, erwiderte Luca. »Wir suchen ihn seit Langem, und es wäre wirklich wichtig, dass er sich einmal bei der Familie meldet«, sagte er eindringlich. »Wenn Sie ihn treffen, könnten Sie ihm das bitte ausrichten? Er muss nur zu Hause anrufen.«

Therese legte die Stirn einen Moment in Falten. »Vielleicht sehe ich ihn heute noch.« Sie schaute auf die Uhr. »Jetzt ist es eins. Kommen Sie in einer Stunde wieder, vielleicht haben Sie dann Glück.«

»Ich hoffe, es klappt«, Luca sah sie hoffnungsvoll an.

»Ich werde sehen, was sich machen lässt.« Mit diesen Worten schloss Theresa ihren Kiosk.

»Sei nicht bös, dass ich das so über deinen Kopf hinweg entschieden hab«, bat Luca, bevor sie die Räder bestiegen. »Aber weißt, es ist halt so wichtig für uns, dass wir mit ihm reden.«

»Kein Problem. Die Stunde kriegen wir schon rum«, erwiderte Katharina.

Später, nachdem sie die Räder stehen gelassen hatten und am Fluss entlang spaziert waren, wobei Luca seiner Begleiterin wie selbstverständlich den Arm um die Schultern gelegt hatte, fuhren sie pünktlich zurück zum Kiosk – wo Alex bereits auf der Bank wartete. Als er sie erblickte, stand er auf und ging auf Luca und Katharina zu.

»Mei, Onkel Alex, dass ich dich treffe, ist wirklich ein Glücksfall. Deine Bilder haben uns dabei geholfen.« Luca umarmte den Onkel herzlich. »Aber erst einmal möchte ich dir meine … Freundin, Katharina Wegner, vorstellen«, sagte er scherzhaft, schließlich wusste er, dass Alex und sie sich längst kannten. Dass sie sich jedoch erst vor Kurzem über den Weg gelaufen waren, ahnte Alex nicht. Katharina bemerkte vergnügt, wie befangen Luca wirkte.

»Ich bin so froh, dass wir dich gefunden haben! Wir alle, das heißt, die Familie, müssen dringend mit dir reden – wegen des Hotels«, beeilte sich Luca zu sagen.

»Ja, es tut mir leid, dass ich mich nicht mehr gemeldet hab, aber es ist zwischenzeitlich so viel geschehen … Ich brauchte erst mal Zeit für mich, um alles zu überdenken«, erwiderte Alex ein wenig verlegen. »Du weißt, wie die Familie einen löchern kann, und da ich selbst noch keine Ahnung hatte, wie ich in Zukunft leben würde …« Er ließ den Satz offen, dann fuhr er fort. »Aber zu Mutters Geburtstag wär ich auf jeden Fall aufgekreuzt – wenn auch ohne mein geliebtes Weib«, fügte er stockend hinzu.

»Oh, es ist aus zwischen euch?«, fragte Katharina erstaunt.

»Ja.«

»Das tut mir leid.«

»Muss es nicht«, kam die kurze Antwort.

»Wo hast du denn gesteckt?«

»Ich … war auf Urlaub.«

»Und wo wohnst du jetzt?«

»In … meinem Refugium.«

»Das niemand kennt außer dir«, Luca grinste. »Ich verstehe. Davon hast du früher immer geträumt. Ich kann mich noch gut daran erinnern, wie du dich früher nach so etwas gesehnt hast. Freut mich für dich, dass es dir gelungen ist, eines zu finden.«

»Nun ja, es kennt auch wirklich niemand außer mir. Meist ist das gut, manchmal aber auch nicht so gut … für die, die nicht wissen, wo ich stecke.«

»Ein Handy würde schon helfen. Und dein Geheimnis wäre trotzdem gewahrt.«

Alex hob die Hand. »Also das hab ich erledigt.« Er zückte sein neu erstandenes Mobiltelefon. »Ist sogar schon eingerichtet, also ich kann sogar schon damit telefonieren«, äußerte er stolz. »Der Mann in dem Geschäft war wirklich nett. Ist ja überhaupt kein Problem. Ich find dieses kleine Teil wirklich ganz praktisch.«

Luca schlug seinem Onkel freundschaftlich auf die Schultern. »Na siehst du. Wenn du dich nur schnellstens mit der Mama in Verbindung setzen würdest. Und vielleicht auch mit Oma. Sie warten alle auf ein Lebenszeichen von dir.«

»Das werd ich noch heute machen, versprochen.«

Nachdem sie noch ein paar Worte gewechselt hatten, verabschiedeten sie sich, und Luca und Katharina machten sich auf den Weg zur Fähre.

Als sie ein wenig verschwitzt, doch bestens gelaunt in Kirchdorf ankamen und die Räder wieder im Keller verstaut hatten, blieb Luca vor seiner

Wohnungstür stehen. Er legte Katharina die Hände auf die Schultern.

»Ich hoffe, Kathi, ich durfte dich als meine Freundin vorstellen?«, fragte er leise und blickte ihr tief in die Augen.

»Durftest du. Ich freu mich für dich und deine Familie, dass du deinen Onkel gefunden hast. Und für uns hier im Haus ist Alex jetzt auch besser erreichbar.«

»Was meinst du, ich erst«, seufzte er. »Ich werde erstmal duschen. Ich danke dir für den schönen Ausflug. Ich finde, den sollten wir unbedingt wiederholen.«

»Nur wenn dein Laden geschlossen hat. Du kannst nicht einfach so zumachen«, scherzte sie. Wie gern sie ihn jetzt geküsst hätte!

»Keine Sorge. Montags ist ja ohnehin immer geschlossen. Ich werd Daniel heute ein paar ausrangierte Sachen aus dem Hotel mitbringen und sie ihm für den Laden stiften. Ansonsten werd ich brav meine Zeit bei ihm absitzen.«

»Dann viel Erfolg heute Abend. Und danke auch dir für den schönen Tag«, offen lächelte sie ihn an.

Er wandte sich um und betrat seine Wohnung.

Glücklich stieg Katharina die Treppen hinauf. Seltsamerweise hatte sie gar keine Lust, Oliver zu sehen.

Verträumt, aber voller guter Ideen verbrachte sie die nächsten Stunden vor dem Computer.

20

Luca betrachtete erfreut seine vollständig versammelte Familie. Auch die Montagssitzung fand nicht drüben im Hotel statt, sondern hier im Wintergarten des Privathauses, der jetzt stimmungsvoll beleuchtet war. Die Fensterläden waren geschlossen, denn es war kühl geworden. Alex war tatsächlich ebenfalls erschienen, sehr zur Freude aller, die ihn herzlich willkommen hießen, erst recht, da er bereits zu Beginn mitgeteilt hatte, dass er im Begriff war, sich von seiner Frau zu trennen.

»Aber eigentlich ist es ganz gut, dass wir deine Sylvia gar nicht erst kennenlernen konnten – da haben wir jetzt auch keine schmerzliche Trennung zu verarbeiten«, kommentierte Sofia, und die Erleichterung war aus ihrer Stimme herauszuhören. »Aber deine nächste Hochzeit wird groß gefeiert, sonst kannst was erleben«, fügte sie hinzu.

»Entweder wird es sehr bald eine geben – und die wird gebührend gefeiert, ich versprech's«, sagte er geheimnisvoll. »Oder es gibt nie mehr eine«, fügte er mit rauer Stimme hinzu.

Erschrocken schaute Sofia ihren Bruder an. »Wie, hast du schon eine neue Braut ins Auge gefasst? Ich muss sagen, das … das wirst du uns doch wohl nicht antun.«

»Eine Neue wär's nicht, aber neu ist sie dennoch. Lasst euch überraschen. In einer Woche weiß ich mehr«, antwortete Alex ernst, und Luca war sehr gespannt, wen sein Onkel aus dem Ärmel zaubern würde.

In der allgemeinen Aufregung begann die Besprechung erst eine halbe Stunde, nachdem sie alle versammelt waren – eine Ausnahme, denn Sofia war immer darauf bedacht, die Versammlung zügig voranzubringen.

Luca begann mit den Ausführungen. »Zusammenfassend wären meine Vorschläge folgende: Vergessen wir den fünften Stern. Lasst uns zügig renovieren, wobei der alte Charme nicht verschwinden soll. Ein bisschen mehr Frische und Leichtigkeit würde uns schon helfen. Hinzu käme, dass wir die Tenne, die schon lange nur als Lagerplatz für Schrott dient, in ein Kinderspielparadies verwandeln könnten, das den Kleinen viel Platz an Regentagen bietet. Im Garten könnten wir ein Baumhaus bauen, mit allem Drum und Dran für die größeren Kinder, und ein kleines Haus für die Jüngsten. Den jetzigen Spielplatz sollten wir von vorn am Café hinter die Tenne verlegen, sodass die Kinder nicht durch den Verkehr gefährdet werden.«

»Aber da ist doch die Obstwiese«, wandte Simon ein.

»Ich weiß. Das soll auch so bleiben. Aber dort könnten wir ruhig die Spielgeräte und ein Trampolin, für das vorne der Platz fehlt, unterbringen. Ich hab noch nicht davon gehört, dass ein Kind von einem heruntergefallenen Apfel erschlagen wurde.«

Alle nickten.

»Also einverstanden«, fuhr Luca fort. »Und dann würde ich vorschlagen, statt eines Außenpools, den ich angesichts unseres Schwimmbads für überflüssig halte, einen Anbau zu errichten. Platz genug hätten wir ja. Diesen sollten wir jedoch nicht hinten am Spielplatz hochziehen, sondern am anderen Ende vom Haus, in dem wir, ich habe das geprüft, fünfzehn neue Einzelzimmer unterbringen können – wobei wir das natürlich noch mal genauer mit dem Architekten besprechen müssen, was die Kosten und die Größe anbelangt. Die alten Zimmer sollten, falls sie in dieser Verteilung erhalten blieben, ebenfalls komplett neu gestaltet werden. Ihr wisst um den Bedarf. Ich finde, Singles sollten nicht mit Gefängniszellen bestraft werden, für die sie auch noch mehr hinblättern müssen als die Bezieher von Doppelzimmern. Eine Alternative wäre, die fünf alten Einzelzimmer den Doppelzimmern einzuverleiben, sodass diese großzügiger wären. Diese Option ist mein Favorit, und ich würde dann den Anbau so auslegen, dass wir zwanzig Einzelzimmer hätten, großzügige, versteht sich, mit großen Bädern.«

»Wunderbar«, warf Amelie ein, die sich gern stundenlang in der Wanne aalte. Adele nickte zustimmend.

»Und wie ich schon sagte, sollten die Preise angeglichen, das heißt, für Einzelzimmer verringert, werden. In Zukunft soll kein Einzelreisender mehr bezahlen als die Person im Doppelzimmer. Das wäre mein Hauptvorschlag, denn wie ihr sicher festgestellt habt, fehlt es uns wahrlich an Einzelzimmern.«

»Und die Mindereinnahmen, die dadurch anfallen?«, gab sich Sofia besorgt.

»Wir erhöhen die Preise für die Suiten. Die sind so weit in Ordnung, da hat sich die Hand des Architekten bezahlt gemacht. Zugleich könnten wir für die vergrößerten Doppelzimmer auch hier ein wenig mehr verlangen. Allerdings sind die Bäder ein bisschen in die Jahre gekommen. Sie sollten ebenfalls exquisiter gestaltet werden, sodass die höheren Preise gerechtfertigt sind.«

Zu seiner Freude war die Resonanz positiv.

»Zum Schluss möchte ich noch einen Vorschlag machen. Er mutet vielleicht seltsam an, weil wir natürlich auch Erfolg mit unserer derzeitigen Strategie haben, aber uns allen liegt doch auch unser Kirchdorf am Herzen. Und wie wir alle feststellen mussten, haben die wenigen Gasthöfe, die noch existieren, arg zu kämpfen. Vor allem die Mittagstische werden längst nicht mehr alle besetzt. Damit nicht noch mehr schließen müssen, da selbst in der Hauptsaison nur noch selten zwanzig Essen mittags verkauft werden, möchte ich euch bitten, zu überlegen, ob wir die Dreiviertel-Pension, die wir im letzten Jahr eingeführt haben, nicht wieder abstellen sollten, und es bei Frühstück und Abendessen belassen. Selbst ob es nötig ist, das Restaurant mittags auf zu behalten, sollten wir uns überlegen, damit den Kollegen in der Umgebung auch hier noch etwas bleibt. Wie ich von den Leuten erfahren hab, würden sie alle gern mittags etwas anbieten, wenn wir ihnen durch unsere Dreiviertel-Pension, die ja sogar Kuchen am Nachmittag mit einschließt, nicht so große Konkurrenz böten. Wir hingegen würden Kosten für das Personal einsparen, hätten keine Probleme mit der Einhaltung der Arbeitszeiten und würden all unsere Energie für ein perfektes Abendessen verwenden und mit unserer Sterne-Küche punkten.«

Es passierte, womit er nicht gerechnet hatte: Auch hier stand man seinen Vorschlägen nicht ablehnend gegenüber, wobei man natürlich noch zahlreiche Aspekte berücksichtigen und spezielle Änderungen besprechen musste, doch im Großen und Ganzen war man sich einig. Und als Alex seine Zustimmung für den benötigten Bankkredit gab, waren alle glücklich.

Sie verweilten noch ein wenig, wobei alle mehr oder weniger aufgeregt durcheinanderredeten, dann verabschiedete man sich.

Es war weit nach zehn, als Luca endlich zufrieden in sein Auto stieg und nach Kirchdorf zurückfuhr. Das kaputte Motorrad würde er dort später abholen lassen. Den Kofferraum hatte er mit altem Geschirr und Silber, das sie nicht mehr nutzten, beladen. Er würde es Daniel überlassen, der ein Faible für Dinge wie altes Silber und Tisch- und Bettwaren aus Leinen hatte.

Anfangs hatte er überlegt, Katharina bereits heute mitzunehmen und als seine neue Freundin vorzustellen. Dann hatte er davon abgesehen, denn möglicherweise wäre der eine oder andere nicht damit einverstanden gewesen, dass er sie, die niemand kannte, bereits zu einer Besprechung mitnahm, die im Grunde nur die Familie etwas anging.

Er war erschöpft, aber glücklich. Wie gut sich alles fügte!

21

Alex war ebenfalls sehr angetan von den neuen Ideen fürs Hotel und hatte gern seine Zustimmung gegeben, sich Geld von der Bank zu leihen. Das Hotel stand auf gesunden Beinen, und er war froh, dass man davon abgesehen hatte, den fünften Stern anzustreben. Der gestrige Abend hatte ihm sehr gutgetan. Endlich einmal wieder im Kreise der Familie zu sein – er hatte es vermisst. Vor einem Jahr hatte er sich nicht getraut, mit Sylvia, der fünfundzwanzig Jahre jüngeren Braut, der kritischen Betrachtung der Familie standzuhalten.

Später hatte Sylvia dann keinen Drang verspürt, seine Familie kennenzulernen. Ihre eigene war zerstritten, und ihr bedeuteten Freunde mehr als Familienmitglieder, die sich »nicht grün waren«, wie sie sich ausdrückte. Wobei sich ihr Freundeskreis auch in Grenzen hielt, wie er festgestellt hatte. Und heute nun war es ihm beinahe eine Herzensangelegenheit, der Familie Theresa vorzustellen, seine große Liebe. Aber dafür würde er sich nur entscheiden, wenn sicher sein konnte, dass er sie als seine neue Braut vorführte. Und so weit waren sie beide noch nicht.

Die ganze Nacht hatte er sich im Bett herumgewälzt und nach einer Lösung gesucht. Heute Morgen nun stand sein Konzept. Er hatte ein gutes

Gefühl. Er würde die Sache forcieren, und dann würde man schon seh'n.

Hastig lief er die Treppe hinunter. In der Woche würde Theresa den Kiosk erst ab zehn öffnen, natürlich wieder nur bis zum Mittag. Aber vorher wollte er noch in aller Ruhe mit ihr frühstücken. Es war halb acht und aus ihrem Zimmer noch kein Laut zu hören, so konnte er das Frühstück bereiten und ihr eine Freude machen. Er pfiff leise vor sich hin, und keine Viertelstunde später war der Tisch gedeckt.

Als hätte Theresa den Kaffee gerochen, erschien sie in der Küche. Sie sah ausgeschlafen aus, und er hatte das Gefühl, als würde sie Tag für Tag schöner. Er platzte vor Ungeduld, dass er beinahe mit der Tür ins Haus gefallen wäre, doch dann besann er sich und gab ihr Zeit, wach zu werden bei einer Tasse Kaffee und der ersten Frühstückssemmel.

»Theres', ich hab ein Attentat auf dich vor.«

Sie schluckte den Bissen hinunter und sagte: »Öha! Und das so früh am Morgen?«

»Es geht nicht anders.« Bedächtig schmierte er sich die Semmel und belegte sie doppelt mit Schinken. Dann nahm er einen Schluck vom Kaffee. Ganz so leicht wie eben noch angenommen gingen ihm die Worte nun doch nicht über die Lippen. »Es ist so – es geht um die Mama. Wie du weißt, hat meine Mutter am nächsten Samstag Geburtstag, und da wollte ich dich bitten, nun ja … könntest du mich nicht begleiten? Ich würde mich furchtbar freuen.« Seine Stimme zitterte mächtig, was ihm ein bisschen peinlich war. Aber er konnte es nun mal nicht ändern – er liebte diese Frau, er wollte sie bei sich haben, und auf diesem Fest würde er ihr einen Heiratsantrag machen.

Sie antwortete nicht sofort. »Und da soll ich mit, nur um deiner Mama eine Freude zu bereiten.«

»Äh … ja. Nein, Unsinn«, rief er bestürzt. »Natürlich nicht nur wegen der Mama. Ich mein, du hättest vielleicht auch Spaß an der Sach'.«

Sie lachte laut auf, und er beruhigte sich wieder. Er war wirklich kein Mann wohlüberlegter Worte. »Also, liebe Theres', würdest du mir nun die Freude machen?«

»Ja, lieber Alex, würd' i.«

»Das hieße allerdings auch, dass wir eine Nacht dort verbringen müssten«, fügte er hinzu. »Denn die Feiern bei unserer Familie dehnen sich oft bis zum Morgen.«

»Wird auch getanzt?«

»Freilich. Und es wird gut gegessen und getrunken. Tanzen allerdings muss nur der, der auch mag. Die Mama ist da nicht so pingelig.«

»Da kann ich natürlich nicht widerstehen«, Theresa lächelte.

Alex' Herz flatterte noch mehr. »Also ist das abgemacht zwischen uns.«

»Abgemacht.«

»Und damit du schon einmal ein bisschen üben kannst, führe ich dich heute ins Tanzcafé.«

»Oh, aber heut ist doch mein Abend mit Michael«, erinnerte sie.

Sein Herz sank in die Kniekehlen. *Wieder nix.* Er hatte aber auch ein Pech! »Das … das ist aber schad. Daran hab ich gar nicht gedacht.«

»Aber vielleicht kann er den Abend tauschen«, schlug sie vor.

»Oder ihn ganz streichen? Was meinst?«, fragte er mit neuer Hoffnung.

Sie lachte lauthals. »Ja, mei. Aber nur ausnahmsweise!«, sagte sie mit erhobenem Finger.

Am Mittag bereitete er wie schon die Tage zuvor eine Brotzeit zu, damit Theres' nicht noch mit der Arbeit beginnen musste, nachdem sie vom Kiosk zurückgekehrt war. In den Abendstunden führte er sie in das angesagte Tanzcafé aus.

Als sie spätabends mit dem Boot zum Schifferhaus zurückkehrten und vor Theresas Schlafzimmertür standen, flüsterte sie: »Das war ein wunderschöner Tag, und ein noch schönerer Abend. I dank dir, Alex.«

»Und er war in nichts mit den Abenden mit deinem Michael zu vergleichen, hab ich recht?«, preschte er vor.

Sie lachte lauthals und küsste ihn rasch auf die Wange, bevor sie in ihrem Zimmer verschwand.

Trotzdem war er sicher, dass er momentan auf der Gewinnerseite stand. Glücklich stieg er hinauf in sein Refugium.

22

Am folgenden Tag – Michaels Tag, den dieser mit Theresa verbringen würde; ein wunderschöner Frühlingstag, viel zu schade für diesen Michael – tat Alex etwas, wofür er sich schämte, aber es ging nicht anders, seine Neugierde war zu groß.

Am Morgen lieh er sich vom Nachbarn am anderen Ende der Halbinsel dessen Boot und befestigte es so am Nachbarsteg von Theresa, dass es von deren Ablegestelle aus nicht einsehbar war. Er konnte nicht anders – er musste unbedingt einen Blick auf seinen Widersacher werfen.

Und so folgte er am Nachmittag, es war bereits halb vier, ihrem Boot in gebührendem Abstand. Er hatte keine Ahnung, wie sein Plan aussehen sollte, sondern wusste lediglich, dass er unbedingt diesen Mann einmal sehen wollte, und sei es nur von der Ferne.

Er vermutete, dass sein Konkurrent Theresa am Parkplatz des Hotels in Empfang nehmen würde, sodass er vorsichtig beim Anlegen sein musste. Entweder würde ihm ein rascher Blick auf den Mann reichen, oder er würde zu seinem Auto sprinten und versuchen, den beiden zu folgen, um zu sehen, wo sie den Nachmittag verbringen würden.

Doch wie groß war sein Erstaunen, als er bemerkte, dass sie statt zum Parkplatz zu gehen die andere Richtung einschlug und in aller Seelenruhe – allein – am Fluss entlangspazierte. So ging es fast eine Stunde.

An einer kleinen Strandbude setzte sie sich hin, um eine Tasse Kaffee zu trinken, er konnte gerade noch hinter einem Busch verschwinden. Er wartete, nach einer halben Stunde kehrte sie um und schlenderte zum Hotel, wo sie sich noch einen Eisbecher genehmigte. Gegen sechs, von Michael keine Spur, kehrte sie mit dem Boot heim. Alex hatte sich kurz vor ihr wieder aufgemacht.

Seine Gedanken überschlugen sich. Hatte sie sich endgültig entschieden? War Michael nur heute außerplanmäßig nicht erschienen? Auf jeden Fall war er nicht böse darüber. Jeder Tag, den sie diesen Mann nicht sah, war ein guter Tag. Übermorgen würde er ihr erneut folgen, so viel stand fest.

Doch auch dieser Nachmittag gestaltete sich ähnlich: Sie ging spazieren, aß Kuchen, genoss einen Kaffee und kehrte danach wieder heim. Michael ward nicht gesehen.

Das bestärkte Alex, zum finalen Coup auszuholen.

Der Samstag kam – ein Tag zum Träumen, lichtdurchflossen und Erfolg versprechend, wie geschaffen für das, was Alex sich vorgenommen hatte: den zweiten Heiratsantrag seines Lebens, rechnete man den missglückten mit, sogar den dritten, über die Lippen zu bringen. Er hatte einen prallen Blumenstrauß gekauft: zartrosa, dick gefüllte

Rosen mit Minze, zu einem prächtigen Strauß gebunden. Minze daher, weil Theresa deren Duft so liebte und Rosen ihre Lieblingsblumen waren.

Die beiden hatten das Frühstück beendet, Alex hatte kaum eine halbe Semmel hinunterbekommen, da bat er sie, schon einmal ins Wohnzimmer zu gehen, er würde den Frühstückstisch abdecken.

Sie fragte nicht, sondern folgte ohne Gegenfrage, und er sprintete in den Schuppen und nahm den Champagner aus dem Kühlschrank. Mit weichen Knien kehrte er zurück zum Schifferhaus und begab sich sogleich ins Wohnzimmer.

Theresa saß auf dem Sofa. Ihre Miene war unergründlich. Ihre Gesichtsfarbe hatte dank der Frühlingssonne bereits eine gesunde Bräune angenommen, die Mandelaugen sahen heute fast schwarz aus. Unter ihren Vorfahren waren gewiss etliche Indianerhäuptlinge gewesen. Es war sehr still, doch er sah davon ab, das Radio einzuschalten. Die Popmusik von heute würde alles verderben, vor allem, wenn seine Liebste immer noch unentschlossen war, für wen sie sich entscheiden sollte, dachte er. Alles im Leben war reine Psychologie.

»Du gestattest?« Er trat ans Fenster, das zum Fluss hinausging, und öffnete es. Draußen übertrafen sich die Vögel in ihrem Konzert. Die beste Untermalung für sein Vorhaben.

Alex goss Champagner in die Gläser, die er schon vor dem Essen aus der Anrichte genommen hatte, und packte den bereitgestellten Rosenstrauß. Am Sofa ergriff er ihre Hand, nachdem er die

Gläser auf dem Tisch abgestellt hatte, und zog Theresa hoch, doch er gab sie nicht frei. Den Blick fest auf ihre Augen gerichtet, hielt er ihr den Strauß entgegen.

»Meine liebe Theres'.« Seine Stimme klang melodiös, befand er, doch ein wenig mehr Festigkeit hätte nicht geschadet. Also räusperte er sich. »Ich … ich weiß, du willst gleich hinüber zu deinem Kiosk, aber ich kann keine Sekunde länger warten.« Er senkte den Kopf und kam ihrem Mund sehr nahe. »Bitte, liebste Theres', würdest du mir die größte Freude meines Lebens bereiten und mich zu deinem Ehemann nehmen?«

So, er hatte die entscheidende Frage gestellt – kurz und knapp, wie ein Mann der Tat. Er hatte alles gegeben, jetzt hing der Rest nur noch von ihr ab.

Mit bangem Herzen wartete er auf eine Reaktion. Was hatte diese Frau für einen unergründlichen Blick! Die Pupillen sollten sich jetzt weiten, das Leuchten in ihren Augen müsste sich zu einem Strahlen vervielfachen. Doch er konnte rein gar nichts erkennen. Sie betrachtete ihn stumm, und er merkte, dass sich auf seiner Stirn kleine Schweißtropfen bildeten.

Endlich erwiderte sie etwas. »Du bist zu früh, des weißt. Der Michael hätt schon noch ein paar Tage …«

Ihre Stimme klang sehr streng, kein guter Anfang. Er nickte nur stumm. »Aber du weißt, heute ist der Geburtstag meiner Mutter, und da … nun ja.«

»Du bist also sicher, dass dieser Heiratsantrag nicht irgendeine Notlösung auf deine alten Tage ist?«

Ihre Stirn war zerfurcht, die Augen glichen denen einer gestrengen Lehrerin, und er kam sich vor wie ein Erstklässler. »Aber Theres'! Ich bitt dich«, rief er. »Meine Ehe war ein Reinfall, aber … aber ich hatte Zeit genug, in diesem einen Jahr zu mir zu kommen. Mit uns wird es gut gehen. Du bist unabhängig, du lässt einem Luft zum Atmen. Bei dir hab ich mich nie eingeengt gefühlt.«

»Und damit es so bleibt, sollten wir auf das Heiraten verzichten, findest' net?«

Die Hand, in der er den Blumenstrauß hielt, war schweißnass, und er wusste, dass dies nicht nur an dem Wasser lag, in dem dieser gestanden hatte, denn die andere, mit der er die von Theresa umklammert hielt, war ebenso feucht. Wie peinlich, fuhr es ihm durch den Kopf. Dann erreichten ihre Worte sein Gehirn, und er schrie auf: »Nein, das finde ich nicht! Ich liebe dich, ich brauche dich, ich bitt dich, sag ja!«

Da tat sie das, was er sich so erhofft hatte. Sie nahm ihm den Blumenstrauß ab, legte ihn auf den Sofatisch und umschlang Alex mit beiden Armen. »Dann sage ich ja«, sagte sie zu seiner grenzenlosen Erleichterung mit feierlicher Stimme. »Hast ja auch lang genug für diese Frage gebraucht«, lachte sie.

»Mei, bin i froh!« Mehr brachte er nicht heraus.

Und dann küssten sie sich, und dann setzten sie sich, und dann redeten sie lange nicht. Zum Schluss zupfte sie einen Zacken aus seiner Krone, indem sie ihn davon unterrichtete, dass sie ihn schlichtweg aus Spaß an der Freud hatte schmoren lassen mit ihrer Antwort.

»Ich wusste doch von Anfang an, dass nur du infrage kommen konntest«, sagte sie mit ihrer tiefen Stimme.

»Und … und das mit dem Michael? Wirst du es auch nicht bedauern?«

Sie kicherte. »Geh, der Michi ist seit Jahrzehnten in den USA, der wird nie wieder herkommen, seine Kinder leben doch alle da. Nein, der war nie ein Konkurrent für dich.«

Fassungslos rückte er ein wenig von ihr ab. »Da … dann war das alles … dann hast du mich einfach auf den Arm genommen?«

»Freilich, ein wenig Strafe musste schließlich sein. Dich hab ich ja nur eine Woche schmoren lassen, während du mich fast ein ganzes Leben hast bangen lassen, du Schuft!«

»Hast recht, ich hab's verdient«, antwortete er schlicht. »Aber um dich ein bisschen zu besänftigen, hab ich was für dich.«

»Da bin ich aber gespannt.«

Doch er war bereits aus der Tür heraus. Er lief die Treppe hoch und holte das Porträt von ihr hervor, das letzte, das er im Renaissance-Stil gemalt hatte und auf das er nicht wenig stolz war, denn es war ihm hervorragend gelungen. Beinahe fünfzehn Farbschichten hatte er benötigt, bis die Farben so schimmerten, wie es ihm vorschwebte, und er sicher war, dass es von einem echten

Renaissance-Künstler nicht zu unterscheiden war.

Als er es ihr entgegenhielt, traten ihr tatsächlich Tränen in die Augen.

Da sie zunächst nichts sagte, sprudelte er hervor: »Ich hatte einfach nicht daran gedacht, es vorher noch einzupacken. Ich wusste doch nicht, ob du Ja sagen würdest«, brachte er hervor.

»Ja, mei, Alex, des Bild'l ist so wundervoll … Ich hab gar nicht gewusst, dass ich so schön sein kann«, sie lachte unter Tränen. »Ich dank dir recht schön dafür. Das ist das wunderbarste Geschenk, das ich je erhalten hab.«

Und dann fiel ihm siedend heiß ein, dass er noch etwas vergessen hatte. Eigentlich das Wichtigste. »Bitte wart, ich hab doch noch etwas für dich.«

Erneut eilte er hinauf in sein Zimmer und nahm den Ring aus der Nachttischschublade, den er bereits gekauft hatte. Es war ein schlichter Diamant – kein kleiner, denn für seine Theres' war ihm das Beste grad gut genug.

Er hatte lange gezögert, denn ein winziger Rest Aberglaube hatte ihn gemahnt, erst die Frage zu stellen und dann den Ring zu kaufen. Aber wie immer hatte ihn seine Ungeduld getrieben; er hatte gebetet, dann war er in den Juwelierladen gestürzt, wo er den Ring im Schaufenster entdeckt hatte. Finanziell war ihm das möglich gewesen, denn sein Agent hatte ihm das Geld von der New-York-Ausstellung auf das neue Konto überwiesen, damit es nicht in Sylvias gierige Hände fallen konnte. Mit seinem neuen Handy hatte er seine

Noch-Ehefrau tatsächlich erreicht, und sie hatte einem Treffen zugestimmt, damit sie die Scheidungsformalitäten besprechen konnten.

Als er Theresa den Ring an den Finger steckte, musste sie tatsächlich weinen, und auch er konnte die Tränen nicht zurückhalten. Glücklich lagen sie sich in den Armen. Und dann entschied sie, dass an einem solchen Tag nicht gearbeitet werden dürfte, und ließ den Kiosk geschlossen.

Sie verbrachten einen zauberhaften Tag miteinander. Am Abend würden sie sich auf den Weg nach Starnberg machen, wo Alex seiner Familie freudestrahlend seine Braut vorstellen wollte.

23

Am Abend vor ihrer Abreise saß Sofia mit Olivia, der Frau von Peters Freund Pepe, auf der von der Sonne noch erhitzten Bank aus Stieleiche unweit des Weingutes der Familie. Ein Plätzchen, was ihnen einen umfassenden Blick auf die grünen Hügel der Toskana erlaubte. Sofia hatte schon viele romantische Morgen- und Abendstimmungen erlebt, doch das, was sie hier und jetzt sah, gehörte wirklich zu den Höhepunkten ihres Lebens. Auch das, was ihr hier an Herzlichkeit und Lebensfreude widerfahren war. Wie gut, dass Paul sanften Druck ausgeübt hatte, ihn hierher zu begleiten.

Das Weingut der Familie, die in der Chianti-Region einen Weinberg bewirtschaftete, war großartig mit seinen zwei geräumigen Wohnhäusern: einem modernen für den älteren Sohn und einem größeren aus Naturstein, das direkt daneben lag und den Rest der Familie beherbergte. Der jüngere Spross, der ebenfalls auf dem Gut arbeitete, wohnte einige Minuten entfernt unterhalb vom Weingut in einem minimalistischen Steinhaus.

Die Familie war groß, wie Sofia es für eine italienische Familie nicht anders erwartet hatte. Da gab es Pepe und Olivia und die Eltern der zwei, neben der Familie des ältesten ihrer beiden Söhne.

Die Frauen saßen einen Moment still beieinander und genossen einen der seltenen ruhigen Momente, kurz bevor sie zu Abend essen würden. Die Geräusche, die die Arbeit auf dem Weingut den ganzen Tag untermalt hatten – fröhliche Klänge spielender Kinder, die scherzhaften Zurufe aller untereinander und die knappen Befehle an die Angestellten – waren verklungen.

Der lichte Nebel, der feenhaft die zahllosen Hügel in ein unwirkliches Licht aus Rosé und Grün tauchte, milderte das abendliche Sonnenlicht, und die leichte Brise, die jetzt einsetzte, ließ die Hitze des Tages vergessen. Nun hatten die Geräusche eingesetzt, die den Abend einläuteten: das Zirpen der Grillen, wundervolles Vogelgezwitscher und das Gebell der Hunde, die die Güter und Bauernhöfe auf den benachbarten Hügelkuppen bewachten.

All das hier sollte Alex einmal malen, dachte Sofia verträumt. Natürlich hatte Paul viele Bilder mit seinem Handy geschossen, oder was auch immer das für ein elektronisches Spielzeug gewesen war. Doch ein gemaltes Bild, das die Abendstimmung einfing, würde ihr schon sehr gefallen. Alex war ein Meister in Sachen Landschaftsmalerei. »Hier kann man wirklich alle Alltagssorgen vergessen«, murmelte sie.

»Manchmal, und auch nur, wenn alle schlafen«, meinte Olivia lachend. »Aber welche Sorgen quälen dich, liebe Freundin?« Vertraulich schlang sie einen Arm um Sofias Schultern.

Olivia war ihr in der kurzen Zeit zu einer echten Freundin geworden, ihr, die im Grunde etwas scheu war, was sie vor Gästen im Hotel natürlich meisterhaft zu verbergen gelernt hatte. Aber das war ja auch kein Wunder, dachte Sofia, so ähnlich, wie sie einander waren: Beide waren sie berufstätige Frauen mit großen Familien, Olivia hatte in etwa die gleiche Größe wie sie, und auch ihr Haar hatte nahezu die gleiche Farbe, nur dass Pauls Frau sie, im Gegensatz zu Sofia, zu einem Knoten geschlungen trug. Olivia besaß ein lebhaftes Temperament, wie alle Angehörigen der Familie, doch ihre Stimme erklang leiser. Dennoch erstarben die Gespräche, wenn sie das Wort ergriff. Trotz der hübschen Stimme hatte die Freundin ihre Familie im Griff, dachte Sofia lächelnd.

Sie wusste nicht, wie Olivia es schaffte, die drei lebhaften Kinder ihres einen Sohnes so unaufgeregt und sanft zu leiten. Ihre eigenen waren viel stiller, von Luca vielleicht abgesehen, und einfach zu erziehen gewesen. Aber natürlich hatte sie die Kleinen tagsüber auch kaum zu Gesicht bekommen, aufgrund der vielen Arbeit im Hotel.

Die besondere Stimmung hier draußen, ihre eigene Entspanntheit und vor allem das liebevolle, Anteil nehmende Wesen Olivias, erlaubten es Sofia, sich freimütig zu öffnen. »Nun ja, neben den geschäftlichen Überlegungen habe ich momentan ehrlicherweise Sorgen mit Paul. Ich möchte es nicht ›Krise‹ nennen, doch ich spüre, dass er mit unserem gegenwärtigen Lebensstil nicht einverstanden ist. Er … er wirkt manchmal richtig traurig. Er möchte, dass ich kürzertrete, dass ich die Arbeit im Hotel ganz meinen Kindern überlasse.«

»Aber das ist doch wundervoll«, gab Olivia zurück. »Das heißt, er möchte deine Nähe genießen und –«

»Er möchte mehr verwöhnt werden«, fiel Sofia ihr trocken ins Wort.

»Nein, nein, nein«, Olivia schüttelte ungewohnt energisch den Kopf. »Ich glaube, da tust du ihm unrecht. Er scheint tatsächlich besorgt um dich zu sein, und er liebt dich, das ist ganz offensichtlich.«

Sofia senkte beschämt den Kopf. »Ach, du hast ja recht. Er ist nicht verwöhnt, und wir lieben uns aufrichtig. Aber ich finde es eben so schwer, von heut auf morgen alles zu ändern. Ich dachte eher an einen Ausstieg peu à peu.«

»Unsinn, meine Liebe. Ich weiß aus eigener Erfahrung, dass es am besten ist, du machst Nägel mit Köpfen. Also bestimme einen Tag, und dann verabschiede dich. Du weißt, unsere Zeit ist begrenzt. Wenn ich daran denke, wie wenig Zeit Pepe und ich all die Jahre miteinander hatten, dann freue ich mich um jede Stunde, die wir gewinnen konnten, nachdem wir das Weingut unseren Kindern übergeben haben.«

»Und wann war das?«

»Vor fünf Jahren. An meinem Sechzigsten habe ich meiner Familie klargemacht, dass mit mir auf dem Weinberg nicht mehr zu rechnen ist. Pepe allerdings möchte noch bis zu seinem Fünfundsechzigsten mitarbeiten. Das wäre nächstes Jahr. Aber wir haben alles den Kindern bereits überschrieben, und ich kann dir gar nicht sagen, was das bewirkt hat. Sie haben sich förmlich in die Arbeit hineingestürzt.«

»Und ist es dir nicht schwergefallen?«

Olivia lachte laut auf. »Du liebe Güte, nein. Ich habe mit der Versorgung meiner Lieben genug zu tun, trotz Marias Hilfe – und die ist ein Arbeitstier, wie du sicher gemerkt hast.«

»Ich kann dich nur bewundern. Allerdings habe ich ja nur meine Eltern zu pflegen. Und sie sind für ihr Alter noch recht rüstig. Aber dennoch benötigen sie dann und wann Hilfe. Unser erstes Enkelkind wird demnächst geboren, da könnte ich meiner Schwiegertochter unter die Arme greifen. Ihre Eltern wohnen in München, wohingegen ich bei ihr um die Ecke lebe. Ich weiß, dass sie sich sehr freuen würde, wenn ich ihr helfen könnte, vor allem in der ersten Zeit, denn wir haben ein gutes Verhältnis zueinander.«

»Und wenn du dennoch Langeweile verspüren solltest, so werden sicherlich auch bei euch viele freiwillige Gemeindehelfer für anstehende Aufgaben gesucht.«

»Oh, gewiss. In unserem Dorf sind vor Kurzem bedauernswerte Flüchtlinge eingetroffen, da könnte ich schon helfen«, sinnierte Sofia.

»Na siehst du. Ich kann dir nur raten: Übergib die Arbeit so rasch wie möglich in die Hände deiner Kinder. Die sind wahrscheinlich froh, wenn sie das Hotel ganz allein leiten dürfen.«

Sofia legte eine Hand auf Olivias Arm. »Wie schön, dass ich einmal mit dir darüber reden konnte. Die Frage quält mich schon so lange, und Paul tut mir manchmal richtig leid, wenn er wieder einmal etwas unternehmen möchte und ich nicht mit ihm gehen kann.«

»Na siehst du«, strahlte die kluge Ratgeberin. »Versprich mir, dass wir in Kontakt bleiben und ihr oder du mich allein öfter besuchen kommt.«

»Das ist fest versprochen. Ich freu mich jetzt schon drauf«, sagte Sofia mit einem ehrlichen Lächeln.

Sie schlenderten hinüber ins Haus und genossen das Abschiedsfest, das die Familie für die beiden ausrichtete.

24

Der Samstag kam, und Katharina war nervös wie noch nie in ihrem Leben. Aufgeregt stand sie vor dem Kleiderschrank, dann entschied sie, den Abend in ihrem schönsten Festgewand aus feiner, blauvioletter Seide zu begehen. Heute musste sie gut schauspielern, denn heute ging es um viel. Sie sollte eine verliebte Freundin spielen – vor versammelter Mannschaft, seiner großen Familie.

Sie seufzte. Gut, die Verliebtheit musste sie nicht spielen. Kein Zweifel, dieser Mann zog sie an wie vor ihm kein Zweiter. Oliver, den sie zwar auch liebgewonnen hatte, erweckte längst nicht die leidenschaftlichen Gefühle in ihr wie Luca. Aber dass sie Lucas Familie ganz sicher Fragen beantworten musste, auf die es nicht immer korrekte Antworten gab, störte sie schon. Sie war seit ein paar Tagen verliebt, doch was hatte sich in der Zeit davor zugetragen? Was wusste sie darüber? Luca winkte jedes Mal ab, wenn sie ihn darauf ansprach. Sie solle eben die Fragen nicht beantworten, sondern einfach immer das Thema wechseln, außerdem sei er ja auch noch da. Zudem würden sie sich einfach verkrümeln, wenn es eng werden würde. Was er damit genau gemeint hatte, wusste sie nicht. Dass sie ihm auch nicht ganz gleichgültig war, hatte sie jedenfalls schon bemerkt. Er hatte ihr bisher mehr bewundernde oder strahlende Blicke geschenkt als Oliver in den ganzen zwei Jahren. Dennoch, sie waren nun mal kein Paar, und es widerstrebte ihr, seiner Familie etwas vorzuspielen.

Um fünf Uhr erreichten sie den familieneigenen Parkplatz hinter dem Hotel.

»Übrigens, wir haben recht nette Ideen, was die Umgestaltung unseres Hauses anbelangt«, sagte er, als er ihr die Autotür öffnete und sie ausstieg.

»Ach ja?« Katharina wollte den Trolley aus dem Kofferraum nehmen, aber er kam ihr zuvor und trug seinen und ihren zum Haus, während sie den Kleidersack nahm, in dem sie ihr Abendkleid verstaut hatte.

Bewundernd schaute sie sich um. »Schön habt ihr's hier!«, rief sie aus. Das Privathaus, was man vom Hotel aus nicht wirklich sehen konnte, war im bayerischen Stil erbaut und mit Blumenkästen geschmückt, in denen Frühlingsblüher ein farbenprächtiges Bild boten. »Und einen wunderschönen Gemüsegarten habt ihr. Wie gepflegt er ist!« Sie trat an den Jägerzaun, der den Gemüsegarten schützte, in dem neben den ersten Frühlingsblumen erste zarte Jungpflanzen zu sehen waren.

»Wart erst mal, bis alles wächst. Meine Oma und mein Opa sind leidenschaftliche Gärtner, wobei beide natürlich nicht mehr so herumspringen können wie früher«, sagte Luca mit einem Lächeln. »Im Juni ist es hier wirklich schön. Oma lässt alles durcheinanderwachsen. Blumen, Salate und Gemüse geraten ihr so gut, dass wir mit dem Ernten kaum nachkommen. Ihr ganzer Stolz sind die Kletterrosen, sie kennt jeden Namen. Ich allerdings kenne nur die weiße Schneewittchenrose«, lachte er. »Oma würde am liebsten den Wintergarten komplett mit ihren Rosen zuwachsen lassen.«

»Und ihr habt Johannisbeerbüsche! Ach, ich liebe Johannisbeeren«, schwärmte Katharina.

»Dann musst du halt zur Ernte kommen, da können wir jede Hand gebrauchen«, lud er sie augenzwinkernd ein, legte den Arm um sie und schob sie durch die offene Haustür. »Hallo, niemand zu Hause?«, rief er durchs Treppenhaus.

»Ach, da seid ihr ja. Wie schön, dass wir endlich deine Freundin kennenlernen«, sagte eine hübsche Frau, die aus der Küche gestürmt kam.

Eindeutig Lucas Frau Mama, dachte Katharina, und ihr Herzschlag beschleunigte sich.

Seine Mutter umarmte ihn stürmisch. »Schön, dass du da bist. Und Sie sind also Lucas Freundin. Seien Sie herzlich willkommen«, strahlte sie Katharina an.

»Ja, Mama, das ist Katharina. Katharina Wegner.«

Er wandte sich an seine Begleiterin. »Schatz, meine Mutter, Sofia Bacher.«

Klang seine Stimme tatsächlich so heiser? Und lag nicht ein Zittern darin?

»Grüß Gott, Frau Bacher. Freut mich ebenfalls sehr, Sie kennenzulernen.« Kein Zweifel, Katharinas Stimme hatte auch nicht ihre normale Tonlage. Doch angesichts der Herzlichkeit von Lucas Mutter verflog ihre Nervosität sehr rasch.

»Ich kann Ihnen gar nicht sagen, wie aufgeregt ich bin. Luca hat ja schon so von Ihnen geschwärmt«, rief die Dame aus. »Ich hoffe nur, Sie fühlen sich heute nicht überfordert, gleich beim ersten Mal von der ganzen Familie überrollt zu werden. Wir sind nämlich viele, müssen Sie wissen, und alle sind schon sehr neugierig auf Sie.«

Sie hielt immer noch Katharinas Hand fest umklammert, und die Jüngere fühlte sich gleich zu der lebhaften Frau hingezogen. »Ich finde es eigentlich ganz praktisch. Alle auf einen Streich, das erleichtert die Sache«, entfuhr es ihr.

Luca zog sie an sich, und Katharina wurde warm ums Herz. »Wo sind die Großeltern? Ich wollte ihnen rasch nur Grüß Gott sagen, ehe wir rübergehen.«

»Die beiden werdet ihr erst heute Abend sehen. Sie haben sich ein wenig hingelegt, und ich will sie nicht stören.«

»Das macht nichts. Um sechs gibt es den Umtrunk drüben im Grünen Salon?«, vergewisserte sich Luca.

»Ja. Punkt sechs. Bitte seid pünktlich«, bat seine Mutter.

»Wer wird denn alles da sein? Sind wir unter uns?«

»Bewahre! Unter uns sind wir nur bis sieben. Dann geht's richtig los. Mama hat alle Freunde und Nachbarn eingeladen. Es wird auf jeden Fall lustig – hoffe ich zumindest«, lachte Sofia.

»Du weißt doch, dass die Feste immer lustig sind, Mama. Und Katharina liebt Überraschungen, gell, Schatz?« Er küsste sie rasch auf die Schläfe, und Katharina wurde noch wärmer zumute.

»Aber jederzeit«, krächzte sie.

»Also, Kinder, geht rüber, ihr habt deine Suite im Turm, du weißt, Luca. Hier im Haus ist alles überfüllt mit Übernachtungsgästen.«

»Äh … die Suite … wunderbar«, antwortete Luca stockend. »Danke, Mama.«

Sofia grinste. »Ich weiß doch, wie es Liebespaaren so geht, und hab gedacht, ihr seid froh, wenn ihr dem familiären Getümmel nach dem Fest entfliehen könnt. Mich entschuldigt jetzt, ich muss nachschauen, ob auch alles angeliefert worden ist. Ich muss gestehen, ich bin ein bisschen nervös.«

»Aber Mama, wie ich Amelie kenne, hat die doch alles perfekt organisiert.«

»Du hast ja recht«, Sofia seufzte. »Aber wenn auch dein Schwesterchen alles bestens organisiert hat, will ich mich rasch vergewissern, dass auch wirklich alles gerichtet ist. Also, Kinder, macht's gut. Wir sehen uns um sechs.« Mit diesen Worten verschwand sie wieder in die Küche.

Luca ergriff das Gepäck, und Katharina folgte ihm hinaus in den Hof. »Tut mir leid. Aber du kennst ja die Suite. Das Bett ist immerhin sehr groß, wie du bereits weißt«, sagte er. Vor ihr eilte er hinüber zum hinteren Eingang ins Hotel, hinein in das Kabuff von Max, durch das man die Eingangshalle betrat.

Max stand bereits hinter dem Tresen. Ein Lächeln ging über sein Gesicht, als er Katharina begrüßte.

»Max, nur noch einmal zu deiner Information«, sagte Luca mit eindringlicher Stimme. »Katharina, also Frau Wegner, ist meine Freundin.«

Max zwinkerte kurz, doch er hatte sich wunderbar unter Kontrolle. »Logisch, weiß ich doch. Sehr erfreut, Sie kennenzulernen ... äh, ich meine, als die Freundin von Herrn Luca«, stotterte er ein wenig verlegen, als Katharina hinzugetreten war, und reichte ihr die Hand.

»Ich freu mich auch, Sie wiederzusehen«, gab Katharina zurück.

»Die Suite ist gerichtet, Luca«, wandte der Portier sich dann wieder an den Juniorchef und reichte ihm den Schlüssel.

Luca nickte und strebte gleich weiter zum Aufzug.

Als sie die Suite betraten, stand er einen Moment lang ein wenig verlegen vor Katharina. »Es ging nicht anders, ich konnte unmöglich sagen, dass du getrennt von mir schlafen wollen würdest. Das hätte meine Mutter nie verstanden«, sagte er kleinlaut.

Katharina musste grinsen. »Schon in Ordnung. Das Bett ist ja wirklich groß genug.«

Er stellte das Gepäck ab und schaute auf die Uhr. »Es ist noch Zeit bis sechs. Du willst dich sicher noch schön machen. Ich m-meine ... noch schöner«, stotterte er und wurde zu Katharinas Entzücken rot. »Du darfst gern zuerst ins Bad.«

»Danke.« Katharina packte die wenigen Sachen, die sie für die Nacht benötigte, aus. Ihr elegantes Dirndl aus Seide hatte die Fahrt dank des

Kleidersacks gut überstanden und war nicht zerknittert. Sie nahm es mit ins Bad, und als sie die riesige Dusche wiedererblickte, konnte sie nicht widerstehen. Sie stellte sich unter den warmen Strahl und freute sich mit einem Mal unbändig auf das Fest.

Ja, sie würde es auf jeden Fall genießen. Zu sehr freute sie sich auf Lucas Familie und die vielen Menschen, die sie kennenlernen würde. Alle Menschen, nun ja, *fast* alle Menschen, hatten etwas Interessantes an sich, Eigenschaften, die sie für ihre Romane nutzen konnte. Es fiel ihr nie schwer, mit anderen ins Gespräch zu kommen. Und dann war da ja auch noch Luca. Wenn er wüsste, dass sie ihn bereits munter in ihrem Roman eingesetzt hatte. Sie durfte gar nicht daran denken! Wahrscheinlich würde er ihr vor Zorn an die Gurgel gehen, dachte sie lächelnd.

Tee, Toast und Kater Braun, so würde der Titel lauten. Ihre Finger waren nur so über die Tasten geflogen. Sie schilderte darin ihre anfängliche Liebe zu Oliver, die erste Begegnung mit Luca, ihren Verdacht, dass es sich bei ihm um einen Mörder handelte – eine Täuschung, wie sich später herausstellen sollte – und natürlich ihre Verliebtheit am Ende des Romans. Das alles beflügelte sie so sehr, dass sie täglich Stunden am PC gesessen hatte, wenn sie auch noch nicht genau wusste, wie der Roman enden würde. Aber das würde schon werden, da war sie ganz sicher.

Aufgeregt und voller Vorfreude sprühte sie Parfüm aufs Haar und tuschte sich die Wimpern. Ein wenig Lippenstift, mehr brauchte sie nicht, ihre Wangen waren ohnehin gerötet. Irgendwann heute Abend oder morgen früh würde sie für eine erneute Überraschung sorgen. Luca würde staunen.

Punkt sechs gingen die beiden hinunter in den Grünen Salon des Hotels, wo vorerst nur die Familie versammelt war. Es gab einen runden Tisch, feine Kanapees, Champagner in Eiskübeln und bunte Cocktails. Lucas Oma wurde noch nicht gratuliert, denn sie feierten ja in den Geburtstag hinein.

Nach einer Weile bat Sofia um Ruhe. »Ich möchte euch noch kurz etwas mitteilen.«

Alle wandten sich ihr zu, und Katharina sah, wie aufgeregt Lucas Mutter schien.

»Liebe Mama, meine Lieben! Eigentlich hatte ich mit der Neuigkeit erst nächste Woche nach Mutters Geburtstag herausrücken wollen. Aber ihr kennt meine Ungeduld. Darum sag ich's euch schon heute, vor allem, weil ich weiß, wie sehr es vor allem Mama freuen wird.« Sie hielt inne.

»Ja, sag schon! Spuck's aus.« Luca lächelte sie aufmunternd an.

Sofia räusperte sich. »Um es kurz zu machen: Ich habe mich entschieden, den Chefsessel ab sofort zu räumen. Es ist an der Zeit. Ich werde euch auch meine Geschäftsanteile zu gleichen Teilen übergeben und mich ab heute komplett aus dem Geschäft zurückziehen.« Sie brach ab und nahm einen großen Schluck Sekt. »Ich bin ab sofort nur noch eure Mutter … und deine Tochter, Mama«, sagte sie mit einem Lächeln. »Ich wälze hiermit die ganze Arbeit auf eure Schultern ab. Ich hoffe, ihr verzeiht mir, dass ich so plötzlich damit herausrücke und euch jetzt im dicksten Schlamassel so allein lasse. Aber wenn ich es jetzt nicht mache, dann löse ich mich nie. Ihr habt so gute Ideen und seid so … so talentiert. Außerdem geht ihr anständig miteinander um, sodass ich mir keine Sorgen für die Zukunft unseres Hotels oder unserer Familie machen muss. Und jetzt trinkt bitte, sonst fang ich noch an zu heulen. Auf das Wohl meiner Mutter und meines Vaters, und auf das unseres Hauses. Auf die Gesundheit aller. Prost, ihr Lieben.« Sie hob das Sektglas erneut und trank es in einem Zug aus.

Die anderen taten es ihr nach, und dann traten ein Tumult und ein Stimmengewirr ein, wie es selten vorkam in der Familie.

Amelie war aufgestanden, hatte ihre Mutter umarmt und ihr ein Taschentuch gereicht, weil dieser die Tränen gekommen waren. Und dann kam Adele, schlang die Arme um beide Frauen, auch Amelie weinte mittlerweile, und sie schluchzten zu dritt. Als auch Paul herantrat, der scheinbar ebenfalls von der Ankündigung völlig überrascht worden war und seiner Sofia einen Kuss auf die Stirn hauchte, erklang ein energisches Gläserklirren.

»Alle mal herhören«, rief da Maria mit erstaunlich kräftiger Stimme. Sofort trat Stille ein. »Mein liebes Kind«, begann sie in Richtung von Sofia. »Du hast eine wunderbare Entscheidung getroffen, die gerade zum rechten Zeitpunkt kam, finde ich. So einschneidende Veränderungen im Betrieb werden deine drei Kinder mit Bravour meistern, davon bin ich felsenfest überzeugt. Und du gibst ihnen damit Gelegenheit, sich frei von etwaigen Zwängen zu entscheiden, ich bin sehr stolz auf dich. Vor allem bin ich stolz auf deine Arbeit, die du in all den Jahren so tapfer geleistet und dabei trotzdem nie das Wohl deiner Familie aus den Augen verloren hast. Du übergibst der jungen Generation einen gesunden Betrieb, mögen dir noch viele herrliche Jahre in Gesundheit mit deinem Paul beschert sein. Alles Gute, auf dein Wohl, mein Schatz.« Sie erhob ihr Glas und trank.

Sofia, der das Glas erneut gefüllt worden war, tat es ihr unter dem Applaus der Familie nach und umarmte dann liebevoll ihre Mutter, Paul neben sich.

Katharina spürte die tiefe Verbundenheit zwischen allen hier. Sie musste an ihre Eltern denken, die jetzt in der Welt herumschwirrten, und sie vermisste sie. Wie sie sich auf die Rückkehr der beiden freute!

Die Stunde, bis die restlichen Gäste eintrafen, verging wie im Flug. Es war bereits weit nach drei Uhr in der Nacht, als Katharina und Luca wieder in der Suite eintrafen.

»Es war so ein schönes Fest. Ich hab mich wirklich wie deine Freundin gefühlt, so nett, wie alle zu mir waren.« Katharina konnte dennoch nicht vermeiden, dass ein bisschen Wehmut in ihren Worten mitschwang.

Da zog Luca sie in seine Arme, und sie schmiegte sich an ihn. »Ich finde, du hast deine Sache wunderbar gemacht. Aber ehrlich, ich habe all das nicht nur gespielt. Kathi, ich … ich hab mich in dich verliebt«, murmelte er in ihr Haar. »Und das liegt nicht am Alkohol. Wie du vielleicht bemerkt hast, habe ich nicht viel getrunken.«

»Ich auch nicht«, sie lachte glücklich. »Ich hatte viel zu viel Angst, ich könnte mich verplappern. Und … wenn das so ist, können wir ihnen vielleicht morgen die Wahrheit sagen?«, bat sie.

Einen Moment schwieg Luca, doch dann nickte er. »Ja, es wird Zeit. Ich könnte mir nichts Schöneres vorstellen, als dich meiner Familie als meine echte Freundin vorzustellen.«

Ein langer Kuss folgte, und nicht nur Katharina war selig.

Als das junge Paar am folgenden Morgen zum gemeinsamen Frühstück im Wintergarten erschien, waren die Wangen der beiden gerötet, obwohl – oder gerade weil – Schlaf in der Nacht so gut wie nicht stattgefunden hatte. Die Familie war vollzählig versammelt, außer Simon und Adele, die sich ausruhen sollte, so kurz vor der Geburt des ersten Kindes. Alle waren gut aufgelegt, obwohl für sie die Nacht nach dem fröhlichen und ungezwungenen Geburtstagsfest nur kurz gewesen war. Die Großmutter hatte das seidene Tuch angelegt, das Katharina ihr geschenkt und über das sie sich sehr gefreut hatte. Doch noch ehe die beiden sich an den Tisch gesetzt hatten, kam Sofia auf Katharina zugestürzt.

»Geh, Schatzl, was hast du uns heute schon für eine Freude mit deinem Artikel gemacht!«, rief sie Katharina zu und schwenkte dabei ein Exemplar von *Idyllisch leben*.

Katharina hielt kurz die Luft an, die Beine drohten unter ihr wegzuknicken. Jetzt endlich waren Luca und sie ein frisch verliebtes Paar, ihre Beziehung war noch fragil, und nun musste gleich am ersten Tag eine schwerwiegende Prüfung überwunden werden! Dabei hatte sie ihn heute noch auf ihren Artikel vorbereiten wollen. Schonend und in aller Stille.

Dass Luca sogleich seinen Arm von ihren Schultern nahm und einen Schritt zur Seite trat, vereinfachte die Sache nicht. »Äh, ja, freut mich, dass euch der Artikel gefällt. Aber er ist ja auch kein bisschen übertrieben. Das sollte eine Überraschung für dich sein, Luca«, flunkerte sie.

»Ich muss schon sagen – eine Schriftstellerin in der Familie, und dazu noch eine, die so wunderschöne Sachen in der Zeitung schreiben kann, das ist wirklich eine Freude«, sagte Maria. Ihr Mann nickte nur wortlos, doch auch seine Augen leuchteten. Ohnehin waren jetzt alle Augen auf Katharina gerichtet.

Der glühende Blick von Luca ließ Katharina jedoch mit jeder Faser ihres Körpers spüren, wie konsterniert, um nicht zu sagen, fassungslos er war.

»Und Luca sieht aus, als erzählten wir ihm gerade etwas ganz Neues über seine Freundin«, stellte Amelie mehr scherzhaft fest.

Zu Katharinas Erleichterung explodierte er nicht hier und jetzt, sondern legte nach einigen Schrecksekunden eine bewundernswerte Selbstbeherrschung an den Tag. »Ja, sie überrascht mich tatsächlich Tag für Tag immer wieder aufs Neue. Und diese Überraschung ist dir ganz besonders gelungen, Schatz.«

Katharina schluckte, doch ehe sie sich mühsam eine Antwort abringen musste, trat Maria vor und ergriff ihre Hände. »Ich hab gleich gespürt, dass du gut in unsere Familie passen wirst«, meinte sie herzlich.

Da trat auch Sofia zu ihr und umarmte sie. »Nochmals: Herzlich willkommen in der Familie.«

Katharina sah, wie Lucas Mutter Tränen in die Augen stiegen. Sie schämte sich und wünschte sich, dass sie sogleich mit der ganzen Wahrheit herausrücken könnte. Sie warf einen scheuen Blick in Lucas Richtung, und obwohl sie erkannte, dass er immer noch sehr aufgebracht war, tat sie das, was zu ihren stärksten Charaktereigenschaften gehörte – und manchmal hübschen Ärger zur Folge hatte: Sie entschied spontan und ohne lange nachzudenken. Luca war jetzt ohnehin ärgerlich auf sie, da konnte sie gleich alles in einem Aufwasch hinter sich bringen.

»Also, ich habe euch etwas zu sagen. Ihr wart alle so nett zu mir, und ich … ich muss euch gestehen, dass ich nicht ganz ehrlich zu euch war.« Sie blickte Luca an und wäre vor Scham fast im Erdboden versunken. Aber es nutzte nichts, da mussten sie jetzt durch. »Möchtest du oder soll ich –?«

»Leg einfach los, Schatz, du bist gerade so schön dabei«, ermunterte er sie mit loderndem Blick. »Wir waren an der Stelle, an der herauskam, dass du anscheinend nicht nur Schriftstellerin bist, sondern auch Journalistin.«

Katharina nickte. »Aber das ist noch lange nicht alles.«

Luca lief feuerrot an.

Adé, du schöne neue Liebe!

Sie schluckte. »Luca und ich haben uns getroffen, als ich hier für die Zeitung recherchierte. Ich sollte hinter die Kulissen eines renommierten Landhotels schauen – inkognito.«

»Moment, versteh ich das richtig, ihr habt euch erst vor ein paar Wochen kennengelernt?«, fragte Sofia erstaunt.

»Um genau zu sein, erst vor ein paar Tagen«, knurrte Luca.

Katharina schöpfte Hoffnung. Sie rang sich ein Lächeln ab und ließ den Blick über die Menschen schweifen, die ihr in der gestrigen Nacht bereits ans Herz gewachsen waren. Alle erwiderten ihren Blick erwartungsvoll und liebenswürdig. Luca jedoch konnte sie jetzt nicht ansehen. »Und wie all das geschah, könnt ihr in meinem Buch lesen, das im Herbst erscheinen wird, da ich bereits einen Verlag gefunden habe, der bereit ist, das Ganze zu drucken. Und man hat mir bereits einen netten Vorschuss gezahlt – eine weitere Überraschung, Schatz«, fügte sie strahlend hinzu. »Es hat sich tatsächlich ausgezahlt, dass ich Tag und Nacht nur noch geschrieben habe.«

Luca reagierte nicht, doch jetzt war sie nicht mehr aufzuhalten.

»In dem Werk hab ich alles genau geschildert.«

Ehe sie weitersprechen konnte, trat Leben in den erstarrten Mann, der sich in der vergangenen Nacht als so wunderbarer Liebhaber erwiesen hatte. Er packte sie hart am Arm. »Nur über meine Leiche wirst du über mich ein Buch schreiben«, knirschte er.

Im Wintergarten herrschte Totenstille.

»Es ist ja nicht nur über dich, sondern auch über mich«, versuchte Katharina, die Tatsache abzumildern, dass er als Hauptfigur in ihrem neuen Roman auftrat.

»Dann sind wir geschiedene Leute«, entschied er und ließ sie los. Seine Kiefern mahlten, als wollten sie Tonnen von Getreide zermalmen.

»Luca!«, rief Sofia entsetzt.

»Ja … und nun? Da seid ihr also erst seit ein paar Tagen ein Paar. Das habe ich doch jetzt richtig verstanden, oder?«, erkundigte sich Amelie mit zittriger Stimme.

Sofia schlug die Hand vor den Mund. Maria sank zurück auf den Stuhl.

»Ich hoffe, wir sind immer noch ein Paar«, stotterte Katharina mit Blick auf ihren Liebsten, der die letzten Stunden wohl schon vergessen zu haben schien. Luca schwieg eisern, und Katharina fuhr fort, nachdem sie den Kloß im Hals heruntergeschluckt hatte. »Luca hatte die Idee, sich mit mir zu zeigen, weil … weil … Nein, Luca, ich finde, das musst du selbst klarstellen«, entschied sie und blickte ihn herausfordernd an, wobei sie erfolgreich die Tränen wegblinzelte.

Luca schob die Hände in die Taschen und starrte auf den Holzfußboden. Als er den Kopf hob, sah Katharina, dass die Röte der Wut sich verflüchtigt hatte. Sein Gesicht war jetzt schneeweiß.

»Es ist so, dass mich meine Ex-Freundin, Nadine, vor Kurzem betrogen und verlassen hat. Und weil ihr doch immer so besorgt um mich seid und ich euch nicht die Geburtstagsfreude hab verderben wollen, hab ich halt Katharina gebeten, als meine Freundin aufzutreten. Und weil sie mir noch etwas schuldete –«

»… was in meinem Buch auch ausführlich erzählt wird«, fuhr Katharina dazwischen …

»… kam ich eben auf die Idee, sie als meine Freundin vorzustellen. Nun hat es sich aber ergeben, dass wir uns in der kurzen Zeit wirklich heftig ineinander verliebt haben … Ist doch so, Kathi, oder nicht?«

In seinem Blick lag so viel Trotz, dass Katharina trotz allem lachen musste. »Ja, von meiner Seite her ist es so.«

»Also, von meiner auch«, stellte er klar.

Katharinas Augen begannen zu brennen, jedoch vor Erleichterung.

»Und so … und so ist es eben. Kathi und ich sind ein Paar. Wobei ich ihr die Idee für ihren ersten Roman schon noch austreiben werde.« Mit diesen Worten schlang er stürmisch die Arme um seine Liebe, und sie küssten sich unter dem Applaus der Familie.

»Das heißt, du hast noch kein Buch veröffentlicht, sondern arbeitest zurzeit als Journalistin?« Wieder war es Amelie, die nachhakte.

»So ist es. Ich habe momentan nur Ferien und wusste auch lange nicht, wie mein Roman aussehen soll, aber jetzt ist meine Schreibblockade völlig beseitigt, und es läuft wie am Schnürchen.«

Sie war in einen regelrechten Schreibrausch verfallen, als müsste sie die vergangenen Monate rasch aufholen, die sie mit Grübeln verbracht hatte. Nach den gemeinsamen Abendessen mit Luca, das abwechselnd bei ihm und bei ihr stattfand, hatten sie zwar immer noch beisammengesessen, Filme geschaut oder CDs gehört – sie liebten beide Hörbücher und hatten oft Stunden gemeinsam auf dem Sofa verbracht. Doch gegen zehn hatte Luca sich stets verabschiedet. Katharina war mit so wenig Schlaf wie nie ausgekommen. Schließlich hatte sie ihre Ungeduld nicht länger unterdrücken können und hatte vor zwei Tagen einem renommierten Verlag in der Nähe von München die ersten fünfzig Seiten ihres Manuskripts zukommen lassen. Persönlich.

Man hatte sie tatsächlich nicht nur in die heiligen Hallen hereingelassen, sondern die ersten Seiten sogar auf der Stelle gelesen, was sie nur darauf zurückführte, dass Jupiter und Venus äußerst günstig standen. Danach war die Redakteurin so begeistert gewesen, dass Katharina noch am selben Tag der Vertrag per Kurier zugestellt worden war. Obendrein hatte man ihr einen großzügigen Vorschuss gezahlt. Warum sie ihrem Schatz noch nichts davon mitgeteilt hatte, wusste sie jetzt.

Luca, der sie immer noch fest im Arm hielt, raunte: »Wobei wir zum Inhalt vielleicht noch einmal die Köpfe zusammenstecken sollten.«

Katharina löste sich aus seiner Umarmung. Sie war auf dem besten Weg, eine anerkannte Schriftstellerin zu werden – nun galt es, die Weichen zu stellen, ehe sie beide sich in der Zukunft über jede Zeile, die sie schrieb, in die Haare gerieten. »Luca, weißt du, der Roman ist praktisch schon im Druck«, übertrieb sie. »Außerdem leben wir in einem freien Land, wo jeder, Gott sei Dank, seine Meinung kundtun kann, solange er niemanden verletzt«, sagte sie ein wenig blasiert. »Und das habe ich in meinem Buch gewiss nicht.«

Inmitten der Stille, die erneut eintrat, hätte man den Grünpflanzen im Wintergarten beim Wachsen zuhören können.

Da erlöste Luca die Familie und vor allem Katharina. In sein Gesicht traten die Lachfalten, in die sie sich von Anfang an verliebt hatte. »Seht ihr, sie geht alles direkt und ohne Zögern an, während ich immer erst zweifle und überlege. Aber dafür lieb' ich sie eben auch.«

Alle lachten befreit auf, die Anspannung war vorüber.

Das Frühstück dauerte ewig und fand in überströmender Fröhlichkeit statt. Als Luca schließlich mit seiner Liebsten nach Kirchdorf zurückfuhr, waren sie sich einig, dass sie auch in Zukunft alle Widrigkeiten des Lebens gemeinsam bewältigen wollten.

Als sie Katharinas Erfolg dort weiterfeierten – mit Selters, denn auf Alkohol hatten sie nach der gestrigen Nacht noch keine Lust – rief die frisch gebackene Schriftstellerin ihre Eltern an, um die Freude wenigstens telefonisch mit ihnen zu feiern. Mittags machten sie sich lediglich ein paar Brote, dann war es Zeit, das neue Glück auszukosten.

»Es lebe die Freiheit des Wortes«, rief Katharina selig und sank in die Kissen, ihren Luca fest im Arm.

Von Gabriele Raspel bereits erschienen

Schatten über dem Enzianhügel
336 Seiten
ISBN 978-3-475-54256-5

Kerstin ist glücklich: Sie lebt im elterlichen Hotel am Fuße des idyllischen Enzianhügels, ist mit ihrem langjährigen Freund Nick verlobt und versteht sich blendend mit ihrer besten Freundin Eva und deren Tochter Franzi. Doch dann taucht Mathias, der Vater von Franzi, im Dorf auf. Obwohl er einst mit Eva zusammen war, war Kerstin jahrelang in ihn verliebt. Auch heute spürt sie, dass ihr dieser Mann etwas bedeutet. Bevor sie sich jedoch über ihre Gefühle klar werden kann, erschüttert ein mysteriöser Todesfall das Dorf. Auf der Suche nach der Wahrheit kommt sie Mathias immer näher.

Der Ruf der Heimat
272 Seiten
ISBN 978-3-475-54290-9

Annes Glück scheint zum Greifen nah: Die hübsche Münchnerin kauft in ihrem Heimatdorf das Haus des verstorbenen Geigenbauers, um sich dort selbstständig zu machen. Voller Elan stellt sie sich dieser neuen Herausforderung. Als ihr Jugendschwarm Peter wieder in ihr Leben tritt, fangen die Turbulenzen erst richtig an. Die beiden ziehen einander magisch an und geraten dennoch von einem Konflikt in den nächsten. Anne muss lernen, dass der Weg zur großen Liebe, wahren Freundschaft und beruflichen Erfüllung von vielen Stolpersteinen gesäumt ist. Entschlossen kämpft sie für ihre Träume.

Anna kehrt heim
336 Seiten
ISBN 978-3-475-54466-8

Für ein großes Projekt kehrt die Kirchenmalerin Anna in ihre Heimat zurück. Unterstützung erhält sie dabei von ihrem arroganten Kollegen Martin. Trotz anfänglicher Reibereien findet Anna immer mehr Gefallen an dem attraktiven Mann. Als die beiden sich langsam näher kommen, trifft Anna auf ihre Jugendliebe Christoph. Immer noch löst er bei ihr Herzklopfen aus, und so steht Anna nun zwischen zwei Männern. Völlig verwirrt muss sie sich dennoch entscheiden. Erst als sie in große Gefahr gerät, wird ihr klar, wem ihre Liebe gilt.